2023

年度黑龙江省社会科学学术著作出版资助项目

U0645519

丁尼生诗歌的意象叙事研究

刘志涛　著

哈尔滨工程大学出版社
Harbin Engineering University Press

内容简介

丁尼生是19世纪英国维多利亚时代的"桂冠诗人",他的创作带有诸多意象叙事的特征手法,形成了与浪漫派迥然不同的创作逻辑。本书论证了丁尼生作品的意象生成机制,进而探讨意象叙事研究的理论框架及理论体系,又从国内和国外两方面分析叙事学发展的历程,较为系统地阐释诗人作品中的叙事结构层次、叙事手法以及修辞等方面内容,并对相关文献进行梳理与总结,同时以此为基础,厘清丁尼生意象叙事的创作理念,为丁尼生诗歌研究,特别是叙事研究提供了全新的研究视域。

图书在版编目(CIP)数据

丁尼生诗歌的意象叙事研究 / 刘志涛著. -- 哈尔滨 :
哈尔滨工程大学出版社, 2024. 12. -- ISBN 978-7-5661-
4588-8

Ⅰ. I561.072

中国国家版本馆 CIP 数据核字第 2024Y65T69 号

丁尼生诗歌的意象叙事研究
DINGNISHENG SHIGE DE YIXIANG XUSHI YANJIU

选题策划	夏飞洋
责任编辑	章 蕾
封面设计	李海波

出版发行	哈尔滨工程大学出版社
社　　址	哈尔滨市南岗区南通大街 145 号
邮政编码	150001
发行电话	0451-82519328
传　　真	0451-82519699
经　　销	新华书店
印　　刷	哈尔滨午阳印刷有限公司
开　　本	787 mm×1 092 mm　1/16
印　　张	10.5
字　　数	233 千字
版　　次	2024 年 12 月第 1 版
印　　次	2024 年 12 月第 1 次印刷
书　　号	ISBN 978-7-5661-4588-8
定　　价	48.00 元

http://www.hrbeupress.com
E-mail:heupress@ hrbeu. edu. cn

前　言

阿尔弗雷德·丁尼生（Alfred Tennyson，1809—1892 年）是英国维多利亚时代重要的诗人。作为时代的"桂冠诗人"，丁尼生的作品体系融合了抒情与叙事两类创作模式，在其诗歌中既含有抒情诗缠绵细腻的特点，也展现了叙事诗的恢宏壮美，抒情中携带叙事、叙事中融合情愫的创作成就了他独具一格的诗风。丁尼生诗歌的叙事艺术与其意象运用关联紧密。本书基于叙事学的理论视角，探究作为叙事因子的意象，即诗歌的意象，体现了非语言层面上的结构特征，属于叙事深层结构，能够实现诗歌的叙事功能。本书通过探讨丁尼生诗歌意象叙事的过程，以及意象叙事在其作品中所发挥的作用与其审美指向，来阐释、分析丁尼生以人物意象为中心的意象叙事诗学。

全书分为导论、中间主体四章和结语。

导论部分，简要回顾了丁尼生的创作经历与维多利亚时代的特点，首先，肯定了诗人在英国文学史上的地位；其次，概括了诗人具有古典主义色彩的创作特点，以及其对维多利亚时代的精神贡献；最后，分类总结了近现代国内外对于诗人的批评研究，指出 20 世纪 70 年代出现了对丁尼生的批评转向，并探究了其中的原因。通过对前期，特别是国外研究的总结，指出了丁尼生诗歌创作中具有的某些结构性特征，这为结构研究提供了前提，明确了本书以叙事视角研究的方向。

第一章主要论述了意象叙事的理论基础与理论构架。首先，从国内和国外两方面分析叙事学发展的历程，从叙事结构的层次、叙事语法、跨文类叙事、认知叙事及修辞叙事等方面对相关文献进行梳理与总结。其次，介绍了丁尼生在意象叙事中展现的融合创作手法，将其意象叙事的过程清晰地展现出来。丁尼生在人物意象中融合了事件与人物、形式与内容、古典与现代、前辈与自己，形成了以人物为中心的意象叙事体系，从而明确了人物意象的中心地位。最后，明确了总体的研究策略，即以文本为中心指向文本外，汇聚成三条研究路径：素材、话语、叙事行为。

第二章对应第一条研究路径——素材。首先，明确人物与人物形象之间的关系,即二者具有同源的关系,通过人物的特性联系在一起;并以文本中的人物形象反观素材中的人物形象,进一步论证二者的同源关系,从而明确意象叙事的现实依据与审美依据。其次,对诗人笔下的人物进行分类研究,即群体式人物、整一式人物及离散式人物,分析诗人创作理念的变化,明确叙事的审美依据。最后,从文本转向素材,分析素材中的人物形象,即丁尼生的经验世界。先以叙事中的心理和意识形态两大要素分析作为叙事主体的诗人,明确其人物特性的由来,明确叙事的现实依据。因此,从这两方面依据来看,对丁尼生的意象叙事研究具有明确的叙事学意义。

第三章对应第二条研究路径——话语。用诗歌叙事话语来建构作为叙事因子的意象,分析意象从文本中生成的机制。首先,对文本内叙事交流的层次,即隐性声音、显性声音和诗人的声音进行论述,让叙事交流在它们彼此间展开。其次,对诗人的声音的情感呈现、渐进隐退、神性复现进行了分析。丁尼生在作品中形成了多层次的声音叙事交流模式,通过叙事交流模式将人物意象化,使人物意象从文本中生成。

第四章对应第三条研究路径——叙事行为。以叙事学为研究叙事行为的切入点,分析意象是如何在文本外的言语交际中获得自身独立的表达过程的。首先,论述了意象从言语交际中独立出自身的意义表现为其具有的审美特性,并从康德的第三批判理论出发,明确了意象叙事研究的第三条研究路径,即从审美角度切入研究意象在文本外的交际过程。其次,通过分析英雄和女性这两类人物意象,借助静观审美的观察者视角,来解释英雄和女性这两类意象是如何在交际中获得动力并独立于文本的。

结语部分,总结了全文的研究路径与成果,通过对丁尼生诗歌意象叙事的研究,我们分析了作为丁尼生诗歌叙事因子的意象在意象叙事中的作用,总结了意象叙事对于丁尼生诗歌创作的影响,探讨了丁尼生的叙事策略,丰富了叙事学关于诗歌的理论部分,提供了丁尼生诗学研究的多元视角,这对于叙事层级、叙事结构的理论探索具有理论和实践的双重意义。

由于著者水平有限,书中难免存在不妥之处,恳请广大读者批评指正。

著　者
2024 年 10 月

目　　录

导　　论

　　阿尔弗雷德·丁尼生,是英国维多利亚时代最具代表性的诗人之一,他在继承浪漫主义创作传统的同时,又对唯美派和现代派诗歌具有引领作用。在那个承前启后的年代里,他的作品蕴含着多种文学思潮,为转型时期的英国人民提供了丰厚的精神滋养,他是当之无愧的"桂冠诗人"。从他第一首试笔作品《廷巴克图》(*Timbuctoo*,1829)到最后一本诗集《伊诺克·阿登》(*Enoch Arden*,1864)为止,他在三十六年的创作生涯里出版了十本诗集,批评家们肯定了他的诗才并称他是"英国的维吉尔"①。丁尼生不仅影响了他同时代的诗人,如罗伯特·勃朗宁(Robert Browning)、伊丽莎白·芭蕾特·勃朗宁(Elizabeth Barrett Browning)、克里斯蒂娜·吉奥尔吉娜·罗塞蒂(Christina Georgina Rossetti)、阿尔加侬·查尔斯·斯温伯恩(Algernon Charles Swinburne)等,同时也极大地影响了他的后人,特别是现代主义诗人埃兹拉·庞德(Ezra Pound)、威廉·巴特勒·叶芝(William Butler Yeats)等的创作,并且在世界文学史上留下了浓墨重彩的一笔,成为日后很多文人墨客赞美与效仿的对象。丁尼生不仅擅长创作短小的抒情诗,也善于以宏大篇幅展现历史题材,著有多部诗剧及经典的叙事长短诗。他以独特的笔法诗化了众多历史英雄形象,不论是流淌着相同血液的民族英雄,还是来自远古的异域英雄,都纷纷走进了他的诗作之中。

　　他在四十一岁的时候成为继威廉·华兹华斯(William Wordsworth)之后的"桂冠诗人",但是他的笔却没有一味地迎合王室去赞美多变的时代和帝国的扩张,相反,其作品中总是隐约流露出不安与怀疑,表现出对于过去岁月的眷恋与现实缺失的忧郁,"丁尼生是一个难于满足当下的人,一旦它成了过去,他便开始渴望它、崇拜它,因为它成了过去,所以不仅是崇拜,而是不甘"②。他经常对内心和灵魂发出质问,在不断重复的声音里提出了许多引人深思的问题,给予人们内心莫大的安

---

① Gilbert Highet, *The Classical Tradition: Greek and Roman Influences on Western Literature* (New York: Oxford University Press, 2015), p. 446.

② Robert Bernard Martin, *Tennyson: The Unquiet Heart* (Oxford: Oxford University Press, 1980), p. 203.

慰,得到了上至女王、下至平民的热爱,是当之无愧的人民诗人。女王第一次接见他时,曾对他直言:"在我那本《圣经》(*The Bible*)的旁边,是你的《悼念集》(*In Memoriam*)。"①他的诗歌迎合了社会各阶层的文学趣味,阅读他的作品成为当时社会的风尚,"一切有文化的家庭中,书架上都有他的作品"②。这反映了那个时代人们对于文学的需求。

对于维多利亚时代最生动的描写莫过于查尔斯·狄更斯(Charles Dickens)《双城记》(*A Tale of Two Cities*)开头的一段了:"最昌明的时世……最衰微的时世……睿智开化的岁月……混沌蒙昧的岁月……信仰笃诚的年代……疑云重重的年代……阳光灿烂的季节……长夜晦暗的季节……欣欣向荣的春天……死气沉沉的冬天……简而言之,那个时代同现今这个时代竟然如此惟妙惟肖,就连它那叫嚷得最凶的权威人士当中,有些也坚持认为,不管它是好是坏,都只能用'最'字来表示它的程度。"③这些省略号省去了原文的一些表述,如果将它们两侧的短语并置在一起,它仿佛成了一首景物诗,其中的景象被省略号串在了一起,形成了一幅时代图景。这就是19世纪的英国,一个多事之秋。丁尼生(1809—1892年)的生命周期同狄更斯(1812—1870年)的十分接近,几乎贯穿了整个维多利亚时代,他见证了大英帝国崛起的时代:从拿破仑滑铁卢失势(1815年)到英国通过《1832年改革法案》(1832年),从牛津运动(1833年)到大英帝国废除奴隶制(1833年),以及之后的宪章运动(1836—1848年)和克里米亚战争(1853—1856年)、美国内战(1861—1865年)、普法战争(1870—1871年)、国内的宗教改革等。诗人作为时代的见证者将它们融入自己的作品中,一方面发挥了诗歌古老的记录功能,另一方面也是"桂冠诗人"的职责所在,用诗歌记录时代成为其作品中共性的特征。

这些事件可以从作品的话语、情节和意象中得以窥见。但是很多诗人都在逃避和隐匿这些痕迹,将它们藏在诗歌表达的共性之中,"诗不是放纵感情,而是逃避感情,不是表现个性,而是逃避个性"④。但丁尼生在《悼念集》中却大胆地袒露了自己的心声,这实际上是一种幻觉导致的,诗人借自己的私人事件抒发了人们内心共同的感受,按照托马斯·斯特尔那斯·艾略特(Thomas Stearns Eliot)的观点,他就算不是在逃避个性,至少也是在用共性隐藏自己的个性。因此,不难看出其作品中的事件既有"私人生活"(the private life)的一面,也有"公共生活"(the public

---

① Alan Sinfeld, *Alfred Tennyson* (New York: Basil Blackwell, 1986), p. 19.
② 丁尼生:《丁尼生诗选》,黄杲炘译,上海译文出版社,1995,译者前言。
③ 查尔斯·狄更斯:《双城记》,张玲、张扬译,浙江文艺出版社,2019,第3页。
④ 艾略特:《传统与个人才能》,卞之琳等译,上海译文出版社,2014,第10-11页。

life)的一面①,或是二者的综合,这样诗中的"我"也不再简单地指诗人自己,而是"每一个面对这一困境的人,在死亡、悲伤、痛苦的人世中都可以找到这样的元素"②。诗歌成为他展现生活的手段,借此"他沉思许多问题:生与死,善与恶,上帝与自然,人在宇宙中的地位"③。这些问题都融入了他的作品中。

　　丁尼生那些耳熟能详的作品中有着众多人物形象,从《尤利西斯》(Ulysses)到《提托诺斯》(Tithonus),从《加拉哈德》(Galahad)到《亚瑟王之死》(Le Morte d'Arthur),以及长诗《公主》(Princess)、《国王叙事诗》(Idylls of the King),这些来自原著中的人物从各自不同的背景中走来,从《伊利亚特》(Lliad)到《奥德赛》(Odýsseia),从但丁·阿利吉耶里(Dante Alighieri)的《神曲》(Divine Comedy)到威廉·莎士比亚(William Shakespeare)的戏剧,他们不分地域、时间的差异与社会地位的高下,都走进了丁尼生的作品中,独立成篇地讲述各自的故事。他在这些人物身上融合了原作的情节,与之形成了"隶属关系"(filial relationship)④。诗人不仅融合了前辈作家的创作,也融合了自己的创作,特别是叙事长诗《国王叙事诗》,融合了诗人早期的作品《亚瑟王之死》、《兰斯洛特》(Lancelot)、《加拉哈德》等,以亚瑟王为主线将之前零散的作品串联成了一部叙事长诗。由于它具有一些史诗的特征,因此"很多维多利亚人都认为他们见证了自己时代的弥尔顿(John Milton)"⑤。正是由于丁尼生独特的融合创作笔法,很多批评家质疑他的创作才能和作品的原创性,认为他的亚瑟王故事体系是"碎片化的叙述……虽然他给予亚瑟的传说以新的生命,但是他的诗仅是对已有状态的一个延续,因此是一个不完整的叙述(incomplete narratives),或准叙述(quasi-narratives)"⑥。从文本关联角度来说,他将原文本中的很多人物以典故的形式吸纳进自己的作品中,形成了一种次生文本(hypotext),其又以一种连续不断的方式从边缘入侵到原文本之中,并与之形成

① Helen Vendler, *Poems, Poets, Poetry: An Introduction and Anthology* (Boston: Harvard University, 1997), pp. 25-46.

② F. E. L. Preistley, *Language and Structure in Tennyson's Poetry* (Philadelphia: Penn State University, 1981), p. 62.

③ 王佐良:《王佐良全集.第2卷》,外语教学与研究出版社,2015,第404页。

④ Christopher Decker, "Tennyson's Limitations," in *Tennyson among the Poets: Bicentenary Essays*, ed. Douglas Fairhurst (New York: Oxford University Press, 2009), p. 71.

⑤ Lawrence W. Mazzeno, *Alfred Tennyson: the Critical Legacy* (New York: Camden House, 2004), p. 18.

⑥ Christopher Decker, "Tennyson's Limitations," in *Tennyson among the Poets: Bicentenary Essays*, ed. Douglas Fairhurst (New York: Oxford University Press, 2009), p. 60.

一种超文本(hypertextual)的关系。丁尼生的作品预示着"先行的文本是不完整的"①。他的人物身后总是带有一些原文本的情节,这些交叉叠加在一起的情节将这些前辈作家的人物复现在其作品中,成为他特有的"用典"(allusion)方式。"丁尼生的典故如同这些幽灵一般,是众多死去和欲望的意象,(它们)有存在的也有消逝的,有在场的也有离场的,有时下不确定的部分,也有过去朦胧不清的部分,它们模糊地闪着微弱的光,可以清晰地窥见却触碰不到……在他自己苍白的新作中,用这些典故祈祷和祝福缺位的前辈作家,神性地再现了他们,表达了他对于精神永存的信念。"②他在一个人物身上汇聚了众多前辈作家的创作痕迹,很多评论家在《尤利西斯》中看到了荷马(Homer)、但丁、莎士比亚和珀西·比希·雪莱(Percy Bysshe Shelley)的影子,认为他"欠了前辈作家一大笔账"③。这样,在诗人的事件前面总是站着众多人物,他们虽各有所属,却在他的作品中有着不同的讲述。刻画人物成为丁尼生讲述事件的媒介,将"人物中的事件"与其要刻画的"事件中的人物"并置,进而模糊人物在原作中的情节,这样用他的融合创作手法将典故的痕迹擦去,使他们成为意象化的人物。

人物的塑造与事件的取舍反映了诗人的思想观念,很多学者认为丁尼生笔下的人物如同舞台上披着古代戏服的演员,看起来有些做作。这表明他们的语言是现代的,同时在他们身上又折射出了古典世界的影子。当时的英国社会处于高速发展阶段,但是随之而来的是精神世界陷入危机的状态,"英国从没有如此富裕强大过,但同样罕有的是它的畏怯和紧张,以及自我斥责的倾向,英国人知道这样表面的富足都是浮光掠影"④。强大的帝国和充裕的物质形成了人际互动的狂欢,但是狂欢背后隐藏着时代病的病因。"人们百无聊赖、无精打采,对一切无动于衷,他们的想法令人不解,身体也变得虚弱不堪,极易患上黄疸病、消化不良、痛风、发冷汗、哮喘、冷血症、性无能和不孕不育;女人更是变得脆弱不堪,她们越发受到不孕和小产的困扰,身体极度疲惫,虚弱难耐,进而歇斯底里、头眩晕,甚至过早死亡。这些看似不相关的症状用一个医学术语来解释,就是忧郁症(hypochondia)。"⑤诗人自己又何尝不被这群体性的忧郁症所折磨呢?很多学者认为丁尼生对死亡主题

---

① Christopher Decker, "Tennyson's Limitations," in *Tennyson among the Poets: Bicentenary Essays*, ed. Douglas Fairhurst (New York: Oxford University Press, 2009), p. 63.

② Ibid., p. 75.

③ Lawrence W. Mazzeno, *Alfred Tennyson: the Critical Legacy*(New York: Camden House, 2004), p. 167.

④ Ben Wilson, *The Making of Victorian Values: decency and dissent in Britain, 1789–1837*(New York: The Penguin Press, 2007), p. 30.

⑤ Ibid., p. 42.

的过度迷恋,给他本来就有些忧郁的作品带来一些哥特艺术的色彩,他称自己流淌着"家族的黑色血液","疯狂、自杀、神经疾病和恼人的亲属关系如恶魔一般不断出现在丁尼生的诗歌主题之中"①,内在世界与外在世界也因此涂上了一层昏暗的色调。很难想象,沐浴在那个工业帝国高速发展的荣光里,人们的精神状态却每况愈下,一味地追求新奇与刺激成为社会审美的价值取向,加之早期战争给人们的心灵带来的伤痕,使得大多数人都挣扎在恐惧、怀疑的边缘难以自拔;与此同时,面对物欲横流的社会现状,人性在道德与伦理的领域里挣扎喘息。对比古希腊、古罗马时期的社会,无论在经济还是道德层面都是众多诗人理想的乐园,而且从诗歌创作的传统来说,"全世界大多数诗人,从荷马直到现在,都愿意歌颂他们之前的时代和异域的世界"②。丁尼生展现的古典精神不仅停留在歌颂前代或异域的古希腊、古罗马世界,他的动机是希冀在古典精神中寻找治疗时代病的一剂良方。

正因如此,丁尼生以回望的视角展现了众多具有古典色彩的人物形象,体现了古典主义思潮的复兴,对于维多利亚时代的英国这个概念已经不那么陌生了,对它的认识无论从社会的深度还是广度来说,较启蒙阶段的新古典主义③都有了质的改变。此时的英国社会,从各个层面建立起了罗马拉丁文化的情节,"维多利亚的古典主义……从学术的角度说,在公众之间建立与希腊和罗马世界的情节在当时是受到大力推崇的,特别是与罗马。令人瞩目的蒸汽机、宗教、大众出版,以及政治上的观念,如阶级、民族和帝国都大大地推动发展了这个情节"④。在当时很多学者眼中,英国已经超越了雅典的辉煌,拥有了像罗马帝国鼎盛时期那样可以征服世界的物质条件。

然而,此时的"罗马人失去了道德价值与尊严,凭借之前的蛮力却无力对抗众多蛮族的入侵,这些纵情享乐的罗马人变得堕落不堪,轻而易举地就成了蛮族的猎物"⑤。因此,即便拥有了现代化的物质力量,它仍旧是一个脆弱不堪的民族,没有精神力量的民族必然会走向消亡。所以必须唤醒人们内在的力量来抵抗忧郁症的

①　Karen Hodder, *The Works of Alfred Tennyson* (Hertfordshire: Wordsworth Poetry Library, 2008), p. 58.

②　Gilbert Highet, *The Classical Tradition: Greek and Roman Influences on Western Literature* (New York: Oxford University Press, 2015), p. 447.

③　Thomas Kaminski, "Neoclassicism," in *A Companion to the Classical Tradition*, ed. C. W. Kallendorf (Malden, Oxford, Carlton: Blackwell Publishing, 2007), pp. 57-58.

④　Norman Vance, "Victorian," in *A Companion to the Classical Tradition*, ed. C. W. Kallendorf (Malden, Oxford, Carlton: Blackwell Publishing, 2007), p. 89.

⑤　Ben Wilson, *The Making of Victorian Values: decency and dissent in Britain, 1789-1837* (New York: The Penguin Press, 2007), p. 50.

副作用。但是古典时期带有强烈说教色彩的作品俨然已经不能为人们所接受了。诗人一方面要发挥古典主义的精神力量,同时作品还要具有现代诗歌的表现手法,这成为诗人肩负的文化使命。正如西奥多·齐奥科斯基(Theodore Ziolkowski)在回顾 19 世纪的古典主义时所说:"古典主义一词,不论是'新'还是'老',总是综合着现在与过去,绝不是简单地复兴古典文化。"①因此,丁尼生在诗歌中以古典主义的手法展现出了一些经典人物,但他的诗绝不是古典诗,而是具有古典主义色彩又结合了当时诗歌的表现内容形式的作品。他所回望的古典世界不同于新古典主义和浪漫主义时期,从内容和主题来说是希腊罗马式的结合,更偏重于罗马式的;从形式来说是复兴古典主义的创作理念与手法;从功能来说发挥了古典文学对心灵的治愈作用。

西方学界对丁尼生的评价可谓褒贬不一,其中原因很复杂。第一次世界大战后,现代主义浪潮席卷欧美,很多批评家回顾他作品的视角是一味迎合批评理论与创作理念。庞德和艾略特等现代派诗人提出了很多创作原则,他们的任务是"为现代的内容寻找一种现代化的形式"②,因此他们对于丁尼生具有古典主义色彩的作品持相反的看法,加之他反复将这些古典人物复现在自己的作品中来讲述一些细枝末节的故事,使得很多批评家认为他在形式上过于保守,且缺乏原创性,称"丁尼生在艺术上缺乏叙事才能,且作品也缺乏坚定的信仰"③。这表明对于"现代"这个观念两代人有着各自的理解,"维多利亚的现代主义认为自己是新的,但是实际上并非如此,就像 20 世纪的现代主义,同过去激进的决裂进而将自己想象成新的"④。艾略特与庞德不同的是,他在传统中寻找诗人的身份,诗人应该肩负的是文化职责,要有自己的批判视野,因此他一面肯定了丁尼生的创作,一面批判他没有自己鲜明的文化主张;庞德的理想是艺术作品可以对政治活动产生影响,叶芝的文学活动给了他一定的刺激,他"深深扎根于 19 世纪的思想和维多利亚时代对于工业资本主义的回应中……确实那些教士权威的、说教性的和社会性的教条,预示

---

① Theodore Ziolkowski, *Classicism of the Twenties: Art, Music, and Literature* (London: The University of Chicago Press Ltd, 2015), p. 9.

② Peter Brooker, "Modernist Poetry and its Precursors, "in *A Companion to Twentieth Century Poetry*, ed. Neil Roberts (Cornwell: Blackwell Publishing, 2001), p. 27.

③ Thomas Stearns Eliot, *Essays Ancient and Modern, In Memoriam* (New York: Houghton Mifflin Harcourt, 1936), pp. 175–187.

④ Isobel Armstrong, *Victorian Poetry: Poetry, Poetics and Politics* (New York: Routledge, 1993), p. 3.

着庞德急于推动他的权威法典"①。因此,后期庞德与意象派决裂转向了旋涡主义,当贝尼托·墨索里尼(Benito Mussolini)向他投来橄榄枝的时候,他毅然决然地投向了纳粹的怀抱。正因如此,现代派不钟情于丁尼生的创作,加之他后期受到唯美主义和颓废派思潮的影响,创作了与之前道德典范的诗歌截然不同的作品,表现出对"时代性庸俗趣味影响的妥协"②,可见对他后期作品的批评矛头大多指向了时代共性的思想观念,他作为一个典型的维多利亚人很难逃出自己的历史局限。这一阶段对于他的研究处于低潮期,随着文化批评的矛头越来越多地指向维多利亚时代,作为文化主流产品的文学也遭到了不同程度的打压,因此那时对丁尼生的研究基本围绕着诗集的汇编与整理工作。1938年,具有权威性的《丁尼生诗歌与戏剧作品全集》(*The Poems and Plays of Alfred Lord Tennyson*)③整理出版,与前一版《丁尼生全集》(*The Works of Alfred Lord Tennyson: Poet Laureate*)④出版相隔四十五年,该版增加了很多内容与注解,也成为如今各版本诗集的参考对象;同时,丁尼生的传记也有多个版本,较为普遍接受的是,他儿子写的《丁尼生爵士:他儿子的回忆录》(*Alfred Lord Tennyson: A Memoir, By His Son*)⑤以及查尔斯·丁尼生(Charles Tennyson)写的《阿尔弗雷德·丁尼生》(*Alfred Tennyson*)⑥。由于丁尼生个人的原因,其将很多自己创作的背景资料都封存在了剑桥大学,并且明确不予公开,这使得人们对他的作品及他本人的研究陷入了困境。

20世纪70年代以后,随着文学理论不断推陈出新,以及剑桥大学逐渐解封了一些丁尼生的资料,学界重新燃起了对他的兴趣,并对他的创作有了新的看法,先后有多部传记出版,其中《丁尼生传》(*Alfred Tennyson*)⑦、《丁尼生:诗人的成长》(*Tennyson: The Growth of a Poet*)⑧、《丁尼生编年史》(*A Tennyson Chronology*)⑨、《丁尼生:采访与回忆》(*Tennyson: Interviews and Recollections*)⑩均是在剑桥大学公

---

① Mary Ellis Gibson, *Epic Reinvented: Ezra Pound and the Victorians*(Ithaca, NY: Cornwell University Press, 1995), p. 11.

② Lawrence W. Mazzeno, *Alfred Tennyson: the Critical Legacy* (New York: Camden House, 2004), pp. 85–86.

③ Alfred Tennyson, *The Poems and Plays of Alfred Lord Tennyson*(New York: Modern Library Giants, 1938).

④ Alfred Tennyson, *The Works of Alfred Lord Tennyson: Poet Laureate*, 10 vols(New York: Henry T. Thoma, 1893).

⑤ Hallam Tennyson, *Alfred Lord Tennyson: A Memoir, By His Son*, 2 vols(London: Palgrave Macmillan Press, 1899).

⑥ Charles Tennyson, *Alfred Tennyson*(London: Palgrave Macmillan Press, 1949).

⑦ Alan Sinfeld, *Alfred Tennyson*(New York: Basil Blackwell, 1986).

⑧ Jerome Buckley, *Tennyson: The Growth of a Poet*(Cambridge: Harvard University Press, 1974).

⑨ F. B. Pinion, *A Tennyson Chronology*(London: Palgrave Macmillan Press, 1990).

⑩ Norman Page, *Tennyson: Interviews and Recollections*(London: Palgrave Macmillan Press, 1983).

开的新材料的基础上完成的,最有代表性的是克里斯托弗·里克斯(Christopher Ricks)的《丁尼生》(*Tennyson*)①。里克斯是剑桥大学丁尼生相关材料的主要整理者,他的作品以诗人的作品为切入点较为全面地介绍了丁尼生的一生。

关于丁尼生本人学术批评史的研究,具有代表性的是《阿尔弗雷德·丁尼生:学术生涯》(*Alfred Tennyson: A Literary Life*)②,其详细地介绍了丁尼生创作思想的变迁;《丁尼生:批判的遗产》(*Alfred Tennyson: the Critical Legacy*)③,以时间的先后为序介绍了学界对丁尼生的批判观点的演变;《丁尼生与维多利亚的刊物》(*Tennyson and Victoria's Publications*),用五篇文章,以不同的地域为标准,介绍了关于丁尼生作品的期刊评论。

另外,有一些针对特定作品的导读,其中《丁尼生导读:生平与创作》(*A Tennyson Companion: Life and Works*)④分两部分介绍了丁尼生的创作阶段及其一些代表性作品的分析;《丁尼生与传统》(*Tennyson and Tradition*)⑤分析了传统创作主题、手法、技巧对丁尼生作品的影响;《麦克米兰大师导读系列:〈悼念集〉》(*Macmillan Master Guides: In Memoriam*)⑥系统全面地介绍了《悼念集》的各个小节,并对主题进行分类;《19 世纪的卡米洛特》(*Camelot in the Nineteenth Century*)⑦介绍了丁尼生创作《国王叙事诗》的相关背景,与同时代的其他作家对比,分析了他们对于相同题材的不同处理手法。

对于分阶段整理出版的一些学术论文集,较有代表性的是《丁尼生研究》(*Studies in Tennyson*)⑧、《丁尼生:七篇论文》(*Tennyson: Seven Essays*)⑨、《诗人中的丁尼生:两百周年论文选编》(*Tennyson Among Poets: Bicentenary Essays*)⑩、《布鲁姆文学经典批评文集:丁尼生爵士》(*Bloom's Classical Critical Views: Alfred, Lord Tennyson*)⑪、《21 世纪观点中的维多利亚文学》(*Twenty-First Century Perspectives on*

---

① Christopher Ricks, *Tennyson*(New York: Macmillan Education, 1972).

② Leonee Ormond, *Alfred Tennyson: A Literary Life*(UK: Palgrave Macmillan Press, 1993).

③ Lawrence W. Mazzeno, *Alfred Tennyson: the Critical Legacy*(New York: Camden House, 2004).

④ F. B. Pinion, *A Tennyson Companion: Life and Works*(London: Palgrave Macmillan Press, 1984).

⑤ Robert Pattison, *Tennyson and Tradition*(Cambridge: Harvard University Press, 1979).

⑥ Richard Gill, *Macmillan Master Guides: In Memoriam*(London: Macmillan Education, 1987).

⑦ Laura Cooner Lambdin, *Camelot in the Nineteenth Century*(London: Greenwood Press, 2000).

⑧ Hallam Tennyson, *Studies in Tennyson*(London: Palgrave Macmillan Press, 1981).

⑨ Philip Collins, *Tennyson: Seven Essays*(London: Palgrave Macmillan Press, 1992).

⑩ Robert Douglas Fairhurst, *Tennyson Among Poets: Bicentenary Essays*(New York: Oxford University Press, 2009).

⑪ Harold Bloom, *Bloom's Classical Critical Views: Alfred, Lord Tennyson*(New York: Infobase Publishing, 2010).

Victorian Literature）①。

　　还有一些主题性的研究,如《创伤,超越与信任:华兹华斯、丁尼生与艾略特的思想缺位》（*Trauma, Transcendence, and Trust: Wordsworth, Tennyson, and Eliot Thinking Loss*）②,以华兹华斯、丁尼生和艾略特三人为例说明了两种对创伤时刻的潜在反应,一种是超越的狂喜(fantasy of transcendence),另一种是信任的伦理(ethics of trust),分别对应的是拉康的"匮乏"和克莱恩的"信任";《维多利亚的名人文化和丁尼生的圈子》（*Victorian Celebrity Culture and Tennyson's Circle*）③展现了诗人文学交际与创作的关系;《性政治》（*Sexual Politics*）④一书分析了《公主》长诗中的女性主义思潮;《丁尼生和英国性的机理》（*Tennyson and the Fabrication of Englishness*）⑤则从心理与认知的视角分析了诗人身份认同与帝国的关系;《维多利亚诗歌中的节奏与意志》（*Rhythm and Will in Victorian Poetry*）⑥分析了诗歌创作的技巧,特别研究了韵律和戏剧独白的手法;《丁尼生的狂喜》（*Tennyson's Rapture*）⑦是一部介绍戏剧独白的作品,从人物心理角度来阐释其创作手法的成因;《丁尼生的怀疑》（*Tennyson's Scepticism*）⑧分析了其多部作品中的怀疑精神;《丁尼生与维多利亚中期的出版业》（*Tennyson and Mid-Victorian Publishing*）⑨分析了诗人其诗作出版前后的经历与一些出版技术的关系,如插画和广告等,另外一本关于出版的是《丁尼生和他的出版商》（*Tennyson and His Publishers*）⑩。

　　还有一些关于丁尼生的零散评论,出现在文学的国别和断代研究上,如《维多利亚诗歌史:诗歌、诗学与政治》（*Victorian Poetry: Poetry, Poetics and Politics*）⑪、《现在谈谈维多利亚诗歌:诗人、诗歌、诗学》（*Victorian Poetry Now: Poets, Poems,*

　　①　Laurence W. Mazzeno, *Twenty-First Century Perspectives on Victorian Literature* (Lanham, Maryland : Rowman & Littlefield, 2014).

　　②　Thomas J. Brennan, *Trauma, Transcendence, and Trust: Wordsworth, Tennyson, and Eliot Thinking Loss* (New York: Palgrave Macmillan Press, 2010).

　　③　Paraic Finnerty, *Victorian Celebrity Culture and Tennyson's Circle* (New York: Palgrave Macmillan Press, 2013).

　　④　Kate Millett, *Sexual Politics* (New York: Doubleday, 1970).

　　⑤　Marion Sherwood, *Tennyson and the Fabrication of Englishness* (New York: Palgrave Macmillan Press, 2013).

　　⑥　Matthew Campbell, *Rhythm and Will in Victorian Poetry* (Cambridge: Cambridge University Press, 2004).

　　⑦　Cornelia Pearsall, *Tennyson's Rapture* (New York: Oxford University Press, 2008).

　　⑧　Aidan Day, *Tennyson's Scepticism* (New York: Macmillan Education, 2005).

　　⑨　Jim Cheshire, *Tennyson and Mid-Victorian Publishing* (London: Palgrave Macmillan Press, 2016).

　　⑩　June Steffensen Hagen, *Tennyson and His Publishers* (London: Palgrave Macmillan Press, 1979).

　　⑪　Isobel Armstrong, *Victorian Poetry: Poetry, Poetics and Politics* (New York: Routledge, 1996).

Poetics)①、《十九世纪的十四行诗》(*The Nineteenth-Century Sonnet*)②；还有关于丁尼生的工具书《丁尼生文学词典》(*The Palgrave Literary Dictionary of Tennyson*)③等。

国内学者与翻译家很早就关注到了丁尼生的作品,其中的原因既同他本人的影响力有关,也是英国国力表现为文化扩张的一个缩影。早在五四运动之前,丁尼生的诗作《公主》便以小说的形式出版在当时的《女铎报》上,题为《公主之提倡女学》,译者佩芬以章回体形式和白话语言呈现了原作的内容,迎合了当时的文学审美,对于女性教育及女性意识的觉醒起到了一定的推动作用。闻一多对丁尼生的作品赞赏有加,曾在《剑匣》一诗中直接引用丁尼生的诗句,可以看出闻一多的创作时而带着丁尼生的影子,他在《文学的历史动向》一文中指出:"新的种子从外面来到,给你一个再生的机会,那是你的福分。你有勇气接受它,是你的聪明,肯细心培植它,是有出息,结果居然开出很不寒碜的花朵来,更足以使你自豪。"④丁尼生的作品如同这颗"新的种子",给国内的文学界带来了一种全新的思想体验,特别是对女权思想的萌芽给予了一定的文化养分。之后,郑振铎在其《文学大纲》⑤中编译了丁尼生的一些诗作,提高了国内文学界对丁尼生本人和作品的认识水平。中华人民共和国成立后,王佐良在《王佐良全集. 第 2 卷》⑥《英国诗选》⑦等著作中对丁尼生作品加以分析解读,进一步综合分析了其诗风的来龙去脉,明确了维多利亚时代诗歌创作的审美逻辑。翻译家黄杲炘在学术论文集《译诗的演进》⑧中,介绍了丁尼生作品翻译的历程,之后编译出版了《悼念集》中的个别片段,收录在其《丁尼生诗选》中。诗人飞白对于英国维多利亚时代的诗歌研究造诣颇深,早在 20世纪 80 年代就编译了《世界在门外闪光:英国维多利亚时代诗选. 上卷》⑨一书,多年来对诗歌的译介研究没有中断,并于 2015 年再度出版该诗集,其中收录了丁尼生三十首诗作,同时做以精彩的新译和介绍。丁尼生的长诗《国王之歌》的翻译引发了国内对亚瑟王传说的兴趣,很多翻译家都投身于其作品的整理与译介中,其中文爱艺在多雷插画本的基础上翻译了《国王叙事诗》,突出强调了这一古老的叙事

---

① Valentine Cunningham, *Victorian Poetry Now: Poets, Poems, Poetics*(Chichester: Wiley-Blackwell, 2011).

② Joseph Phelan, *The Nineteenth-Century Sonnet*(New York: Macmillan Education, 2005).

③ Valerie Purton, *The Palgrave Literary Dictionary of Tennyson*(London: Palgrave Macmillan Press, 2010).

④ 范东兴:《闻一多与丁尼生》,《外国文学研究》1985 年第 4 期,第 89-96 页。

⑤ 郑振铎:《文学大纲》,2 版,商务印书馆国际有限公司,2015。

⑥ 王佐良:《王佐良全集. 第 2 卷》,外语教学与研究出版社,2015。

⑦ 王佐良主编《英国诗选》,上海译文出版社,2011。

⑧ 黄杲炘:《译诗的演进》,上海译文出版社,2012。

⑨ 克莱尔、丁尼生、勃朗宁等:《世界在门外闪光:英国维多利亚时代诗选. 上卷》,飞白编译,湖南文艺出版社,2015。

诗题材。随着对丁尼生译介的深入开展,对于维多利亚时代英国文学的研究成果也相应地丰富起来,近十年来各类期刊的相关论文已有三百多篇,其中硕、博论文就有二十多篇,从不同角度探讨了丁尼生的诗学。其中有影响力的有:《略论英国维多利亚时代的诗》①,从审美与翻译的视角评说丁尼生的诗歌创作;《论丁尼生诗歌中死亡主题的嬗变及其创作的原动力》②,从宗教、社会等方面剖析了丁尼生诗歌的主题;《"最悲惨的时代"——丁尼生的黑色诗语》③,从诗歌文本的语言层面展开,进而探究诗人内心的世界;《丁尼生的诗歌和共同体形塑》④,分析了丁尼生是如何借"桂冠诗人"身份构建起文化的"共同体观念"的;等等。

　　综上所述,国外学者的研究可以以文本为依据划分为两类:一类是围绕着诗歌文本展开的,对于诗歌作品创作的技巧、主题、意象、修辞、语法等做深入细致的研究,分析这些技巧在其作品中有哪些具体的体现;另外一类是超文本的研究,很多研究围绕着文学史研究、文化批评、生态批评、性别研究、后殖民研究、出版策略研究等,这些研究的视角与方法使得对丁尼生的研究越发成熟起来。而国内研究主要从两个方面展开,一方面是以文本译介入手,翻译并出版丁尼生的作品,在翻译与比较文学的研究基础上,传播诗人的思想与维多利亚时代的观念;另一方面是以文化批评为切入点,立足我国自身的文化环境对诗人及其所属的时代展开批评,包括他"桂冠诗人"的身份及其所代表的阶级立场,以及大英帝国的文化输出等。

　　通过梳理国内外对丁尼生的研究可以明确:人们对丁尼生及其作品的研究从早期的文本内部研究过渡到文本外部研究,逐渐将重心转移到文本外部探究文化与文学的关系上来,越来越多的学者将视域集中在特定的文化领域,或者是从诗人个人的经验出发,来分析其思想的演变与维多利亚时代的关系。20世纪70年代之后很少有学者对诗歌文本进行细致的研究,这样的趋势使得文学研究逐渐丧失主动权,成为思想史和文化史研究的工具。但是有些学者仍深挖文本本身,运用比较文学的研究策略,取得了有价值的成果,给处于僵化的文本研究带来了新的研究方法,树立了可以借鉴的研究范式。由此可见,文本内部研究具有持久的研究意义,这是诗歌研究的基石,而诗歌是一个时代特定声音的复现,对于它的研究可以明确特定年代人们的声音质地;同时,立足文本的研究可以夺回诗歌研究的主动权,使

---

① 飞白:《略论英国维多利亚时代的诗》,《外国文学研究》1985年第2期,第83-90页。
② 孙胜忠:《论丁尼生诗歌中死亡主题的嬗变及其创作的原动力》,《山东外语教学》2000年第3期,第45-48页。
③ 丁宏为:《"最悲惨的时代"——丁尼生的黑色诗语》,《国外文学》2009年第4期,第61-68页。
④ 殷企平:《丁尼生的诗歌和共同体形塑》,《外国文学》2015年第5期,第47-54,158页。

之成为专属于文学的研究,而不是服务于其他学科的研究工具。因此,对丁尼生诗歌的研究应该做到依靠文本分析,来找到合理的研究方法与研究路径。

F. E. L. 普利斯特雷(F. E. L. Preistley)在他的专著《丁尼生诗歌的语言与结构》(*Language and Structure in Tennyson's Poetry*)①中提供了一个文本内外结合的研究典范。他以主题的形式将诗人创作划分为阶段,进而逐一分析各个阶段的文本特征,从文本外部的创作史出发,转向文本内部,分析具体作品中的特征,以及服务这些特征的技术手段和要素。他认为,第一阶段是对媒介手段的试验。丁尼生在多个维度挖掘诗歌语言资源,从风格、韵律、形式、音韵等各个方面试验性地探索诗歌的语言,相比于诗歌语言的总体形式来说,他更多地专注于诗歌的细节。第二阶段专注于构造一种独特的"诗形"(shape)。这是一种完全的结构,在这样的结构上语言的细节退居其次,它更多的是为诗歌整体而服务。第三个阶段专注于众多结构中所蕴含的思想内涵。这样的结构已经不再是诗歌可见的外在音韵类型,而是它所形成的风格和种类。第四阶段则将重点转入审美和艺术方面。通过对诗歌媒介的审美艺术的追求,来表达自己对于诗学的态度,自此丁尼生的诗歌创作达到了日臻成熟的阶段,作品中既呈现出审美艺术的方面,同时也意识到语言的局限性(limitation of language),不可以直接表达的要素将以间接的方式转入诗歌之中,而恰恰是不可以表达的层面蕴含着潜在的审美特质。

所谓"那些间接的、不可以直接表达的要素"一定是围绕着某种结构建立起的,其中既有语言层面的要素,也有超出语言层面的要素,它们共同成为这个结构或系统的规则。但是对于这样的结构,普利斯特雷没有给出系统的解释,只是发掘并罗列了一些特征,也没有将它们有机地融合起来,只是明确了这些特征所属的各个创作阶段,因此缺乏系统要素间的理论关联性。如要进一步充分描叙丁尼生诗歌创作的结构性特征,需要找出这个可以统领其创作要素的抽象结构及它在这个系统中的运作机制(不论是审美的还是功能的),这就是本书主要探讨的内容:丁尼生诗歌中的意象作为间接且不可直接表达的要素是如何从文本中生成的,并关联起其他的要素而成为作品的内在核心。为了找到这个核心的要素,需要综合运用结构主义的相关理论,特别是叙事学相关领域的研究理论与方法。而借助这些叙事理论的前提是诗歌这一文类要具有叙事性及叙事的特征与功能。明确了这些前提条件后,我们可以从文本内外两个角度来界定意象叙事的实质,以及其在丁尼生诗歌中的作用。

---

① F. E. L. Preistley, *Language and Structure in Tennyson's Poetry* (Philadelphia: Penn State University, 1981).

　　因此,首要的研究目的是在前人的基础上,进一步明确丁尼生诗歌的结构性特点,并根据其作品中结构性的特点,结合叙事学的理论,找出可以作为其诗歌叙事因子的意象,从而进一步论证意象可以成为叙事因子的条件,及其本身所具有的"事件性"。一旦可以明确丁尼生诗歌中意象的"事件性",那么意象便可以成为诗歌叙事因子。从某种程度上来说,这扩展了对丁尼生诗歌研究的意义,不仅局限在为其诗歌的解读提供了以意象为切入点的新视角,同时也从某种程度上丰富了叙事学的研究策略,特别是为叙事学在诗歌研究中存在的短板提供了一个可以借鉴的研究范式。

　　本书的研究思路为从丁尼生的创作特点入手,探求诗作中的结构性特征,明确意象作为其诗歌深层结构中的要素,并最终论证意象可以成为丁尼生诗歌的叙事因子。本书的整体结构以此研究思路为出发点,发挥叙事学的理论方法,并紧密结合丁尼生的诗歌作品,设计出可以用来阐释意象叙事的研究方法,这也是规划本书布局的依据所在。

第一章　融合在人物之中的
意象叙事

　　叙事学理论是关于研究方法的理论,从其诞生到目前为止,它一直是以小说、电影和戏剧为主要研究对象,很少用于诗歌的研究。这首先同诗歌已经逐渐脱离了主流叙事文体有关,它已经不再是人们用以记录事件的主要文类了,取而代之的是其他的媒介手段。特别是随着媒体时代与网络时代的到来,叙事文类也发生了较大的变化,诗歌这门古老的艺术手段早已不再发挥叙事的功能,人们对诗歌的期待仍然是它抒情的一面,创作诗歌被看作一种仿古的文学活动。但是不可否认的是,诗歌无论是创作还是诵读,都以一定的事件为基础,没有虚无缥缈的抒情。抒情的前提都是以具有触发性的事件为诱因的——这句话对于丁尼生这位一生都在写抒情诗的诗人来说,再贴切不过了。这些以事件为诱因的抒情诗,绝大多数都有特定的人物出现在他的作品中,这形成了诗人独特的创作手法——将事件融合在特定或虚构的人物身上(这一融合式的创作手法在下文有详尽的论述),它为丁尼生的意象叙事研究提供了可能性。

　　丁尼生的创作以人物为中心带动诗歌整体的表达,这一点不仅表现在他的叙事长诗中,在其短篇的抒情诗中也有明显的体现。对丁尼生作品的研究可以深入其整体结构之中,分析其中起到叙事因子作用的意象。对丁尼生诗作展开结构性研究的关键在于叙事理论的可行性上,而这一点集中反映在诗歌的叙事性上。因此诗歌叙事性的论证是意象叙事研究的理论前提,诗歌是否具有叙事性既表现在它的叙事传统上,又与叙事理论的发展有关。从某种程度上说,诗歌逐渐远离叙事研究与叙事理论自身的局限性有很大关系。

第一节　诗歌的意象叙事研究分析

诗歌的叙事性首先体现在叙事传统上,对比作为叙事的主流小说来讲,它有着更悠久的历史,是最早的叙事体裁。小说自诞生起到现在仅两百多年的历史,而从已知人类最古老的史诗《吉尔伽美什史诗》(*The Epic of Gilgamesh*)开始,诗歌已经有五千年的历史了,而史诗的生命力一直延续到 19 世纪,才逐渐淡出历史舞台。通过对历史和文类的研究可以看出,诗歌叙事的传统有两种体现形式:口头叙事与模仿(拟真)①。口头叙事体现的是叙事的功能,在没有书面语(笔语)的世界里,口口相传用以记载大事,同时韵文的形式对于事件的记录和传播有着很重要的推动作用;而模仿突出了诗歌叙事的特点,具有表演和娱乐的性质。所以在远古时代出现了很多游吟诗人,这一职业是以诗歌朗诵的形式来展现英雄故事、神话传说,因此对于诗歌韵文的把握是其职业技能的内在要求。荷马便是这样一个传奇的诗人,《荷马史诗》(*Homeric Epics*)经常涌现出大段的重复内容和不厌其烦的人物介绍,这些是为了便于表演,这样"我们可以认为是个例的诸多元素——情节、片段、人物的观念、关于历史事件的知识、传统性的母题、语汇等被传递了,但是我们不能以为被口头传递的乃是这首诗歌本身"②。那么在诗歌中传递的是什么呢? 显然不仅仅是其中的故事情节,还有像荷马这样伟大的诗人的吟诵与表演。

通过对于传统叙事方式的研究,可以明确作为叙事的诗歌是多重要素的综合,而对于诗歌叙事的理解,是在交际中展现的,这种交际在古代世界是一种依托诗歌文本进行的诗歌表演者与观众的交际。随着书面语(笔语)的发展,诗歌的话语体系逐渐完善,使回归到文本内部进行阅读的交际成为可能,但是诗歌在阅读交际的过程中,所传递的仍旧是一个诗歌的综合体。从审美角度来说,它是亚里士多德(Aristotle)真、善、美理念的集成,"这一'史诗综合体'中分出两股水流:经验的(empirical)与虚构的(fictional)"③。一方面通过其在历史上的传统演变说明了诗歌是一个具有各要素的叙事综合体。热拉尔·热奈特(Gerard Genette)的《叙事话语》(*Narrative Discourse*)虽然实则是以《追忆似水年华》(*A La Recherche Du Temps*

---

① 阿拉斯泰尔·福勒:《文学的类别:文类和模态理论导论》,杨建国译,南京大学出版社,2018,第 24-43 页。

② Robert Scholes and Kellogg Robert, *The Nature of Narrative*(New York: Oxford University Press, 1966), p. 22.

③ 华莱士·马丁:《当代叙事学》,伍晓明译,北京大学出版社,2005,第 85 页。

Perdu)为特定研究对象,但是为了明确其理论内涵,他在开头以《奥德赛》为切入点,展开了经典叙事学的分析①,这进一步说明此综合体及其中的各要素形成了一个结构。另一方面它所展现的审美交际特点表明了这个结构不是静止的,而是一个动态的结构。所以,无论从诗歌叙事传统还是它所展现的特征与功能方面,都说明了诗歌具有叙事性,它具备了叙事学研究的前提条件。对比丁尼生的创作,这样的前提条件更为凸显,他创作了大量的叙事长短诗,这便于我们运用叙事学理论进行分析。

此外,这也体现了诗歌共性的叙事特征。无论是叙事诗还是抒情诗都是一种"综合体",抛开史诗浓重的外衣,诗歌仍旧是经验与虚构的综合。实际上,它是形式主义及结构主义文学最早的研究对象,因为从语言的表现上来说诗歌不同于人们日常的语言,而是对语言的"凸起"②。形式主义和之后的新批评为诗歌研究与学习提供了许多可借鉴的视角,这些研究聚焦于确立文学批评的有机系统,以及对其中各要素之间规律的明确把握,这进一步催生了现代叙事学的研究。

叙事学从结构主义研究中走来,为文学作品中的结构要素寻找有机的组织结构和内在规则。"叙事学"这一术语最早出现在茨维坦·托多罗夫(Tzvetan Todorov)的《〈十日谈〉语法》(*Grammaire du Decameron*)③中,他用了法语"la narratologie",相当于英语的"narratology"④。托多罗夫通过三大语法范畴:语式、语体和语法分析了《十日谈》(*Decameron*)中故事的讲述模式,将叙事以语法的形式展现为"命题"(propositions)和"序列"(sequences),开启了文学作品的叙事研究。从作品结构中的要素界定来介入人类共同的审美感受,这样,神话故事最早成了叙事学研究的对象。法国的知名学者大都是从神话开始介入叙事研究的,也有一些例外,如罗兰·巴特(Roland Barthes),而最早的神话通常又以韵文或是诗歌的形式来讲述。从审美角度触及文学作品的诗学研究可以追溯到亚里士多德的时代,诗歌作为最早的文学形式成为诗学得以证明自身的媒介。诗学不是关于诗歌的学问,在叙事学中它进一步抽象自身,使其成为所有文学形式的抽象结构理论,对托氏来说,这套抽象结构成了结构主义与形式主义的分水岭,他将研究点转移到了对

---

① Gerard Genette, *Narrative Discourse* (New York: Cornell University Press, 1980), p. 25.

② Cleanth Brooks, "The Formalist Critics," in *Literary Theory: An Anthology*, 2nd ed, ed. Julie Rivkin (Maiden: Blackwell Publlishing, 1998), pp. 22-27.

③ Tzvetan Todorov, *Grammaire du Decameron* (The Hague: De Gruyter Mouton, 1969).

④ David Herman (ed.), *The Cambridge Companion to Narrative* (New York: Cambridge University Press, 2007), p. 5.

于共性的结构的研究中。托多罗夫之在《诗学》(*Introduction to Poetics*)①一书中又进一步剖析了文学中的结构,从最开始的语言符号到修辞,从修辞到语义,再从语义到象征和人类心理的认知,文学作品中有着一种不可替代的结构;在《象征理论》(*Symbolic Theory*)②一书中他进一步阐释道:"任何诗学都是结构的,因为诗学的对象不是全部经验的事实,而是一种抽象的结构。"对于文本的分析,不仅是结构的,而且也是系统的,故而诗学表现为一种结构的和系统的双重特征,结构性暗含它具有特定的要素,而系统性指涉的是其具有一定的功能。

俄罗斯的形式主义者在前人的研究基础上区分了"故事"和"情节",其中一个重要的理论来源是弗拉基米尔·普罗普(Vladimir Propp)的《故事形态学》(*Морфология Волшебной сказки*)③。该书区分了六大类共三十一种叙事功能,并将功能作为划分故事的基本单位。维克托·什克洛夫斯基(Viktor Shklovsky)认为"故事"仅仅是情节结构的素材而已,它构成了作品的"潜在结构",而"情节"则是作家从审美角度对素材进行的重新安排,体现了情节结构的"文学性"④,所以很多学者认为"几乎所有结构主义叙事学家的情节都停留在故事结构层次"⑤。普罗普的研究给之后的学者提供了学术方向,克洛德·布雷蒙(Claude Bremond)和阿尔吉尔达斯·朱利安·格雷马斯(Algirdas Julien Greimas)就是按照他的学术道路继续前行的。在《结构语义学》(*Structural Semantics*)⑥中,格雷马斯提出了一整套关于交叉投射的"语义方阵"(semiotic square)体系,并且在叙事作品中以二元结构区分了叙述层和话语层,沿着克洛德·列维-施特劳斯(Claude Levi-Strauss)的《结构人类学》(*Structural Antnropology*)⑦所揭示的关于神话的深层结构(同样是基于普罗普的《故事形态学》的研究展开的)继续挖掘,形成了六大基本要素:叙述层、话语层、能指、所指、行动元和主题。由于此书早于《〈十日谈〉语法》,因此很多学者认为它才是真正意义上的叙事学的开端。通过这些早期的叙事学研究可以看出:文学文本中存在着某种共性的结构;这个结构有着自身的层次与核心;这个系统不是静态的而是动态开放的。因此,这些研究进一步佐证了普利斯特雷对丁尼生研

---

①　茨维坦·托多罗夫:《诗学》,怀宇译,商务印书馆,2016。

②　茨维坦·托多罗夫:《象征理论》,王国卿译,商务印书馆,2004,第14页。

③　普罗普:《故事形态学》,贾放译,中华书局,2006。

④　Viktor Shklovsky, "Art as Technique," in *Literary Theory: An Anthology*, 2nd ed, ed. Julie Rivkin(Maiden: Blackwell Publlishing, 1998), pp. 15-21.

⑤　申丹:《叙述学与小说文体学研究》,4版,北京大学出版社,2019,第50页。

⑥　格雷玛斯:《结构语义学》,蒋梓骅译,百花文艺出版社,2002。

⑦　克洛德·列维-斯特劳斯:《结构人类学》,张祖建译,中国人民大学出版社,2024。

究的观点与逻辑是可行的,他的作品中具有叙事性的结构特点,同时蕴含着某种内在的结构。

叙事研究在不断抽象化的过程中进行自我简化,格雷马斯把这一趋势称为"约简"(reduction),它不仅体现在结构的层级之中,也表现在结构之外人们的认知领域中。格雷马斯的"约简"是从叙事语法的生成投射过程里总结出来的,即话语结构(discourse structure)中。它的意义在于通过要素彼此的投射找到叙事的深层结构,通过对普罗普研究范式的分析,在叙事语法的要素之间形成深浅两层的投射模式,通过彼此互相投射的模式进而将叙事结构进行"约简"[①],叙事结构中的"各种各样的表层故事结构都是由更小的一组深层结构产生的,这些深层结构可以作为一个时间序列而被不同方式地具体化"[②]。通过前人对叙事学研究的策略可以看出,叙事中蕴含着某种可以描写的结构,该结构可以由更小一层的单位来实现,不论是功能上还是意义上,更小一层的单位都可以体现其时空性。也就是说,叙事结构在宏观上展现了一种整体与部分的关系特点,它们彼此之间通过彼此的投射关联起来。"作为一个普遍使用的词汇,'叙事'这一术语经常用来指示虚构人物的叙事话语(包括完成行为的众多人物)。由于之后叙事图示(narrative schema)(或其中任一分段)被放置在话语之中,事实上它("叙事")被嵌入时空坐标之中,作为功能上的时间接续,(从行为的意义来说)遵循了某些如普罗普等符号学家们的说法。因此,从这个狭义的角度来说,叙事(作为虚构和时间的结合)仅是关于某一类话语的集合"[③]。最终的"约简"将叙事的要素以功能化的标签囊括在一个投射坐标系之中,形成了化繁就简的符号。格雷马斯用符号学的相关术语来解释叙事,诚然地,抛开认知谈符号是没有意义的。叙事图示这一术语是认知体系中的,是最早来自法国的符号学家阐释普罗普的体系时选用的,其组合聚合的投射坐标可以被看成"经典叙事图示"(canonical narrative schema)[④]。叙事寻求意义的表达是它的内在要求,因为有结构的地方就有意义的存在,这使得很多叙事学家转移到符号研究的领域。叙事的结构性特点使它约简成了一套符号系统,它为格雷马斯日后的符号学研究提供了支点的同时,也影射了另一位从叙事研究起家逐渐走入其"符号帝国"的人——巴特。

---

① Algirdas Julien Greimas, *On Meaning*(Minneapolis: University of Minnesota Press, 1987), pp. 63-83.

② 华莱士·马丁:《当代叙事学》,伍晓明译,北京大学出版社,2005,第100页。

③ A. J. Greimas and J. Courté, *Semiotics and Language: An Analytical Dictionary* (Bloomington: Indiana University Press, 1979), p. 203.

④ Ibid., pp. 203-204.

巴特具有代表性的文本分析是奥诺雷·德·巴尔扎克(Honoré de Balzac)的《萨拉辛》(Sarrasine)。他将整部作品用一套符码系统进行切分,以同样抽象化的方式分析了叙事中的各种要素,并且提出了"可读"(authorly text)和"可写"(writerly text)两类文本,这从某种程度上来说为其研究转向符号学做了理论准备。巴特通过这种方式处理文本带来的结果是:放大文本的无限可能性,即文本的复数(plural text),同时缩减结构并使之符号化。"在这种理想的文本之中,有着许多关系网,他们彼此不会超越对方,这个文本就是一个能指的星系,不是一个所指的结构,它没有开端,并且可以相互转化,我们有许多可以通达其中的入口,没有哪一入口是所谓的权威通路……这些意义的系统可以取代这个绝对的'文本复数'。"①从这一"大"一"小"的描述中可以看出巴特的取舍是在这个"小"上,面对庞大的"文本复数"只能求其"小",即寻求一种可以被理解的"透明的"叙事结构。在其文章《叙事结构分析导论》②中提出了叙事作品的五个方面内容:叙事作品的语言;功能;行为;叙述;叙事作品的体系。在叙事的语法和话语中明确了它的内在结构和要素,提出了叙事作品的结构层次:功能层、行动层和叙述层。前两层是基于对前人研究的总结提出的,特别是普罗普的功能性投射坐标给了巴特很大启发,但是最后的叙述层定位模糊,甚至兼具了一些功能层的要素。显然,巴特很希望给出明确的阐释,于是在《神话学》(Mythologies)中借以通过更为具体的神话分析找到其理论的解药,因神话是一种能指与所指的综合,它具有结构性的意指系统(signification),"我将称之为意指系统,意指系统就是神话自身,就像索绪尔符号一样"③。他不厌其烦地例证自己的理论,从电影、假日、薯条、牛排到雪铁龙汽车、牛奶和红酒、占星术和装饰性料理等,寻迹神话作为系统的影子。这些以主题形式的研究按他的理论属于叙述层,但是这些主题却被囊括在了神话系统之中,成为一套具有层级的能指、所指的指示符号系统。

巴特也意识到自己的问题。太过抽象化的分层使得本就抽象化的系统变得无法捕捉,这实际也是叙事学面对的共性问题。他用神话分析来建构一个中间地带,使得叙述层不至于迅速抽象成无意义的虚无,但是这使得他深陷这个主题化的中间地带,之后不断地穷尽这些零碎的现象问题,却难以达到费尔迪南·德·索绪尔(Ferdinand de Saussure)"素""位"研究的清晰界定。巴特经常游走在硬币的中间一面,他的概念体系用三分法(trichotomy)代替了二分法(dichotomy),并且拒斥

---

① Roland Barthes, *S/Z*(Malden: Blackwell Publishing, 1974), pp. 5-6.

② Roland Barthes, "Introduction à l'analyse structurale des récits," *Communications* 8(1966): 1-27.

③ Roland Barthes, *Mythologies*(New York: The Noonday Press, 1972), p. 121.

故事讲述者的"才华",称其只不过是"可以解释的个人秘密"①,表明了他对于作家风格的排斥,这与他倡导的"中性写作"有关,即拒斥风格的"零度"写作。按照苏珊·桑塔格(Susan Sontag)的说法:"[《写作的零度》(Nriting Degree Zero)]这一标题表明它是一个极其纯粹的宣言,用以倡导使文学成为一种干枯禁欲的非交际性的缩减。"②但对于诗歌来讲这一宣言效力不强,诗歌可以在实验性的作品中表现这样的主题,但是却无法拒斥语言,因此他选择的文本是阿兰·罗伯-格里耶(Alain Robbe-Grillet)、格特鲁德·斯坦因(Gertude Stein)、萨缪尔·贝克特(Samuel Beckett)和詹姆斯·乔伊斯(James Joyce)的,诗歌迫使他将研究缩减到古典语言(classical language)之中来寻找答案③。他本意是去修饰化的语言,进而让文本成为一个独立自由的国度来反映全部人类的经验,这一点受到了法国自由派的影响,如莫里斯·布朗肖(Maurice Blanchot)。但是缩减化的语言本身也是一种风格,风格成了它自己的牢笼。

抽象和缩减成为他理论上不可逾越的两座高山,使巴特不断寻找中间地带来平和它们之间的矛盾,在众多的中间地带寻找突破。如他对时尚的研究,将它与文学、音乐和电影并置在一起,认为它们都处在思维的同一级,"时尚作为一种'品味'的形式,既反映又影响人们的思维方式,它表现出一种历史学与社会学的'心态'(mentality)"④。实际上巴特是将时尚作为一种主题与符号的研究,看上去是索绪尔的《普通语言学教程》(Cours de Linguistique générale)穿上了一套华丽的衣服,并没有像其所展望的那样,对人的心理与认知领域深入研究下去,仅仅从一个主题抽象到另一个主题,时尚最终也只是一种"欲望"(desire)的符号⑤。甚至最后很多批评家认为巴特已经放弃了学术研究而成为一个散文家,对于他来说叙事学俨然成了通达符号学的前站,其目的已经脱离了叙事学本身。

可见,回归叙事研究要依靠文本与话语,抵抗住过度抽象的分析文本结构,以及过度约简的要素分析。对于这一点热奈特提供了一个专属于叙事学的经典研究范式,他以叙事本身作为研究对象,从"叙事现实的三个方面"⑥,即在对其早期定义的三个不同侧面的理解基础上,分析了作为一个概念的叙事的内涵和外延,并归

① Roland Barthes, *Structural Analysis of Narratives*, in *Image-Music-Text*(London: Fontana Press, 1977), p. 80.

② Susan Sontag, preface to *Writing Degree Zero*, by Roland Barthes(New York: Beacon Press, 1967), p. xx.

③ Roland Barthes, *Writing Degree Zero*(New York: Beacon Press, 1967), pp. 43–49.

④ Roland Barthes, *The Language of Fashion*(London: Bloomsbury, 2006), p. xiv.

⑤ Ibid., pp. 81–84.

⑥ Genette Gerard, *Narrative Discourse*(New York: Cornell University Press, 1980), p. 27.

纳出叙事的三个层次:故事(story)、叙事(narrative)、叙述(narrating),同时明确了自己的研究视域:"因此,我的研究主题是我所规定的狭义的叙事。很明显在刚刚分出的三个层次中,唯独叙述话语这一层可直接进行文本分析。在文学叙事,特别是虚构叙事的领域中,文本分析是我们掌握的唯一研究工具。"①早期俄国形式主义将叙事划分为故事(fabula)和情节(syuzhet),为与之相区别,他借助索绪尔的能指和所指,区分了故事与叙事,将叙事话语作为分析对象,关注于文本内部的叙事研究。之后他将叙事话语划分成五方面内容,其中"语式"(mode)论及了叙事与时间的关系,它综合了之前学者对于柏拉图(Plateau)模仿(mimesis)与叙事(diegesis)的研究②,特别是托多罗夫提出的三大范畴及他对叙事的讲述(telling)与再现(representing)的分析。这一部分在《叙事话语》的开篇已经言明,但是模仿和叙事之间的关系是其理论的基点,因此在之后的研究中,他将模仿进一步细化成四种类型:放大(amplification)、延续(continuation)、情态转换(transmodalization)、位置转化(transposition)③。同时热奈特明确了语篇内的语式调整手段,即距离(distance)与透视(perspective)。他根据模仿的程度将人物言语分为三类:转叙、转换与报告,并分析了视点的选择与人物的关系。最后一个部分围绕着"语态"展开了对叙事行为的论述,阐释了叙事中的时空条件、叙述层及叙述中的"人称"(person)等问题,划分了三种叙述方式:同时叙述(simultaneous narrating)、优先叙述(prior narrating)和置后叙述(subsequent narrating)④,并根据不同的时空关系,将叙事层分为:外叙述层(extradiegetic)、内叙述层(diegetic or intradiegetic)、元叙述层(metadiegetic)⑤。由此可见,热奈特关注叙事研究中最直接的部分和内在的要素,其对于叙事的划分与术语的界定基本都是在文本内展开的,这就是将他的研究称为专属于文学的叙事研究的原因。他把叙事话语看作叙事的产品,叙事成为一种生产活动,排斥了作为主体的人的因素,至少是用概念化的人将人自身的因素遮盖起来。

对热奈特来说文学是一种规模化的生产活动,它的主体不再是人,审美被压制进而让渡给了技术,但是这个技术又不能作为很多作家,特别是优秀作家生产的工

①　Gerard Genette, *Narrative Discourse*(New York: Cornell University Press, 1980), p. 27.

②　Ibid., pp. 162–163.

③　Gerard Genette, *Palimpsests: Literature in the Second Degree*(Lincoln: University of Nebraska Press, 1997), pp. 262–269 (amplifications), pp. 161–165 (continuations), pp. 277–282 (transmodalizations), pp. 212–214 (transpositions).

④　Gerard Genette, *Narrative Discourse*(New York: Cornell University Press, 1980), pp. 218–222.

⑤　Ibid., pp. 218–222.

具。这使叙事学成了事件化的小说的专属,诗歌则逃离了叙事学,因为作为诗人或朗读者的声音记录的诗,是不能抛开人的主体性因素的。换句话说,诗作为声音的记录与展现的媒介是具有功能性的,发挥这一功能需要的是众多关于人的主体性要素,诗是不能靠生产性的话语输出的,它在不断的重复中获得意义的多元,这也是它展现叙事性的手段之一。因此,仅从文本的内部来探讨叙事的各个要素难以介入诗歌的研究,这也使得叙事研究逐渐陷入僵化,一再地使概念范畴化不但不能抓住它的真正内涵,反而会使理论内部分裂,成为解构主义攻击的目标。

为了弥补早期叙事研究的不足,热奈特借对罗曼·雅各布森(Roman Jakobson)的"文学性"(literariness)的批评,通过建立图示分析的方式来研究诗歌的语言,他认为"语言已不再被认为是一种透明的交际方式了,而是作为一种可被感知的、自治的、非交互的原材料,从那些神秘的锻造手法中将零碎的声音要素练就成一个完整的新词,对语言自身来说它完全是外来的,而且充满魔力,它弥补了语言的缺陷,并控制着这个声音与意义不可分割的合成体"①。他通过运用感知、图示等手段建立了一套"不对等图示",同时结合语用学的言语行为理论(speech act theory),对雅各布森和格奥尔格·黑格尔(Georg Hegel)展开批评,针对文本与艺术之间的关系提出了六条评注(remarks)②,之后又提出了"虚构行为"(acts of fiction)③的概念,进一步将叙事行为与言语行为关联在一起。为了使自身的理论进一步独立出来,他区分了文本与副文本(paratext)的研究视域④,这得益于约翰·塞尔(John Searle)在语用学方面对他的启发。热奈特分析了副文本各要素共同构建的"言外行为力"(illocutionary act),它们之间通过简化、精密、参照的过程形成了一套副文本的阐释网络,对文化制度等社会现象的诠释产生了影响。因此,他凭借语用学的研究挣脱了文本的局限。而人们对诗歌的研究仍然停留在古典的分类基础上,在概念上反复区分诗歌语言与散文语言,对于叙事研究来说,语言成了主要的障碍,实际上"结构主义尝试将语言学理论应用到其研究对象和活动中,而不是应用到语言之中。你可以考察一个神话、摔跤比赛、部落亲属关系的系统、饭店菜单或者是油画,把它们看作一套符号的系统,结构主义分析尝试将与符号组合成意义的这套潜在系统相分离"⑤。不应该仅局限于文本、语言这些基本层面,要使

---

① Gerard Genette, *Fiction and Diction*(Ithaca and London: Cornell University Press, 1993), p. 13.

② Ibid., pp. 22-29.

③ Ibid., pp. 30-53.

④ Gerard Genette, *Paratexts: Thresholds of Interpretation*(New York: Cambridge University Press, 1997).

⑤ Terry Eagleton, *Literary Theory: An Introduction*, 2nd ed(Malden: Blackwell Publishing, 1996), p. 84.

得叙事可以在更大的层面发挥作用,显然热奈特的研究道路应该从结构自身出发,综合心理、交际和认知等相关要素来丰富它的内涵。

从结构的层级划分到系统的内核,叙事研究逐渐走向抽象的过程,从叙事语法中的要素与结构的研究转向关于人的思维和交际的研究,"叙事研究成为一种更为新颖的研究对象,或者是某一种享有特别待遇的研究,或者就是特权的研究对象。这些研究使之成为一种哲学的问题或是玄学的命题,其中真正的含义是把叙事当作一种思考的模式,或声称它是关于所有思维的叙事研究,包括明显是专业抽象化的认知研究"①。之所以变成了一种"特权",是因为叙事研究逐渐抽象与约简,形式和结构的研究逐渐深入思维与认知的内部。因此,叙事俨然已经同心理认知结构相互融合,与布拉格学派关于意义的交际研究相互融合,它显然在寻求意义表达,确切地说是独立的意义表达。施洛密斯·里蒙-凯南(Shlomith Rimmon-kenan)从主体性和意义表征的研究中探寻叙事的研究与意义,并结合了"编年史、心理分析、社会学、交际研究法律体系"②,为叙事研究提供了新视角,但是他的方法仍限于小说的研究范式,带有明显的认知心理学的研究导向,这为之后的叙事研究提供了策略。

戴维·赫尔曼(David Herman)在认知语言学的研究基础上,提出了他的"故事世界"(storyworld),即以人作为系统中主要的参照标准来检验思维是如何在"故事世界"中进行"故事诠释"(story-paraphrase)③的。这一点类似于格雷马斯的"语义方阵",两者均运用的是二元对立的建构,但"语义方阵"将不在体系中的要素搁置在中间地带,意义阐释与生成赋予了它一个开放的系统;而"故事世界"是一个封闭的系统,系统中只有人作为参照的标准,按照赫尔曼援引弗朗茨·施坦策尔(Franz Stanzel)的说法称为"叙事情境"(narrative situation)④。它着重强调了交际中"获得者"(receiver)的一方,类似于雅各布森的"受话者"(addressee),突出了在叙事中人的要素与地位。但是他仍旧没有脱离普罗普的组合聚合式的投射研究策略,值得注意的是,叙事研究已经逐渐脱离叙事语法的界限,研究对象转到人的思维模式上来。"我特别强调四种思维的维度辅以阐释我自己对于叙事的理解:对故

---

①　Paul J Perron, introduction to *On Meanin,* by Algirdas Julien Greimas(Minneapolis: University of Minnesota Press, 1987), p. x.

②　Shlomith Rimmon-Kenan, *A Glance Beyond Doubt: Narration, Representation, Subjectivity* (Columbus: Ohio State University Press, 1996), p. 130.

③　David Herman, *Storytelling and the Sciences of Mind*(Cambridge: MIT Press, 2013), pp. 103–192.

④　Ibid., p. 166.

事世界中事件的一个或更多方面加以说明或使之概念化;对人物自身和他们彼此思维的推断;对于与情感有关的话语的使用;以及'感质'(qualia),研究思维的学者对于被感觉到的和意识经验的统领要素称谓的一个术语。"①叙事进而服务于人的认知,因为不论是概念化还是推理与推断均是思维参与的过程,人类运用叙事来获得意义,否则叙事本身将是无意义的,因为叙事成了一种心理的标准,"叙事作为一种再现方式,借以衡量鲜活的感受质地"②。因此,作为文学的诗歌以叙事来获得意义,从认知的角度来说,是不能没有交际因素的,获得意义的方式也应该是在交际中得到审美,它是所有类型的文学都要获得的普遍的意义。但是,它要满足的条件就是要克服叙事之前研究的"两大障碍",即过度抽象与过度约简的要素分析。在这种过度约简叙事分析模式背后,"叙事因此(在列维-施特劳斯、普罗普和格雷马斯的转写分析后)得意扬扬地成为一种思维的形式,但是却付出了很大的代价,那就是它在改写、约简或转换之后成为自身的抽象思维、符号和算法"③。这对文学来说无疑是一种牺牲,文本失去了获得意义的权利,在叙事分析的"改写、约简、转换"中失去了自身的意义,进一步来说它失去了自身的审美意义,交际不再是叙事获得审美的手段,而成为自我认知的工具,这最终只会让叙事研究逐渐枯竭。

因此,在叙事研究的困境中,巴特用他特有的主题研究尝试着挽救他过于约简的"叙述层",用"神话"作为中介牵起"符号"与"叙事",并让这种切分既不落于普罗普的后尘,又克服了过度抽象的弊端,但是这样做的结果是他这一生都在不断阐释各种各样可能想到的"神话"形式,难于穷尽这样的描写。对比托多罗夫与热奈特,巴特还是高明的,他至少抵抗住了"语言"的诱惑,没有在追求叙事约简化陷入"语言"的陷阱,而前两者则深陷其中,他们希冀建立一套公约式的叙事语法,并在文本内不断地发明各种分类标准及与之对应的术语群,来平衡过度抽象与过度约简的要素间的矛盾。对于系统的迷恋和精简要素的追求,使得他们的分类标准一再变化,让那些眼花缭乱的术语变得模糊难辨,最终寻求语用学的帮助。雷蒙-凯南在《叙事小说:当代诗学》(第 2 版)(*Narrative Fiction*:*Contemporary Poetics*,2nd ed)④中进一步完善了热奈特的体系,但苦于叙事研究文类的限制而转向了意义与

---

① David Herman(ed.), *The Cambridge Companion to Narrative* (New York: Cambridge University Press, 2007), p. 242.

② David Herman, *Basic Elements of Narrative*(Chichester: Wiley-Blackwell, 2009), p. 138.

③ Fredric Jameson, foreword to *On Meaning*, by Algirdas Julien Greimas(Minneapolis: University of Minnesota Press, 1987), p. vi.

④ Shlomith Rimmon-Kenan, *Narrative Fiction: Contemporary Poetics*, 2nd ed (London and New York: Routledge, 2005).

表征的探索上,寻找跨文类的研究方法。格雷马斯与赫尔曼作为后经典叙事的代表,将叙事的研究转入符号的认知上,他们批判性地运用了布拉格学派,特别是雅各布森的图示交际理论,并在心理分析的过程中运用了相关的手段,明确了叙事获得意义的研究目标,但是在过程中倾向于分析信息加密、解码、传递与转换,使得叙事反而脱离了可以获得审美意义的结构整体,成为转换生成语法的一件外衣。这些从某种程度上来说,都是由过度抽象和过度约简的研究趋势所导致的,这阻碍了叙事获得意义的过程,限制了叙事研究的视野。

　　显然叙事想要获得意义必须寻求"跨文类"(cross-generic approach)①的发展策略,特别是对于诗歌的叙事。许恩运用叙事学理论在其专著《抒情诗的叙事分析》中分析了十七首诗歌,为诗歌研究提供了叙事分析的范式,然而其运用理论的方式虽然系统但是视野十分狭窄,同时具有启发式地提出了"事件性"(eventfulness)②这一概念,借以为诗歌叙事提供概念准备。许恩将其看作一种中介(mediation),调和了事件在诗歌中模糊不清的隐性矛盾,可以看出,许恩对它的界定更多的是融合了心理与认知的因素,这一启发式的概念为将叙事理论应用于诗歌研究提供了可行性,有效地克制了原有理论过度抽象与过度约简所带来的弊端,寻求一种具有中介性的尝试,但是并没有具体到某一特定的中介要素。而诗歌中的意象作为其结构性的要素,很好地弥合了叙事学研究由过度"约简"和过度"抽象"所带来的鸿沟,同时它又具有明显的"事件性",这在人们研究丁尼生诗歌的过程中逐渐地突显出来。

　　诗歌作为结构分析的对象,有多重的切分标准,由于结构研究的目的与手段的不同,可以切分成不同的要素,但有一点可以确定,作为一个整体的结构它是语言的产物,也是文化的产物。其内在的结构因视角不同而显现出不同的要素,但是不可否认的是它具有结构性特征。单从语言层面切分出诗歌的结构性要素,对叙事研究的意义不大,因为那是语言学和形式主义的研究方向,切分的要素实际统一在语言整体的规则之中,对于文学自身的研究贡献很小。因此,在语言层面上对诗歌整体结构进行切分难以找到叙事因子,它应该综合视听符号的观感,又应该兼有叙事的功能,同时在文化上具有认知动力(cognitive dynamic)③及审美的意义。按普

---

①　Peter Hühn and Jens Kiefer, *The Narratological Analysis Of Lyric Poetry: Studies In English Poetry From The 16th To The 20th Century*(New York: Walter de Gruyter, 2005), p. 2.

②　Ibid., pp. 251-256.

③　Fredric Jameson, foreword to *On Meaning*, by Algirdas Julien Greimas(Minneapolis: University of Minnesota Press, 1987), p. xii.

利斯特雷的说法,它是某种"间接的""不可以直接表达的要素"。它在叙事中起到了语言与表达之间的中介作用,但是又不同于经典叙事学中的神话或主题,因为它具有视觉上可辨认的观感。因此,意象叙事将诗歌的意象作为叙事因子和研究对象,在文本中分析它的成因与意义。

诗歌结构在语言层面具有明显的视觉特征,即它所呈现的结构在视觉上可以辨认出,借以区分小说和戏剧等文类。这些结构要素包括诗行、诗节、韵脚等,借以展现它在格律与音韵上的特点,如抑扬格、扬抑格、三音步、四音步等,这些声音层面上的结构要素是它的甄别性特征。在超越文化层面上,诗歌的意象成为一种要素,海伦·文德勒(Helen Vendler)将它作为"为愉悦的诗"中的一个要素与"节奏、韵律、结构、论点、痛楚、智慧"①并置在一起;新批评的代表作《理解诗歌:大学生文集》(*Understanding Poetry: An Anthology for College Students*)②将意象作为诗歌形式的第六要素进行分析,并引用了丁尼生的《过沙洲》(*Crossing the Bar*)予以分析;《文学基础教程》(*literary Fundamentals course*)将"意象与象征"并列在一章,区分后一章"修辞",以及再后一章"声音、节奏与韵脚",认为意象与人的"感官体验"(sensory details)③密不可分。由此可见,意象是诗歌的组成部分之一,是诗歌不可或缺的一个要素。以往的研究多把它看成一种修辞,一方面说明它自身带有的审美性,另一方面需要指出的是其自身的文化性,这一点从结构的分类标准上就可以明确。它既包括了时间性与空间性,同时也囊括了作为审美主体的人。即便是一首"无人之镜"的诗歌也暗含着作为观察主体的人,它指示着一个观者的存在,是一个具有视觉意义的存在。诗歌叙事明确了在其结构中蕴含着意象,它是叙事借以实现自身的工具和媒介,所以不论是抒情诗还是叙事诗,在叙事的深层结构中都蕴含着意象这一叙事因子。

关于意象的研究普遍汇聚到20世纪初的意象派诗歌运动,但意象并不是一个西方文学研究自有的概念范畴,也不是意象派独自发明的文学术语,它有着悠久的历史和深厚的文化内涵。最早可以追溯到我国的《诗经》《周易》《庄子》等古代经典典籍。我国自古对文学中的"意象"就有全面深入的研究,但是随着20世纪初西

---

① Helen Vendler, *Pomes, Poets, Poetry: An Introduction and Anthology*(Boston: Harvard University, 1997), pp. 81–83.

② Cleanth Brooks, *Understanding Poetry: An Anthology for College Students* (New York: Henry Holt and Company, 1938), pp. 81–83.

③ Barbara Barnard, *Access Literature: An Introduction to Fiction, Poetry, and Drama* (New York: Wadsworth Publishing, 2005), pp. 631–637.

方意象派诗歌运动的兴起,对于"意象"研究逐渐深入文学和文化研究的各个领域之中,尤其是在 20 世纪的七八十年代,国内学界对于"意象"诗歌及其理论的关注程度逐步加深,特别是对意象主义的研究。但是那一时期由于对"image"一词汉译不清,造成了对意象这一概念的理解模糊。"意象"一词在文学批评中乱用、滥用的现象时有发生,对此赵毅衡曾发表过文章阐述了对于"image"一词的汉译过程中出现的问题,明确了"image"一词在翻译过程中导致对其本身含义的曲解;敏泽发文指出了"意象"概念的真正来源,指出它并不是完全西式的传播结果,而是庞德等在研究了我国古典诗词之后,对我国古典"意象"式创作理念的一种解读,借以形成一种文学上的思潮。

为了进一步明确"意象"这一概念,可以回顾一下 20 世纪初国内的文学运动,特别是五四运动时期对于西方文学与思想的批评。胡适是我国最早开始系统研究庞德的学者之一,他对比分析了众多意象派诗歌作品,并对"意象"在诗歌创作上的不同理解进行了系统的阐释,在《文学改良刍议》和《建设的文学革命论》等文章中,他对艾米·罗薇尔(Amy Lowell)的六条意象创作原则中的两条进行转述,特别强调了日常用语和新诗韵。这只是意象派诗歌的一些想法,罗薇尔虽然没有得到庞德等的完全赞同,但是她总结发展了意象派的创作主张(因庞德此时已经与意象主义的众多诗人决裂,并投身于旋涡主义的视觉艺术中了,早已无暇顾及意象派的理论发展)。意象主义直到第二次世界大战后才淡出诗歌理论的视野,特别是新批评诗歌理论的发展与壮大,使得意象研究逐渐销声匿迹了。

纵观意象主义的发展脉络,它是从我国古典文学理论中走来的,经"新文化"运动的洗礼俨然成了"舶来品",失去了我国古典文学批评的色彩。现当代的学者更多的是将"意象"的研究引入审美的研究范畴中,通过对意象的投射"物"来进行审美分析,"'表象'是物的模样的直接反映,而'物的形象'(艺术意义的)则是根据'表象'来加工的结果"①。朱光潜指出了"意象"的来源,是借托"物"的形象来传达,将意象用"物乙"的概念加以转述,成为一种具有审美意义的符号。

赵毅衡质疑朱光潜从美学方面对意象的解释,抹去了文学语言自身对于意象加工的能力,因此他从"image"一词的汉语翻译入手分析不同语言背景下对于意象理解的差异;并且介绍了新批评理论家燕卜荪以语言自身为标准对"意象"展开的研究。他分析了《麦克白》(Macbeth)一剧,指出了其中五种类型的"image",将非语言一级的情景和人物归为一类,另一类是语言一级的象征、比喻、描述构成的"微观

---

① 朱光潜:《朱光潜美学文集. 第 3 卷》,上海文艺出版社,1983,第 71 页。

级语言形象",并集中探讨了语言一级的"意象"的内涵与外延,将意象的研究限定在了修辞的领域之中。而新批评的另一位理论家威廉·维姆萨特(William Wimsatt)用"verbal icon"的概念来进一步阐释"意象",将其译作"语象"①。维姆萨特区分了文学的内部和外部研究,他对"语象"的划分借助符号学"icon"的概念,将"意象"研究搁置在文学的内部。赵毅衡之后对"意象"的研究基本上集中在文本内部,而且围绕着审美视角对其进行重新规划与定义,使其成为修辞学和符号学研究的一个对象,这没有发挥出"意象"在文本内的交际功能而成为一种静态的研究,只是罗列一些意象的特征。"因此今天当我们整理历史上的诗论资料,排比'意象'的含义时,就只能用罗列的方式,举出它在不同用例中的不同意指。这就古典诗学研究而言当然可行,但问题是'意象'并不只是个历史的概念,它至今活跃在我们的诗歌乃至整个文艺批评中。"②

为了在文本中进一步区分语象与意象,有的学者认为:"语象对于诗就是存在世界的'基本视象',作为文本的结构单位,语象可视为文本不可再分的最小元素,物象包含在语象概念中,意象则由若干语象的陈述关系构成。"③在语言层面刻意建构好一种内在关系,用以揭示它们彼此的内在联系是没有依据,如同杜撰的语料一样,不具备科学的依据。在一些不具有"具象"的词语中是无法找到与之对应的"语象"的,也无法解释燕卜荪在分析《麦克白》中获得的人物意象与情景意象,"语象"只是意象的一种实现形式。因此对于意象的研究不应该从"语象"层面进一步切分,这使得意象的研究彻底脱离了文学走向了符号学,而是应该将意象置于更大的文本结构中,所以借用叙事学的研究手法,可以发挥意象的结构性功能,而意象研究可以为叙事结构寻找更深层的审美含义,两者在诗歌领域里互为补充,这就是意象叙事研究的理论前提。因此,一味地描写意象的特征是无法认识它的本质的,只有将它置于某种结构之中,才能厘清意象的实质作用与具体内涵,意象才可以在更大的结构中获得意义。同时,意象的意义也不仅停留在文本中,成为修辞的附属,而是具有更广大的文化意义,这使得意象在文本中生成,又脱离文本实现自身的文化价值。

国内叙事学研究成果斐然,并且形成了独立的批评话语体系,但是对于诗歌叙事的研究仍处在探索阶段,著作与相关的文章凤毛麟角,基本在总结西方研究成果的基础上,围绕诗歌中的具体结构要素进行分析。但是有很多学者注意到了这方

---

① 赵毅衡编选《"新批评"文集》,中国社会科学出版社,1988,第132-137页。
② 蒋寅:《语象·物象·意象·意境》,《文学评论》2002年第3期,第69-75页。
③ 同上书,第73页。

面的薄弱,写出了一些指导性的文章,其中《论抒情诗的叙事学研究:诗歌叙事学》①一文,论证了抒情诗的叙事性特点;《再论抒情诗的叙事学研究:诗歌叙事学》②一文以理论史的研究策略分析了托多罗夫的叙事理论,同时对于诗歌叙事学研究的各个阶段进行分析,围绕着叙事语法的演变展开研究;《对叙事视角分类的再认识》③一文总结了之前学者对于叙述声音与叙述视角的分类,批判了心理与意识形态视角脱离叙述者的抽象研究,为诗歌叙事研究中的媒介提供了参考;《何为"隐含作者"》④与《"隐含作者":中国的研究及对西方的影响》⑤等文章进一步阐释了韦恩·布思(Wayne Booth)"隐含作者"的内涵,批评了"单向理解"的误区,突出了读者在交际中的作用;《西方文论关键词 隐性进程》⑥一文进一步分析了在叙事"潜藏文本"的情节发展中含有的隐形进程,是对修辞性叙事研究的重大突破。新近的一些文章中,有代表性的如《修辞性叙事学》⑦一文,总结了修辞学的三代发展历程,分析了以詹姆斯·费伦(James Phelan)为代表的修辞性叙事学的发展历程,以及叙事研究可以以主题和功能的修辞视角实现跨越文本的研究,可见我国学者对叙事学中修辞与认知关系的研究十分深入,这为国内叙事学研究提供了重大的参考意义;《"隐含作者"新解》⑧一文,以修辞性叙事学的新视角分析了"隐含作者"这一叙事术语的新解,指出在互联网等媒体时代的冲击下,布思的修辞理论要综合考虑社会环境等因素;《论诗歌的叙事研究》⑨一文为诗歌叙事的理论指明了方向,即不要拘泥于经典叙事学或后经典叙事学,叙事这一理论要回归到自身的元理论中,在叙事元理论中找到叙事的因子、构架等各个要素,抛开对理论阶段的偏见。还有一些学者主持了关于叙事学的学术活动,并以论文的形式总结了其中的成果,如《什么是虚构性?》⑩谈论了对虚构性的广义的把握:既是文类,又是叙事策略,还可以是叙事目的。值得一提的是,众多学者在梳理叙事学发展脉络时,为诗

---

① 谭君强:《论抒情诗的叙事学研究:诗歌叙事学》,《思想战线》2013 年第 39 卷第 4 期,第 119-124 页。

② 谭君强:《再论抒情诗的叙事学研究:诗歌叙事学》,《上海大学学报》(社会科学版)2016 年第 33 卷第 6 期,第 98-106 页。

③ 申丹:《对叙事视角分类的再认识》,《国外文学》1994 年第 2 期,第 65-74 页。

④ 申丹:《何为"隐含作者"》,《北京大学学报》(哲学社会科学版)2008 年第 45 卷第 2 期,第 136-145 页。

⑤ 申丹:《"隐含作者":中国的研究及对西方的影响》,《国外文学》2019 年第 3 期,第 18-29,156 页。

⑥ 申丹:《西方文论关键词 隐性进程》,《外国文学》2019 年第 1 期,第 81-96 页。

⑦ 申丹:《修辞性叙事学》,《外国文学》2020 年第 1 期,第 80-95 页。

⑧ 乔国强:《"隐含作者"新解》,《江西社会科学》2008 年第 6 期,第 23-29 页。

⑨ 乔国强:《论诗歌的叙事研究》,《外语与外语教学》2017 年第 4 期,第 127-134,151 页。

⑩ 尚必武:《什么是虚构性?》,《外语与外语教学》2020 年第 1 期,第 109-119,149-150 页。

歌叙事的研究提供了一些新的视角与突破口,如申丹对隐性的研究,既有隐含的"人"的要素,也有隐含的"情节"的发展;乔国强对于诗歌叙事大方向的把握,即文本内外结合找到诗歌的叙事因子。以上这些都为诗歌叙事研究提供了前瞻性的指导,也为意象的叙事研究提供了理论参考。

诗人在文本中建构意象,将它作为基本的叙事因子,通过艺术加工使得它在更大的一个层面上发挥叙事的功能,进而使之成为独立表达的视觉符号,再将其从文本中释放出来,从而获得独立的意义表达,这个过程便是意象叙事。

诗人展现意象叙事这一过程是凭借其建构特定的意象来实现的,对于这个过程的分析首先要明确文本中的意象,其次要分析它声称的机制,以及被感知的条件。丁尼生的作品不论是抒情还是叙事,从中都可以窥见诗人运用了意象进行叙事的创作手法,而且丁尼生具有特点的创作手法主要集中在展现人物身上,他将生活中的经历与事件汇聚在人物身上,借助刻画人物来展现事件,不论是个人、社会还是历史事件的前面总是站着特定的人物。有的学者认为这是一种"用典",因为这些典故之中的历史人物被他再度刻画,但是它显然不适用于那些不知名却留名的小人物,但发生在他们身上的小事件也被丁尼生以特定的素材凝聚在人物身上,这种特定的手法可以用那个时代的主流词汇"融合"(medley)来形容。无论是哲学思潮、美学艺术,还是社会思想观念,维多利亚时代就是一个融合的时代,丁尼生将经验到的事件融合在各色人物身上来记录和见证这个时代,在意象叙事的过程中形成了自己特色鲜明的融合笔法。

第二节 丁尼生在意象叙事中
展现的融合创作手法

丁尼生在他的作品中展现了意象叙事的过程,他作品中意象叙事的特征表现在以建构人物意象为中心,其他意象的建构用以辅助人物意象,并以融合的笔法将自身的经验与情感汇聚在人物意象之中,不断融合诗人自我与外界。人物意象恰恰成了诗人沟通自我与外界的媒介,通过建构人物意象并借其进行叙事表达,这是意象叙事在丁尼生创作中的具体表现,既表现在抒情短诗的个别人物意象中,又表现在长篇叙事诗中的多重人物意象上。从丁尼生的创作历程可以看出,早期的作品基本上都是抒情短诗,抒情诗中的人物塑造是他创作的一个显著特征。诗人不是凭空抒发情感,而是通过借用经典典籍、典故中的人物,或是虚构一些人物,来将个人生活的经验融入人物塑造之中。丁尼生在作品中不断融合自我与人物,并在诗歌中沉思这一融合的过程,其中后期的创作逐渐从虚构的人物转向真实的人物和史诗中的英雄人物,特别是具有代表性的民族英雄;从主题到技巧逐渐趋于成熟;从言说自我到言说民族,他的诗歌在这些人物的故事背后共情于整个时代。

丁尼生的早期作品中抒情诗占据很大的比例,第一本于 1830 年出版的诗集标题明确表明"主要是抒情诗"(chiefly lyrical),该诗集一共收录了三十首诗歌,除了一两首宗教性质很强的赞美诗外,其余的都是一些表达少女情怀的短小抒情诗,故而该诗集也被评论家们认为是"早期少女诗"①。不同于浪漫主义诗人以自我为中心的表达,丁尼生是借助特定的人物视点来表达,这些话语的表达建构起特定人物和事件。丁尼生将"情"寓于人物的形象塑造之中,通过塑造人物来带动情节,在事件的呈现中突显出一个讲述故事的人物,这个人物对着听众讲述其内心世界。为了强化这个人物的形象特点,也为了增强事件的真实性,他给这些人物起了不同的名字,几乎每一首诗都以一个人物的名字作为题目,从而进一步将事件融合在所刻画的人物身上。这种融合的手法实际上展现了诗歌模仿的特性,只是模仿的层次还停留在一些虚构的人物身上,以激起读者产生"正是(诗歌)这种幻想功能满足了人们非物质方面的需求……摹仿并非仅提供娱乐,亦寻求真实,摹仿是未来种种写实主义之先声"②。

因此,丁尼生早期的融合手法使人物具有拟真性,在这些虚构的人物身上可以找到被幻想的对象,这在他前几本诗集中十分普遍。其于 1830 年出版的诗集中的三十首诗歌中有九首是直接以人物名字来定题的,这还不包括有些诗歌中偶然出现的一些人物名字,这些人物的名字基本是女性的,如科莱丽贝儿(Claribel)、莉莉安(Lilian)、伊莎贝拉(Isabel)、玛丽安娜(Mariana)、艾德琳(Adeline)、玛德琳(Madeline)等。丁尼生通过对她们的一颦一笑、一举一动的细致刻画,塑造了许多含蓄内敛的维多利亚女性。由于他钟情于古典文学,经常塑造一些希腊罗马神话中的人物,如《海妖》(The Kraken)、《海上仙女》(The Sea Fairies),以及《男人鱼》(The Merman)和《美人鱼》(The Mermaid)两首对诗等,但是这些诗歌都较为粗线条地刻画了古典作品中的人物,而且这些人物观感模糊,因此作为事件融合的对象,他们仍旧是虚构的人物。

丁尼生于 1832 年出版的诗集中神话与经典文学故事里的人物占据了很大比

---

① Karen Hodder, *The Works of Alfred Tennyson* (Hertfordshire: Wordsworth Poetry Library, 2008), p. 11.

② 让·贝西埃、伊·库什纳、罗·莫尔捷、让·韦斯格尔伯主编《诗学史》,史忠义译,河南大学出版社,2010,第 12 页。

例,如《法蒂玛》(*Fatima*)、《夏洛特女郎》(*The Lady of Shalott*)、《俄诺涅》(*Oenone*)、《磨坊主的女儿》(*The Miller's Daughter*)和《食莲人》(*The Lotos-Eaters*)等均来自之前的文学作品,除此之外,《两姐妹》(*The Sisters*)、《波拿巴一家》(*Bounoparte*)、《玛格丽特》(*Margaret*)、《罗塞琳》(*Rosalind*)、《凯特》(*Kate*)和《快乐的女王》(*The May Queen*)都与自身现实经验的事件有关。诗人的创作逐渐从表现虚构人物转向呈现真实人物上来。对于丁尼生来说,诗歌作为建立在理念与现实之间的一种文体,它反映了两个文学世界,既是经验的,也是虚构的,并且汇聚了"模仿"与"表现"两种行文方式①。融合的创作手法使诗人逐渐转向了真实人物的刻画,特别是呈现经验世界中的经典文学形象给融合带来了更高的审美追求,也表现出了他对于前辈作家的永恒不朽的精神信念的继承。

丁尼生在 1842 年出版的两卷本诗集中进一步发挥了这一创作手法。诗人专注于经典人物的刻画,很少创作一些虚构的人物形象。同 1830 年和 1832 年出版的诗集的风格有所不同的是,1842 年出版的诗集中的诗歌的情感更加忧郁且富有浓郁的感染力,同上一本诗集出版间隔十年之久,诗人的情感历程有了很大的变化。该诗集中仍旧洋溢着古典文学的韵味,尤其是对亚瑟王传说和希腊神话中人物形象的叙写,这奠定了《国王叙事诗》的创作基础,因为一些主要人物形象已经在 1842 年所出版的诗集中初露端倪,他们零星分布在各个短诗中:《亚瑟王之死》、《加拉哈德》、《兰斯洛特爵士和桂妮维亚女王》(*Sir Launcelot and Queen Guinevere*)。同时,诗人创作的一些神话人物深入人心,见于《尤利西斯》《提托诺斯》等作品。此时的丁尼生已经可以纯熟地运用人物刻画的手法,借刻画人物来叙述故事,人物刻画水准达到了史诗级的高度,由于"史诗的讲述者在讲述一个传统的故事。让他如此去做的主要冲动既不是历史的,也不是创造的,而是再创造的(re-creative)。他在重新讲述一个传统的故事,因此他主要忠于的不是现实,不是真理,不是娱乐,而是'mythos'本身(mythos 之文学中的传统叙事主题或情节结构),即被保存在传统中的故事"②。显然"mythos"本意是"一个传统故事",丁尼生用融合的手法将"原型故事"再现出来,目的是突显和刻画其中的某一个人物,提升诗歌创作的模仿与表现水平。

如果说融合创作手法的目的是刻画人物,进一步说是建构文本内的人物意象,那么丁尼生的融合创作手法的具体表现不仅是对人物的情节再现,还表现在他对

---

① Robert Scholes and Kellogg Robert, *The Nature of Narrative* (New York: Oxford University Press, 1966), p. 9.

② Ibid., p. 12.

于次生文本的创作上。他不仅融合前辈作家,也融合自己的前作。为在融合上达到高一级的综合模仿与表现水平,诗人展开了回望的视角。他的作品就如同一架高倍"望远镜",用它展开回望的视角,特别是用以回望希腊、罗马的古典世界,进一步将古典文学的形式、题材和内容融合在他的人物身上。他的作品以视觉带动听觉,不论是古典的人物还是现代的人物都带有古典精神的印记,这些人物又扎根于现代文化的土壤之中,形成一幅幅较为精致的特写工笔画。

因此,人物刻画成了丁尼生诗歌展现古典的手法,在他的"望远镜"中我们可以窥见远古的人物、神话传说中的人物。主要通过诗来定格某一画面,这使得丁尼生在展现人物时具有独特的细节,以及瞬时美感。诗人在他的作品中呈现出了回望式的创作视角。因此,他的诗集好像一本质地精美的画册,读起来优美且富有韵律,而且视觉上具有很强的观感。如前所述,他的作品多以人物定题,这也使得每一个独立的诗篇恰似一个人的简笔画。他的融合手法是以画面来带动情节,以人物刻画来呈现古典精神,"按照事物的本来面目来观察"①。这个本来面目不是诗人直接告诉我们它是什么,所谓的"观察"是集中在视觉的呈现上,即它是什么样子的。诗人在他的作品中将所回望的视野进一步融合,展现出古典文学的四个方面内容,因此,诗人用他手中的这个"望远镜",将要呈现的内容融合到"长焦"与"广角"两类焦距之中。首先在"长焦"端凸显细节,它融合的是诗歌的主题和内容,如前所述,这些古典人物如同穿上了戏装一般,走进了他的作品中;在"广角"端呈现了全体人物及其所处的时代,突出的是整体美感的呈现。如前所述,丁尼生的融合笔法是将古典的精神价值与人们的现实生活相互融合,并凝聚在某个特定的人物身上,这些人物通常来自一些传统的神话或者经典典籍,通过刻画这些经典人物并融合其固有的情节,将时代烙印镌刻在这些经典的人物身上。

丁尼生通过其特有的"望远镜"式的观察视角,将古典价值渗透在时代精神当中,这一融合的笔法使他可以快速地建构起人物与故事,将读者置身于一个熟悉的情节中,借助刻画人物进而娓娓道来个人的情感世界,并融合时下的生活经验和情感状态于作品中,甚至将其个人私事也一并与经典典故融合呈现在自己的作品中。从古典文学中的人物到故事事件,再到情节中的一些细枝末节,这些都融入画面感很强的人物身上,这些人物借助丁尼生这双融合之手进行着独立的叙事表达,"对于他(丁尼生)家人和朋友的爱,借助他这双融合之手,使之成了一个纯粹的画面,

---

① Theodore Ziolkowski, *Classicism of the Twenties: Art, Music, and Literature* (London: The University of Chicago Press Ltd, 2015), p. 20.

在其中的还有莎士比亚、雪莱以及现在的弥尔顿……'融合'这个词正好可以说明，他的诗歌在过去和现在之间的创新关系"①。在其作品中，现实真实地还原在其人物身上，并将一切都融合在人物的故事之中。

这些人物通过诗歌文本的方式传递给读者，读者对他们的解读不仅是自身经验的融合过程，也是客观的时代条件与审美价值的融合过程，在此过程中人物从诗歌的文本中走出来，从丁尼生的维多利亚时代走出来，从诗人的经验世界中走出来，到我们的审美世界之中，特别是对于古典精神的认识集中展现在他所呈现的这幅人物画卷里。在他的诗中，我们看到了提托诺斯，但又不像是希腊神话中的提托诺斯；我们看到了尤利西斯，但又不像是但丁笔下的尤利西斯，抑或荷马笔下的；我们看到了那一群"食莲人"的岛，与荷马笔下的既相似又模糊……这些人物其实就是丁尼生自己的，得益于他日臻成熟的融合笔法，既赋予了作品很强的可视效果，在画面上又具有一层朦胧的美感。

丁尼生的融合不仅表现在对前辈诗人诗作的引用上，同时也融合他自己的前作。他那些带有明显浪漫主义痕迹的作品，明显是受到了华兹华斯、乔治·戈登·拜伦（George Gordon Byron）、雪莱等的影响，同时融合了但丁、弥尔顿及莎士比亚等早期诗歌巨擘的创作，形成了自己作品序列中在时间先后上的"自我转借"和"用典"。他不仅引用前辈诗作中的典故，如雪莱的《麦布女王》（Queen Mab）和莎士比亚的第一百四十四首十四行诗中"两个爱人""两个精灵"等，也用典自己的前作，如《悼念集》中不断反复出现的画面，以及其中一些诗人自己的密语。它们不断地在诗人的作品中融合自身，包括《尤利西斯》，本身就融合了很多前辈诗人刻画的人物，而后作《致尤利西斯》则进一步融合了他自己在前作中刻画的形象。再如《艾德温·莫里斯》（Edwin Morris）一诗中：

> 那么他的言辞现已为他所用，却非他所有。
> 　一个雄辩之辞铸成的硕大蜂巢
> 　　采自所有的花朵。

> And well his words became him：was he not
> 　A full-celled honeycomb of eloquence

① Christopher Ricks, "Tennyson Inheriting the Earth," in *Studies in Tennyson*, ed. Hallam Tennyson (London: Palgrave Macmillan Press, 1981), p. 75.

Stored from all flowers [①]?

　　这里的"雄辩之辞铸成的硕大蜂巢"实则是他引用了自己早期的作品,用于喻指言语的力量。通过两类镜头的融合与对焦,可以看出"长焦"端带来的主题与内容上的回望,诗人不仅从古典精神中融合了典故、神话及其中的人物,而且还进一步融合自身,将自己作为融合的对象。一方面可以看出诗人想要逃离经典诗人的影子的野心,正如哈罗德·布鲁姆(Harold Bloom)所说,它是任何一个作家的"焦虑";另一方面可以感受到诗人无处不在的"融合之手"的力量。

　　长焦镜头的焦距被进一步推进,使之进一步放大丁尼生作品的细节并聚焦于诗歌语言层面上,诗人呈现出了古典诗学创作理念的细节。

　　第一个呈现的细节是语言本身。语言是先人遗留给后世最好的礼物,尤其是在文学的创作中,塞缪尔·泰勒·柯勒律治(Samuel Taylor Coleridge)把这称为"奇异的言语之力量"(strange power of speech)。丁尼生在创作中把这种力量发挥出来,借以同先人进行沟通交流,尤其是在《悼念集》中同死去的哈勒姆进行灵魂对话,"对他(丁尼生)来说,这个世界是以普通的言语模式与他人沟通的,除此之外别无他法……诗歌理所当然的是那种言语模式的代名词,作为诗人的丁尼生之力量源泉便是将从经验而来的感觉付之于此"[②]。诗歌的语言对于他来说储藏着人类的精神宝库,是人类记忆的展现形式,在作品中他进一步融合自己的语言。当时社会对于浪漫主义诗歌语言欺骗性的诟病是"主观性被认为是一种摆在读者眼前扰人的文本内容——就像打开一部批判性的翔实之作,跟如今的《圣经》文本没什么两样"[③]。这样,诗歌在语言上彻底偏离古典诗学的本质,已经无法贴近诗学本真的特质了。

　　丁尼生在回望古典的长焦镜头里第二个呈现的细节是对于浪漫主义幻觉语言的抵制。

　　首先,他将诗歌的语言表现得更加世俗化,并且将其置于艺术探索之中,进而使诗歌语言回归艺术审美中,并在作品中用以从外部来记录生活,这就促成了一种语言呈现的技巧——戏剧独白。这是一种广为人知的诗歌创作技巧,也是被很多诗人采用的一种创作手法,其中就包括布朗宁。不论是布朗宁还是丁尼生,都被主观性

　　[①]　Alfred Tennyson, *The Poetical Works of Tennyson* (Boston: Houghton Mifflin Company Boston, 1974), p. 77. (本书所引的诗歌,若无特殊说明均出自此文献——著者注)

　　[②]　Dwight Culler, *The Poetry of Tennyson* (New Haven and London: Yale University Press, 1977), p. 2.

　　[③]　Isobel Armstrong, *Victorian Poetry*: *Poetry, Poetics and Politics* (New York: Routledge, 1993), pp. 109−112.

的诗歌创作所困扰,戏剧独白不失为一种帮助诗人逃离主观性牢笼的很好的方式。

其次,在形式上采用传统田园诗(idyll),即"小图景诗"(little picture),并将其运用于传统基督教式的英雄主义题材中,使诗歌具有古典主义的印记,特别是《国王叙事诗》展现的正是这样的创作特点。《国王叙事诗》将大规模的叙事体系用一幅幅精致的简笔画呈现出来,使得每一个故事都相对独立地讲述某一个英雄事件,但是它们自身却又统一在一个大的叙事体系之中:亚瑟王传奇。诗人是在融合的基础上对古典诗学创作的复现。

最后,有些评论家认为丁尼生表现了"巴那斯派"诗人的创作特点,即过于死板和教条的结构,还有诗歌的形式过度注重韵律和节拍,在形式和风格上是对古典诗歌创作的模仿。但是实际上,诗人在格律与音韵上绝非一味地效法古典诗人,"他在作品中用软软的元音和辅音相结合的方式,不断地对自己进行无意义的重复,并给自己提供了一个沉思的焦点,这样他便可以摒弃一切干扰,深深地、慢慢地随着呼吸进入了深邃沉浸的放松状态,看起来好像漂浮在宁静之中"①。当我们将目光聚焦于其诗歌的韵律和音步上时,往往忽略了丁尼生在诗歌中展现的最为重要的环节,就是节奏(cadence)。不论是《悼念集》的四行体"abab"形式的韵律,还是《国王叙事诗》的无韵体,都是诗歌传统节奏的展现。"节奏是诗歌用来聆听事物的方式(即便诗人自己并不想听到),也是诗歌借以转换它所听到的事物的方式……丁尼生的诗歌是有节奏的,其节奏的上升与下降随着基准的韵律浮动,跌宕起伏。诗歌中的消逝音(dying)不断地在作品中重复,就如同其诗中的声音一样永远都充满活力。"②节奏是丁尼生诗歌中的灵魂,随着"望远镜"的对焦展开了他声音的呈现方式,我们仿佛听到了转动对焦环发出的有规律的声音。诗人习惯将消逝音(dying)与下降音(falling)相结合来表现其韵律③,这也是读起来总有一种淡淡忧伤的原因。与此同时,诗人通常在诗行中通过关联元音的方式,形成元音的回响,使得诗歌读起来具有膨胀的、激荡的声响,但是结尾处常伴随消逝音,这在诗行上形成了一种声音响度的峰状结构,具有钟鸣号响的效果。很多评论家称之为"丁尼生式的节奏"(Tennysonian cadence),该节奏具有膨胀、下降、收紧、释放四种类型,特别值得注意的是他的消逝音,一个典型的例子就是《公主》中的一段《军号歌》(*Bugle Song*):

---

① Isobel Armstrong, *Victorian Poetry*: *Poetry, Poetics and Politics*(New York: Routledge, 1993), p. 2.

② Peter McDonald, "Tennyson's Dying Fall," in *Tennyson Among the Poets: Bicentenary Essays*, eds Robert Douglas-Fairhurst and Seamus Perry(Oxford, New York: Oxford University Press, 2009), p. 38.

③ Ibid., pp. 14−38.

　　　　吹吧,号角,吹吧,叫狂野的回声远飞,

　　　　吹吧,号角;应把,回声,再渐渐低微低微。

　　　　　　　　……

　　　　吹吧,让我们听听紫色溪谷的回声娓娓;

　　　　吹吧,号角;应吧,回声,再渐渐低微低微。

　　　　　　　　……

　　　　吹吧,号角,吹吧,叫不羁的回声远飞,

　　　　吹吧,号角;应吧,回声,再渐渐低微低微。

　　Blow, bugle, blow, set the wild echoes flying,

　　Blow, bugle; answer, echoes, dying, dying, dying.

　　　　　　…

　　Blow, let us hear the purple glens replying,

　　Blow, bugle; answer, echoes, dying, dying, dying.

　　　　　　…

　　Blow, bugle, blow, set the wild echoes flying,

　　And answer, echoes, answer, dying, dying, dying.

　　从节奏上看"低微"(dying)一词不断地重复,使节奏的淡出是一个消逝音,回应"应吧"(answer)一词。它前面是具有回响的词"回声"(echo),是具有特殊效果的声音,因此它是明显的消逝音。同时这个节奏具有传统意义的摹音效果(mimetic),它发出的"-ing"声,是模拟了"军号"(bugle)的声音。以最后一节为例,一系列声音的词,如"blow""blow""ech(o)""and""answer""echo""answer"形成了一组"o"的元音共鸣;与较它响度低一些的词,如"set""wild""(e)cho""fly""(e)cho""dyi"形成了另一组元音共鸣,最后"-ing"作为消逝音。这样在每个诗行形成了一个峰状的响度分布,这样的交叉排列,具有如同翻滚的浪潮一波又一波拍打岩石一般的响动效果。它既是古典诗学摹音的体现,又具有自己的韵律安排。因为运用了下降音与消逝音,在下一行诗的开头,诗人很容易换韵,因此他绝不是死死握牢某个韵律模式一律到底,而是经常打破固有的音步模式,从而使读者在阅读一行之后,很难预测下一行是否仍旧固守这一模式,以《伊利诺儿》(Eleänore)为例:

我丢掉了自己的颜色,丢掉了自己的呼吸,

我痛饮下这满满的赴死的一杯,

一饮而尽的是漫过边沿的温暖人生。

我同自己的欢乐一同赴死,

我听见你呼唤我,

以我的名字再一次呼唤我,

此时,我终于可以永远地死去了,

就这样,死在永远,伊利诺儿。

I lose my colour, I lose my breath,

I drink the cup of a costly death,

Brimmed with delirious draughts of warmest life.

I die with my delight before,

I hear what I would hear from thee,

Yet tell my name again to me,

I would be dying evermore,

So dying ever, Eleänore.

通过第一个双行体可以判断此诗歌为四步抑扬格的韵律,但是第三行的一个四音节词"de-li-ri-ous"将音步拉长,使得原有的模式被打破,使读者在阅读时必然会加快语速跟上这个音步,到第四行又拉回到原有的四步,这样会形成一种快慢相间的步调。到了最后两行,两个"dying"形成一个元音共鸣,加强语气的同时形成了语义的一个"锁链"。最后一行诗人用"ever"一词替代了"evermore",这是一个非常有技巧性的重复,第一回应了上一行的"evermore"一词,它是一个消逝音,在下一行中间位置出现了,避免"-more"拉低音值,又可以承接前面"dying"的下降音,"ever"将音调拉起,甩给后面的"Eleänore",促使"-nore"成为整行的消逝音。所以,"ever"一词既是语义上对上一行的强化,又在语音上形成了一个峰状的推动,具有双重含义。值得一提的是"E-le-ä-nore"一词,很容易把它看成三音节词,但是它实则为四音节,为了凑音步进而使最后的消逝音变得更加悠长。

丁尼生总是不断地让我们听到古典的旋律,又进而打破这个固有的模式(regularity),"听到的旋律总是美妙动人的,但是那些没有听到的旋律又是难以预料的,使得人们总是竖起耳朵等待着"①。这种既呈现古典规律又打破它,形成了一种抵抗性的融合,被称为一种"调音"(modulation)。诗人在诗歌中通过这种调音的手段融合了古典韵律。这种调音可以是如上所述韵律的变化,也可以是一个词形态的变化,如"die""dying""died"等词,或者是《悼念集》中经常出现的"fall""fell""falling"等词的变化,为了满足语义、语音的需求不断变化。我们随着丁尼生的"望远镜"仔细放大了诗歌的细节,为了清晰可见而不断调焦、聚焦,使它的"调焦环"发出了有规律的响动又带有速度上的变化。

丁尼生的"望远镜"在"广角"端与"长焦"端来回移动,以融合的方式展现了具有古典精神的各色人物,它既是一幅精美的人物画卷,也是一个各种古装人物粉墨登场的戏剧舞台。除了有众多优美的古典女性形象外,还更为集中地聚焦在融英雄主义于一身的古典人物身上,在呈现古典精神的过程中使回望与瞭望相互补充,将当下的精神世界融入历史潮流之中,进而展望、眺望未来。就如同《国王叙事诗》的最后一章《亚瑟王的离去》(The Passing of Arthur),丁尼生用婉转的方法避开了死亡这一主题,而选择了离开。英雄不会死去,他的精神也将继续照耀这片大地,他只是暂时离开了。这一点同托马斯·马洛礼(Thomas Malory)的原作比起来,具有明显的寓意性特点。他的离开预示着旧的秩序俨然过去,而新的秩序必将来临。从回望中得到的英雄形象,再到他渐渐离开之后瞭望未来,人们渴盼英雄的精神回归与新秩序。正如亚瑟王所说的:"旧秩序改变了,它为新的秩序腾出了地方。"②因此,在回望与瞭望之间,我们看到的是丁尼生给我们呈现的英雄世界,他的古典精神在这些英雄身上复活了,通过他的"望远镜",不论是细节还是宏观的画面,它们都凝聚在了这些鲜活的古典英雄身上,这些英雄不是他自己的,而是人们共有的民族记忆。通过"望远镜"中的回望视角,古典诗歌的创作手法融合在其塑造的人物上,在这些人物身上很容易体验到古典的视听观感。随着时代潮流的涌动,这些人物展现了自身多元的文化内涵,这种意义的多元也在这些人物身上得到了印证。

根据巴特的观点,即文本是"能指的天地",在这个意义结构中的任何元素都拥有着相互指涉的无限性,它绝非一个封闭的而是一个开放的系统。人物在文本中的意义也是游移不定的,对同一人物每个读者读到的都是不一样的,甚至是相互

---

① Peter McDonald, "Tennyson's Dying Fall, " in *Tennyson Among the Poets: Bicentenary Essays*, eds Robert Douglas-Fairhurst and Seamus Perry(Oxford, New York: Oxford University Press, 2009), p. 20.

② 原诗为: The old order changeth, yielding place to new. [Christopher Ricks, *Tennyson: A Selected Edition*(New York: Routledge, 2014), p. 693, 971.]

矛盾的人物特征。丁尼生诗歌中塑造的人物,经过诗化的手法传递给读者,人物中凝结的事件是自我建构的基础,也是人物积聚的时空要素,没有事件的人物与没有人物的事件在文本中都是不存在的,也就是说人物本身就具有相对应的叙事情节。对于丁尼生来说,他借助的是人物本身汇聚的叙事情节,通过融合的创作手法使之进一步形象化、意象化,再鲜明地展现在读者面前。也就是说,人物特征通过叙事的方式与手段汇聚在某个特定人物身上,再通过已经建构的人物来叙事,使其在文本内外传递,进而形成该人物所具有的普遍印象,而随着文本内传递的逐渐深入,最终人物脱离文本而独立存在。诗人凭借融合手法将人物进行"具象"化,甚至是实名化,这样人物折射出的特征形成了一个私人化的人物"能指"。诗人在文本内完成了建构人物的过程,是以事件的方式展示出人物,进而使人物上升为一种意象。叙事变成了意象传递的一种手段,赋予它本身更多的"所指",意象也随之获得意义。

意象叙事在丁尼生的诗歌作品中十分普遍,通过这一过程意象获得独立的意义与内涵。《食莲人》是丁尼生的一首名作,它的故事素材源自《奥德赛》。这首诗的叙事背景表现的是特洛伊战争的后十年中,在归途中漂泊的勇士们在一座"食莲人"的岛上停留的场景。诗人在创作这首诗的时候,利用了素材中的人物形象,使其再现于自己的诗作中。经过对素材的筛选,作品呈现的是与原作截然不同的人物,是厌倦漂泊不定的归途期待停留的战士们。丁尼生借助原作的人物形象和故事,在自己的诗作中刻画了一些原著中边缘的人物形象,塑造了独有的人物——食莲人们。通过融合的创作手法,"食莲人"成了独立意义的表达,它既不是荷马的,也不是丁尼生的,而是成为词典中的一个条目。诗人运用自己的叙事行为将"食莲人"的意象传递给读者,但是这首作品中的意象并不只是"食莲人"一个,围绕着这个中心意象的还有"大海"的意象、"岛"的意象及"船"的意象等。这些具有象征意味的意象是人物意象的边缘,但是它们并不是孤立的意象,从诗人其他相邻的作品中可以发现"大海""岛""船"这样的意象,如《美人鱼》《伊诺克·阿登》《海妖》《海上仙女》等,这些是丁尼生惯常呈现的一些边缘意象,但是人物意象却是其意象叙事的中心。

因此,通过对融合创作手法的分析,我们可以看出,丁尼生在作品中融合了事件与人物,融合了形式与内容,融合了古典与现代,融合了前辈与自己。将融合的创作手法借助具体的人物表现出来,可以得出这样的结论:人物意象是丁尼生创作的中心意象,也是叙事交际的中心,对他作品的意象叙事研究应该是以人物意象为中心,分析其文本外的素材取舍、文本内的生成机制,以及交际中获得独立表达的原因,从而形成三条研究路径。

第三节　丁尼生诗歌意象叙事的
三条研究路径

　　丁尼生在作品中呈现了众多的人物,诗作借助不同的人物来展现意象叙事的过程,并且在创作中体现了意象作为中介牵起诗歌的叙事与抒情这两个重要功能。对它的研究首先要以文本中的人物为中心,结合热奈特的《叙事话语》和米克·巴尔(Mieke Bal)的《叙述学:叙事理论导论》(*Narratology:Introduction to the Theory of Narrative*)[①]的研究策略,以及诗歌特有的文类特点,分别从素材、话语和叙事行为三方面展开对丁尼生以人物为中心的意象叙事的研究。诗人根据故事素材中的人物形象(figure)进行加工,进而在文本中塑造某个或某些人物(character),使得人物形象从故事素材中走出再进入文本,成为具体化的人物。这些人物在文本中并不是孤立于时空之外的,根据丁尼生的融合式的创作手法,他们具有原文本的情节,同时又与他个人生活的某些细节契合在一起。诗人以独特的话语形式建构起以人物为中心的意象叙事交流模式,使人物在文本中通过多层次的叙事交流成为人物意象。本书以此为基础明确了研究方向:通过文本指向素材分析人物及人物形象的同源关系,通过从素材到文本的话语建构分析意象生成机制,最后通过叙事行为分析意象获得表意的手段。进一步说,将经典叙事学对叙事分析的三个层次作为意象叙事研究的理论依据,形成意象叙事的三条研究路径。

　　第一条研究路径是素材,以文本为立足点反观故事素材。通过分析诗歌文本内的人物,并归纳抽象出文本中人物的特征,借助这些特征来分析进入丁尼生文本的人物形象,综合提炼故事素材中的人物形象对叙事主体的影响,即对丁尼生本人的影响,可以明确其作品中的意象与他个人的生活世界具有强烈的同源关系,即其作品中呈现的人物是一个维多利亚人的内在与外在相统一的世界。

　　第二条研究路径是话语,在文本内分析人物意象生成的机制。诗人将故事素材中的人物形象具体化,使之成为文本内确定的人物,借助诗人建构的叙述手段与叙述层次形成内化的叙述交流模式,在文本内展开以人物意象为中心的多重意象群体之间的交流。诗歌相对其他文类来说主要是将声音作为叙事媒介,声音是诗歌话语的实现方式。因此,文本内意象叙事交流模式是以声音为载体展开的,人物

---

　　① Mieke Bal, *Narratology: Introduction to the Theory of Narrative*(London: University of Toronto Press, 2017).

意象在意象叙事交流模式中生成。第二条研究路径可明确诗人意象叙事的创作手法的内涵，并且明确以人物为中心的意象建构题旨，对其所创作的意象做进一步的划分。

第三条研究路径是叙事行为，分析意象是在叙事中被感知进而获得意义的手段。基于对叙事行为与交际行为的研究，意象突破文本的界限独立成为交际内容，即意象独立表达的过程。诗歌具有模仿与表现两方面的特点，分析这两方面在推动意象释放自身的过程中起到的作用；同时，对丁尼生作品中的两类意象获得独立表达的过程进行阐释，以读者、听众和观察者的视角为基点和审美主体，分析其是如何感知到意象自身的审美价值的。

本书借助此三条研究路径，形成了较为完整的意象叙事分析模式。对于丁尼生诗歌中的意象，从同源性论证中得出了其具有的叙事性，到文本内以声音为媒介的叙事交流模式中所带有的艺术性，再到文本外意象获得独立表达的文化性，初步形成了对丁尼生诗歌意象叙事分析的理论框架。意象叙事这一术语的提出是基于现有的叙事学理论体系，同时融合了作为审美客体的意象研究。我们在对丁尼生诗歌的意象叙事研究中，通过以上三条研究路径，从三个方面论证了意象叙事在丁尼生诗歌中所展现的特质，该特质为丁尼生诗歌的阐释提供了新的视角。

第二章　丁尼生意象世界中的人物

丁尼生的诗歌创作所呈现的意象叙事手法表现为从静态的塑造人物,到将情景与人物相结合,再将前文本和隐含文本之中的人物、景物、比喻中的本体与喻体等重构在自己的文本之中,整合前文本和隐含文本中的人物形象,并与自己文本中的情境相结合,创作出“最熟悉的陌生人”,最终将意象传递给读者。在文本外的“故事素材”中是“故事”中的人物(character)①的抽象特征,因此被称为人物形象(figure),他们绝非具体的人而是抽象概念,可以看作人物抽象特征的集合,是被挑选的对象(selection)②。诗人是从生活中的各色人中挑选出人物,然后通过叙事将这些人物展现在文本中特定的人物身上,因此从文本中的具体人物出发反观故事素材,可以看出诗人对于素材的取舍标准和价值取向。对未被意象化的人物产生的影响,首先要分析他所表现的具体人物,进而可以深入研究影响诗人创作的内外因素。

意象叙事的前提是诗人具有生成意象的故事素材(fabula),这些素材以事件的方式存在于诗人的经验世界中,通过对其进行筛选加工,使得诗人有可以用来创作的材料。素材与文本的关系就是源和流的关系,没有素材的叙事是无意义的。要找到文本与故事素材的同源性,一方面说明了虚构本身是具有现实审美意义的,另一方面佐证了意象作为诗歌的要素具有的叙事性。根据前一章的论述,即丁尼生以刻画人物为中心的创作风格,使得人物形象成为故事素材的首要方面。他的个人经验、诗人特殊的身份、时代特色与时代要求等都可以被当作评判人物素材的标准。因此对于故事素材以及其中的人物形象的分析是对于意象叙事研究的第一步。

由此可见,第一条研究路径为意象叙事的首要步骤,为后两条研究路径提供了现实基础,具体来说就是认识丁尼生笔下的人物——他们到底是谁,又具有怎样的时代背景。

---

① Mieke Bal, *Narratology: Introduction to the Theory of Narrative* (London: University of Toronto Press, 2017), pp. 104–124.

② Ibid., p. 165.

第一节　丁尼生笔下的维多利亚人

诗人在作品中刻画了三类不同人物。

第一类,体现在早期三本抒情诗集的处理方式中,勾勒出抒情的群体式人物。群体式人物的特点是零散无序的,不受时空限制的,且在故事之外隐含着诗人的生活,在真实性的神话人物身上展现了古典文学的影子,在众多虚构的女性人物身上展现出各自迥异的时代气质。

第二类是整一式人物,即将不同的故事素材汇聚在一个特定人物身上,《莫德》(Maud)一剧中的疯子和《悼念集》中的哈勒姆均属于此类人物。整一式的人物故事线条集中,且在故事之外几乎都是诗人自己的"私人生活"。《悼念集》作为丁尼生的代表作,标志着其创作进入了成熟阶段,刻画的人物从至美转为至真,从虚构走向真实。作品中的人物会让人情不自禁地带入自己的情感,融入诗人的精神世界之中。从这两种处理人物的不同方式中可以看出丁尼生创作理念的变化:群体式人物的塑造中含有的虚构成分要多于整一式人物,从前期抒情诗虚构的创作转向经验叙事,以真实的情感为依托,传递更为感人的意象。他刻画的人物群体如同一面维多利亚人的镜子,读者从中感受到的是时代人物的群体特征,而整一式人物"哈勒姆"是诗人自己的"私人日记",从中可以读到他真实的人生经历。

整一式人物从两个层面将诗人零碎的生活经验统一起来,一层是以具有时空逻辑的事件呈现,包括对挚友之死一事的记录与描写,以及诗人回忆与哈勒姆过去的时光,包括家人的团聚、故地重游,甚至是自己多次在梦境中与他重逢的场景,这些事情虽然零散,但是却统一在这个整一式的人物身上,使他具有现实的观感。另一层是具有主题性质的沉思与冥想,进一步说是二元对立的思维模式将许多对立的问题汇聚在哈勒姆身上。他不仅是故事的当事人,还是诗人诗语的倾听者。诗人内心世界也深陷矛盾之中,挚友离世使他对待死亡的态度有了很大的变化,生与死这一个主题式的思考自然而然地被带入作品中。在诗作中多次提到"尘埃"(dust),真的如外界所说人死后就将化入尘埃之中吗?这样的怀疑情绪笼罩着诗人的创作,但怀疑并没有击倒诗人,而是进一步暗示着他的读者不要放弃心中的信仰,即便有时信仰变得有些微弱。在自然界与上帝之间,进化的观念激起了内心的矛盾,自然界的神圣之光似乎已经变得微弱了,面对上帝,丁尼生的回答是"微弱地笃信"(faintly trust),幸而这样微弱的笃信使得丁尼生内心世界没有完全崩塌,信仰的力量挽救了他。

正是由于诗人不断地追问,引发了主题式的连续思考,使得二元对立的问答在作品中持续不断。这招来了很多批评家的不满,认为丁尼生缺乏信仰。如前所述,艾略特认为《悼念集》的力量恰恰在于他的"怀疑而不是信仰"。怀疑让丁尼生对死亡产生了恐惧与绝望,内心的怀疑与矛盾使得诗人在死亡和不朽之间徘徊。通过诗篇可以看出丁尼生希冀化解调和这样一种矛盾恐惧,死亡带来了绝望,但是不朽又给了丁尼生希望,犹如一片漆黑阴霾之中一丝微弱的光亮,这在他的早期诗作《两个声音》(*Two Voices*)中给出了答案:

> 时而闪现一角
>
> 随雨雾退散
>
> 那是松间围绕的光亮峭壁。

> Sometimes a little corner shines
>
> As over rainy mist inclines
>
> A gleaming crag with belts of pines.

这样传来了另一个声音,这个声音似乎是调和的声音,然而却来自某个莫名之处,不可言说的莫名之声,充满了神秘感。丁尼生总是在人生的某处会寻得这样一种神秘不可言说的声音,从幕后走来,正如谜团一般揪住他的内心,于是他发出这样的声音:

> 究竟希望得到怎样的答复,还是伪装着?
>
> 在面纱背后,在面纱背后。

> What hope of answer, or redress?
>
> Behind the veil, behind the veil.

他还是相信面纱背后的世界,相信那云开雾散后光亮的峭壁悬崖,这也正是他内心坚定的信念所在。在两个声音背后是读者笃定的内在信念。二元对立的思维模式,让他在怀疑与笃信之间不断徘徊,时而是铿锵有力的声音,时而是微弱缠绵的细语。这样的创作逻辑深深地影响了诗人的创作,从《两个声音》《两姐妹》(*Two*

Sisters），到他的对诗《美人鱼》和《男人鱼》，再到《一切终将消亡》（*All Things Will Die*）和《什么都不会消亡》（*Nothing Will Die*）等作品，以及他的杰作《悼念集》，二元对立的思想屡见不鲜，生死的对立、科学与宗教的对立、自然与上帝的对立等，在内在的探讨中不断地向哈勒姆来展露自己的内心世界。通过这两个层面的呈现可知，整一式人物是诗人真实的生活体现，很多传记作家都以此作为他们的参考资料，用来补充文献的缺乏。

第三类是离散式的人物，出现在故事情节明显的叙事长诗《国王叙事诗》之中。这个作品的特点是，它的故事情节不是诗人的原创，而是一部典型的再创作作品，主要情节来自马洛礼的传奇故事《亚瑟王之死》。诗人将其加工成十三个独立的诗篇题，每一篇讲述不同的圆桌骑士的英雄故事，虽然这些主人公都来自古老的亚瑟王传奇，但是所表达的却是各个独立分散的人物。可见与整一式人物不同，离散式人物是通过固有的情节线索将各自独立的诗篇统一起来，各个独立的诗篇之间没有明显的事件因果联系，虽然其中有两篇是关于亚瑟王的，但是总体来说亚瑟王只是一个线索人物。因此，亚瑟王虽不是主人公，但是他却是一个毋庸置疑的中心人物，其他人物虽离散但是却不是无中心的存在，他们同属于"圆桌骑士圈"（arthurian circle）。

离散式人物也不同于早期抒情诗歌中的群体式人物，他们零散分布在各个诗作之中，彼此没有事件上的关联。但是离散式人物是在一个统一的故事框架之下，各个英雄人物也会反复出现在其他诗篇之中，在不同诗篇之中的作用也有所不同，此篇是主人公与主视角，彼篇可能降级为次要人物，可以说这样一曲赞美国王的叙事长诗，实际是由分散的圆桌骑士们合唱而成的，而且是错声部的合唱。如前所述，这本诗集是在 1859 年出版的，当时仅有四首独立诗篇，即《伊妮德》（*Enid*）、《薇薇安》（*Vivien*）、《伊莱恩》（*Elaine*）和《吉安娜王后》（*Queen Gianna*），十年之后又相继加入了四首，即《亚瑟王的到来》（*The Coming of Arthur*）、《圣杯》（*The Holy Grail*）、《佩里亚》（*Pelleas*）与《亚瑟王的离开》（*The Passing of Arthur*）。其中《亚瑟王的离开》，包括在 1842 年所出版的诗集中的《亚瑟王之死》篇目的名称都是来自马洛礼的《亚瑟王之死》。1872 年，该诗集又收录了《最后的比武》（*The Last Tournament*）和《加尔斯与蕾奈特》（*Gareth and Lynette*），1885 年又收录了《巴林和巴兰》（*Balin and Balan*），至此才最终完成了《圆桌骑士》（*The Round Table*）的主体：

献辞（*Dedication*）

亚瑟王的到来（*The Coming of Arthur*）

圆桌骑士（*The Round Table*）

加尔斯和蕾奈特（*Gareth and Lynette*）

杰兰特的婚礼（*The Marriage of Geraint*）

杰兰特和伊妮德（*Geraint and Enid*）

巴林和巴兰（*Balin and Balan*）

莫林和薇薇安（*Merlin and Vivien*）

兰斯洛特和伊莱恩（*Lancelot and Elaine*）

圣杯（*The Holy Grail*）

佩里亚和伊塔雷（*Pelleas and Ettarre*）

最后的比武（*The Last Tournament*）

桂妮维亚（*Guinevere*）

亚瑟王的离开（*The Passing of Arthur*）

致女王（*To the Queen*）

　　到 1888 年，丁尼生将各个篇目的顺序做了进一步的调整，使得对称有序，从《亚瑟王的到来》到主体的《圆桌骑士》，最后是《亚瑟王的离开》，组成了完整的《国王叙事诗》，因此从创作流程和如上的目录也可以看出篇章的独立性特征，这些离散式人物被装进了亚瑟王这一中心人物的容器中。

　　丁尼生从刻画虚构的人物中走出来，以真实的人物吸引读者走进自己的情感世界，这就是丁尼生从创作人物群体到整一式人物的转变，即从虚构叙事到经验叙事的过渡。从整一式人物到离散式人物的转变，体现了他对于经验叙事与虚构叙事的综合运用，表现了一种史诗创作的手法。史诗的叙事可以被看作虚构与真实叙事的综合，其中蕴含着真、善、美集合的诗学内涵，它因此被称作"史诗综合体"，既有诗人虚构成分，也有忠于现实和历史的成分，它展示的既有美与善的一面，更有真的一面。从整一式人物过渡到离散式人物，集中反映了诗人创作过程中理想与现实的对撞，是丁尼生更高一级层面的人物塑造，反映出了两个文学世界既是经验的，也是虚构的，并且汇聚了"模仿"与"表现"两种行文方式。它借助史诗综合体的研究，从其"经验的"叙事中表现为一种"真"；对于虚构的叙事倾向于表现"美与善"，因为虚构的叙事是忠于理想的，而经验的叙事是忠于现实的。离散式人物正是此二者的综合，表现了诗人的人物刻画具有史诗级的创作水准。

综上所述,丁尼生文本中的三类人物为抒情短诗的群体式人物、抒情长诗及诗剧中的整一式人物,以及叙事诗中的离散式人物,这体现了他在诗歌的人物塑造方面的不同手法和诗学理念。这些人物身上综合体现出最明显的特征就是时代感,这在他的故事素材中也有所折射。根据丁尼生所塑造的人物特征,可以反观素材中的人物形象,即什么样的维多利亚人的形象衍生出了他诗歌文本中的各色人物。

借诗歌中的人物反观故事素材中的人物形象,不难发现其人物具有很强的时代特色,进一步说他们都是典型的维多利亚人,维多利亚人的经验世界是诗人心理因素重要的一部分,影响着他叙事的"感质"①。在这个时代的精神世界里他逐渐成长为一名诗人,其作品中的人物都是维多利亚时代的精神写照。正如玛格丽特·希尔达·撒切尔(Margaret Hilda Tnatcher)夫人曾提及维多利亚的价值观时会使人们对其产生深深的怀疑,但是并不是所有的那个时期的观念都值得反对,比如丁尼生和他的一些读者,在人们深陷重重危机的时候给出了一些最好的诗句②。

第二节 维多利亚人丁尼生的经验世界

丁尼生的素材从时空角度说是维多利亚人的世界,而其作为其中的一员在创作中塑造出的人物具有时空特点,因此,叙事作品印证了现实的经验世界。素材中的人物形象经过"挑选""变化""选择""比照"等过程,最后通过一系列的"相互关系"形成"叙事圈"③。它的取舍受到精神世界诸要素支配:心理因素、意识形态因素及它们之间的综合。在这些要素综合作用下,形成了意象叙事的内在动因,这促使丁尼生对素材人物形象做出功能上的选择(selection),借以服从事件表达的需要,从而在文本中刻画出饱满鲜活的人物形象,这个便是众多的维多利亚人。这些人物具有渗透性(permeability)④,它表现在叙事素材与作品之间的边界上,使人物形象与人物之间具有了同源性。因此,丁尼生笔下的维多利亚人综合了素材中众

---

① David Herman, "Cognition, Emotion and Consciousness," in *The Cambridge Companion to Narrative*, ed. David Herman(New York: Cambridge University Press, 2007), pp. 245–259.

② Karen Hodder, *The Works of Alfred Lord Tennyson* (Hertfortshire: Wordsworth Editions, Wordsworth Poetry Library, 1994), p. vii.

③ 米克·巴尔:《叙述学——叙事理论导论》,谭君强译,3 版,北京师范大学出版社,2015,第 179–189 页。

④ Mieke Bal, *Narratology: Introduction to the Theory of Narrative*(London: University of Toronto Press, 2017), p. 166.

多人物形象特征的集合。

故事素材具有结构性,人物形象可以反映素材的取舍,"所选择的事件可以用各种不同的方式彼此串联……我们要谈的不应该是素材的独一无二的结构,而是一种结构",因此可以将心理与意识形态作为一种标准,对"一种结构"的素材进行划分。时间和空间的关系对立就是一种二元的结构,远近、大小、长短、过去与现在、现在与未来、城市与农村等,这些都是结构性的要素,这些结构性的要素单一或组合形成关系框架,这些关系框架遵循一些原则构建起来。这样就可以运用心理因素、意识形态因素,对素材中的人物形象进行结构上的分析,进而找到这些渗透性的同源关系。

心理关系可以从不同的人际关系进行分析:父与子、母与子、夫与妻、孩子与成人、富人与穷人等,这些关系在文本中的人物身上均有体现。意识形态关系不仅仅是政治立场的态度,还包括自由主义、女权主义、殖民主义、利己主义,以及个人与集体的关系等,这些暗含着根本上对立的结构;在二者基础上的是叙事者人为建立起的对立,在《悼念集》《两个声音》中诗人建构的一些抽象思考,使看似不相关的问题在叙事基础上有了某些内在的联系,它既与心理因素相关联,又同意识形态因素相关联。显然这些因素与诗人的内外世界紧密相连,即外在经验世界与内在精神世界的统一。

这样,故事素材在综合心理和意识形态基础上,使得文本中的人物不是抽象的存在,而是有根有源的实体存在。这方面因素对于叙事主体的诗人及其创作产生了影响,其中心理要素主要表现为人际关系,它的构成是一个以伦理为基础的历时性因素,很少随着时代的变化而变化,如父子关系、母子关系等,在任何一个时代都会出现的人际关系。意识形态因素表现为共时性的特征,它随着诗人的成长而变化,他的思想观念和政治立场在不同创作时期表现不同。而诗歌叙事故事素材中的人物形象综合了历时与共时两方面的因素。一方面说明了故事中人物的实存性,无论是否是一种符号的存在,它都是"不用言语表达的实体"[1];另一方面说明了诗人创作的是维多利亚时代特有的人物。

维多利亚人的世界纷繁多变。"他们这一代人,不论高低贵贱都出生在法国大革命的阴影下面,以及它所带来的数十年的战争里,伴随着周期性的经济萧条和反复无常的社会风气,法国的侵略、国内的革命、自然灾害以及犯罪给他们的成长带

---

[1]　西摩·查特曼:《故事与话语:小说和电影的叙事结构》,徐强译,中国人民大学出版社,2013,第93页。

来了恐惧,那是个焦虑且带有启示般噩梦的年代;而英国却积聚财富来发展工业,使之成为全世界最富有的国家。这代人经历了并为此欢呼过的 1837 年维多利亚女王的登基。作为维多利亚人的他们给自己的孩子灌输道德和宗教的价值——这些在 19 世纪初就已经扎根繁茂的思想。很多人还是充满着恐惧回顾自己年轻时代粗俗不堪的英国,他们引以为豪的是自己征服的欲望和狂暴的情感,其他人则期盼着一个更加自由而不苛责的世界。"①这是对维多利亚人最真切的刻画与描写,对于这个时代有很多的关键词可以用来描述维多利亚人,"道德""美德""尊重""自助""节制""虚伪""怀旧""自恋"等,虽然不能简单地以贴标签的方式来定性维多利亚人的总体特征,但是从某些方面可反映出一个时代人们总体的价值观念,这些被丁尼生深深地嵌到自己的人物中。我们在他的作品中看到了一个个真实的人物,如英勇的"亚瑟王"、忠诚勇猛的"兰斯洛特"、睿智敏感的"加拉哈德"、渴望探险的"尤利西斯"、向往自由的"提托诺斯"、痴情内敛的"夏洛特女郎"、内心如火的"玛丽安娜"、渴望爱情的"公主"等,这些人物身上真实地反映出了诗人要探讨的时代观念。

这些人物特性(traits)②是离不开时代的背景的,也就是说人物之所以成为"实存",是因为它脱离不了自身存在的背景。背景是时间与空间综合形成的,人物是通过其性格的特性来明确的,因为在叙事学中人物跟性格的英文是一个词,即 character。这些抽象的特性来自素材中的人物形象,借助这些特性才使人物具体化,不论是通过言语的表达、转述,还是通过人物的具体行为,将素材中的抽象的特性汇聚在作品的人物身上,是诗人创作的动因,它刺激诗人将人物具体清晰地呈现出来。通过心理与意识形态展现的素材要素,借助人物的特性展现在具体人物身上。

如前所述,心理因素从某种程度上说是由人际关系支配的,反映在诗人的生活之中。纵观丁尼生的一生,有三组重大的人际关系影响了他的成长与创作:首先,家庭关系中的父子关系;其次,同窗关系中与哈勒姆的不解之缘;最后,成为"桂冠诗人"后与王室的关系。它们交替在丁尼生的个人与公共生活之中,成为他个人成长的三部曲。通过早期的传记可以看出,家庭关系之中的父子关系有翔实的记载,因为这些传记基本由他后代所写,对于家庭生活描写的可信度较高,其中有两本具有很高的参考价值,一本是他去世后不久由其儿子哈勒姆·丁尼生(Hallam

---

① Ben Wilson, *The Making of Victorian Values: Decency and Dissent in Britain* (New Yourk: The Penguin Press, 2007), p. 4.

② 华莱士·马丁:《当代叙事学》,伍晓明译,北京大学出版社,2005,第 121 页。

Tennyson)所写的《一本回忆录:记阿尔弗雷德·丁尼生勋爵》(*Alfred Lord Tennyson: A Memoir*),另一本是由他的孙子查尔斯·丁尼生(Charles Tennyson)所写的《阿尔弗雷德·丁尼生》(*Alfred Tennyson*)。相比之下,后者修正了前者的一些描述,较为全面地介绍了自己的祖父和丁尼生的家族史,并且对于其私人生活和公共生活中的种种冲突给出了可信的解释。

丁尼生于1809年出身于索莫斯比(Somersby)一个牧师家庭,在家中排行第三,有兄弟姐妹一共十二人。他的祖父有殷实的家产并且是一位下议院的议员,很有社会地位。他的父亲乔治·丁尼生(George Tennyson)是家中的长子,勤奋博学且十分刻苦,同时饱读诗书,这样的言传身教对幼小的丁尼生产生了深刻的影响,尤其是家中不菲的藏书,为他学习英国文化与诗歌打开了一道闪光的大门。然而,他的父亲没有得到祖父的青睐,反而是他的叔父查尔斯·丁尼生(Charles Tennyson)成了祖父的掌上明珠,在这种情况下,丁尼生的父亲整日借酒消愁。在之后的传记以及一些零散的书信中,人们了解了丁尼生的父亲痛恨自己的弟弟,因为祖父不公平的宠爱让他的父亲在长子优先的社会习俗下失去了本该属于自己的一切,并且遭到周围邻里的嘲讽,甚至有人对其父亲说:"你已经完蛋了!"这让他的父亲与叔父之间产生了隔阂。而这一矛盾逐渐加深,特别是在叔父被议会提拔后,他的父亲乔治却被贬到了地方教区任牧师一职,使得兄弟之间彻底反目。

其叔父在写给祖父的信中曾经说道:"乔治似乎看起来都把我遗忘了,能记起我的都是愤恨,以至于永远不想提及我和我的家人。"而正是这样一种极端的情绪,使得丁尼生的父亲整日喜怒无常且郁郁寡欢,后来普遍认为这些同他早年的癫痫病症有很大的关系。正如丁尼生描述的那样,父亲几乎整日躺在床上昏迷不醒,加之本来就暴躁的性格,这对年幼的丁尼生产生了强烈的负面影响。随之而来的家庭经济负担也愈发严重起来,由于其父亲微薄的经济收入,在拿破仑战争后的那段"和平与乞丐"期,让他们一家的生计一度难以维系。

在长期的精神压抑下,丁尼生的父亲于1824年与世长辞,次年其母亲也撒手人寰,离他而去了,丁尼生在这个时候也只不过是个十五六岁的少年。同样受到家庭不幸影响的还有诗人的两个兄弟,其中一个因为精神疾病早早离开了人世,另外一个幸而得到诗人的悉心照料,不至于早早落入病魔的魔爪,但是这样的忧郁情绪却始终萦绕在丁尼生左右,使得诗人终身与其相伴。特别是诗人在剑桥大学的求学岁月,他的同学和朋友们都觉得丁尼生是一个沉默寡言、郁郁寡欢的青年,尤其是身边的人对他的作品做出一些评价的时候,他总是紧锁眉头且十分敏感,这样的状态一直持续到暮年。在他完成了《悼念集》之后,诗人甚至有长达十年的"沉默期",在此期间他只写了一些短诗和评论,没有长篇作品问世。丁尼生把自己这样的状态归咎于家族的"黑色血液"(black blood)(可能是联系到中世纪的体液说),为自己的忧郁寻找开脱的理由。在这样错综复杂的家庭关系中,我们可以看出丁尼生在心理层面上有着浓重的负面情绪,这些直接反映在《莫德》等作品中。

家庭生活中的诸多不幸,并没有抹杀维多利亚人丁尼生身上所显现的时代进步感,对于当时许多的进步观念,丁尼生以诗人的身份表达了自己的态度。这些包括他对待工业化的态度、对待女性的态度、对待科学技术的态度等。他虽然张开怀抱拥抱这些进步的思想观念,但也对这些观念表示出深深的怀疑,在怀疑中追寻精神的升华与进步是他创作的主旋律,这同变革时期的社会心理有很大的关系。

维多利亚时期是英国历史上大变革的时代,各种观念层出不穷。这个日新月异的年代对年轻诗人的影响是显著的。早年的丁尼生凭借《廷巴克图》一诗得到了剑桥大学同人的赏识,并且被邀请加入了剑桥大学学生组织的先锋团体"使徒"(The Apostles)。该组织的全称是"剑桥对话社团"(Cambridge Conversazione Society),其中的成员日后都成了上流社会的精英,包括他一生的挚友亚瑟·哈勒姆(Arthur Hallam),他当时是伊顿公学最出众的年轻学者之一,其父是知名的历史学家亨利·哈勒姆(Henry Hallam);詹姆士·斯沛汀(James Spedding),他学识渊博,是丁尼生诗歌的权威批评家之一;叱咤风云的英国前首相威廉·格莱斯顿(William Gladstone);理查德·切尼威克斯·特兰奇(Richard Chenevix Trench),他是西敏寺教长和都柏林主教;还包括朱利斯·赫尔(Julius Hare)、约翰·弗雷德里克·丹尼森·莫里斯(John Frederick Denison Maurice)、约翰·坎贝尔(John Kemble),以及托马斯·卡莱尔(Thomas Carlyle)的挚友及其传记作者约翰·斯特灵(John Sterling)等人。

丁尼生积极参加社团活动,并得到了成长与锻炼的机会。在众多同窗的关系中,与他最亲近的就是哈勒姆,他是丁尼生很多作品的灵感来源。面对天性敏感的丁尼生,哈勒姆无论在生活上还是在诗歌创作上都给予了他很大的鼓励与帮助。实际上,剑桥大学的朋友们邀请丁尼生加入"使徒"是看中了他的诗才,但是哈勒姆在很多方面都非常钦佩他。这段时期丁尼生发展了同哈勒姆的友谊,并且得到了挚友对自己作品的一些中肯建议。社团人员经常聚在一起讨论当时的时事,发表各自的一些看法,相互间碰撞出许多思想火花,这促使丁尼生进一步学习和研究了当时流行的思想理论,其中包括哲学、宗教、社会学和政治学。社团的生活赋予丁尼生很多创作灵感,其中他的名作《食莲人》就是在"使徒"的聚会上即兴创作的。但是他与"使徒"的"蜜月期"并不算太长。由于丁尼生并不擅长散文与论文写作,这越来越不能满足社团的需求,他自己也感到压力重重,因此被迫放弃了社团会员的资格,以"荣誉会员"的身份继续留在社团内部参与其中的活动,能保持这一身份也与哈勒姆的力挺有关。

哈勒姆与丁尼生彼此融入了对方的家庭生活中。1829 年,哈勒姆受邀拜访丁尼生在索莫斯比的家,并在那里结识了他的妹妹艾米丽·丁尼生(Emily Tennyson),两人情投意合。他们不顾哈勒姆父亲的反对,于 1832 年订立婚约。这段时期丁尼生与哈勒姆两人交往密切,并经常一起出游。丁尼生直到晚年仍旧喜欢到处旅行。那时哈勒姆一边学习法律一边沉醉在丁尼生所创作的诗行之中,并多次鼓励他出版诗集,尤其在丁尼生于 1830 年出版了第一本诗集之后,哈勒姆于 1831 年在当时的《英国人杂志》(The Englishman's Magazine)上发表了《论当代诗歌的特点及阿尔弗雷德·丁尼生的抒情诗》(On Some of the Characteristics of Modern Poetry and on the Lyrical Poems of Alfred Tennyson)一文赞颂丁尼生的诗才。

他们的友谊因一件意外事件更加深厚了。丁尼生曾经同哈勒姆一起将"使徒"组织筹措的一笔革命援助款送给比利牛斯山脉的一些流亡者(他们是西班牙宪政主义人员),纵然路途险恶,但是他们最终完成了任务。虽然革命失败了,但是表达了丁尼生早期对于进步革命的支持。很多同丁尼生一起参与此次活动的成员被当时的英国政府抓获,甚至被处死,其中就包括他们爱尔兰的朋友波依德(Boyd)。不久英国政府就取缔了很多社团活动,其中就有"使徒"社团。政府认为它属于较为激进的社会团体,社团的活动很多都卷入了反对费迪南(Ferdinand Ⅶ)的西班牙革命(1830 年)。他们二人的那次行动,可谓生死攸关,被认为是丁尼生一生唯一一次参与的革命性质的活动,而这次行动也被认为是"理想主义者的一次冒险且鲁莽的行动,他们对西班牙的情况一无所知"[①]。这之后,二人在巴黎进行了短暂的停留,只不过是为了一睹卢浮宫里提香·韦切利奥(Tiziano Vecellio)的一幅名画《虚荣的寓言》(Allegory of Vanity)而已,这幅画后来成为《园丁的女儿》(The Gardener's Daughter)的故事素材。这段时期的丁尼生处在成长时期,也是他同哈勒姆交往密切的时期,两人建立起了革命同志一般的友谊。哈勒姆深深地影响了丁尼生,而丁尼生在心理上或多或少地对哈勒姆有一些依赖,因为哈勒姆已经是丁尼生的准妹夫了,二人的情感俨然如家人一般。

1833 年 9 月传来了噩耗,当时在同父亲度假的哈勒姆突发脑出血不幸身亡,这对当时的丁尼生和他的妹妹艾米丽来说如同晴天霹雳。这样的不幸带给丁尼生巨

---

① Leonee Ormond, *Alfred Tennyson: A Literary Life*(UK: Palgrave Macmillan Press, 1993), p. 31.

大的打击,因为"毫不夸张地说,在哈勒姆死后丁尼生一直处在伤痛之中,这样的状态也是他后半生的真实写照"①。此时两人的关系已经情同手足了,他们由早期的同窗互相欣赏,到后来战友般的互相扶助,再到家人一般的血浓于水的情感。因此哈勒姆的辞世对丁尼生的影响是不言而喻的,在《悼念集》的创作中可以明显地感受到,它所表现的精神世界不仅是丁尼生自己的,应该说是他们二人共有的灵魂状态。

这些素材零零散散地分布在《悼念集》中,如果试图将顺出一条完整的叙事脉络是很困难的,因为丁尼生自己就称这部作品是他"灵魂的轨迹"(way of the soul),因此"碎裂的质感才是《悼念集》这部作品真切感人的所在"②。但是从它的故事线条中可以清晰地看出作品如日记一般的叙述模式,它记录了两人的过往经历,以及哈勒姆的身后事。如前八篇记录了哈勒姆的遗体被从海外运回;第二十二~二十六篇描写了诗人回忆同友人仅有的两次出游经历;第七十一篇和第九十八篇对应诗人游历法国与莱茵河谷的往事;记录了三次圣诞节的欢愉场面,分别是第二十八~三十篇、第七十八篇和第一百零四~一百零五篇,虽然哈勒姆仅在索莫斯比同丁尼生的家人度过一次圣诞节,但是这些诗歌所回应的节日气氛与之紧密关联。其他一些篇章零星介绍了丁尼生的家人,如第七十九篇是诗人对他的哥哥查尔斯的内心独白;还有一些记录了生活琐事。但是作品主要是围绕着诗人与哈勒姆的交往和他的思想展开的,因此"对丁尼生来说,同哈勒姆的友谊是他作品素材的有力来源,然而,家庭的烦恼也不断袭扰着他"③。

对于丁尼生来说,1850 年是一个奇年,很多评论家将这一年作为他文学生涯的一个分水岭,因为这一年是他的福年。在这一年丁尼生结婚了,尽管他的内心仍旧弥漫着失去挚友的伤感情绪,同时丁尼生完成了《悼念集》的创作并且将它出版(当时出版的是一百二十九篇诗歌,第五十九篇是 1851 年加入的,直到 1870 年将第三十九篇加入才最终完成整部作品)。让他没有想到的是作品在当时得到了广泛的好评,尽管夹杂着一些负面的声音,不过最重要的是这本诗集得到了王室的青睐,尤其是阿尔伯特王子(Prince Albert)。当时的阿尔伯特王子被称为"没有名分的国王"(King in all but name)。1850 年 5 月华兹华斯离世,王子将补选"桂冠诗人"的事宜交给了当时的银行家塞缪尔·罗杰斯(Samuel Rogers)。对于罗杰斯来说,完成这项王室的使命是他多年的心愿,于是他在一群年轻的诗人中权衡这一人

---

① Richard Gill, *Macmillan Master Guides-In Memoriam by Alfred Tennyson* (London: Macmillan Education, 1987), p. 2.

② Ibid., p. 8.

③ Ibid., p. 3.

选,其中就包括丁尼生、莱·亨特(Leigh Hunt)以及伊丽莎白·巴瑞特·布朗宁等,最终经王子同意将头衔授予了丁尼生。正如丁尼生的儿子在自传中所说的:"11月19日这天,我父亲被授予'桂冠诗人'的头衔,主要原因是阿尔伯特王子对《悼念集》的钟爱……在他获得殊荣的前一天晚上,他(丁尼生)在梦里梦到阿尔伯特王子走了过来并在他的面颊上吻了一下。"

阿尔伯特王子对丁尼生有知遇之恩。丁尼生在获得了王室的肯定之后,拮据的生活有了很大的改善。他错过了第一次在白金汉宫觐见的机会,竟然是因为他没有借到"朝服"(court suit),在当时的条件下,他的确买不起一套这样的衣服。在第二次觐见的时候,还是罗杰斯借给了他一套这样的衣服,才使丁尼生有机会觐见王室成员,而这套衣服正是华兹华斯在 1843 年接受"桂冠诗人"的头衔时所穿的。后来很多人猜测,可能由于罗杰斯本人也十分想得到这样的殊荣,故而一直留着这套衣服。

1861 年 11 月,丁尼生的伯乐——阿尔伯特王子因伤寒病逝世了,维多利亚女王成了寡妇。当时的丁尼生已经做了十年的"桂冠诗人",并且深得王室的恩宠,此时受命于王子的女儿爱丽丝公主,为溘然长逝的王子创作挽歌。于是丁尼生在犹豫与不安之中作了一首长诗,将其题为《献辞》,置于他当时没有完成的巨著《国王叙事诗》的开篇,以御用诗人的身份表达对王子的怀念。其中,诗人用了很多对亚瑟王的赞美诗句来暗指阿尔伯特王子,将其与历史上的国王形象相提并论,来宽慰女王的丧夫之痛:

> 哦,女人啊,莫心碎,只要坚持依旧;
> 莫心碎,因为你务必高贵,便能不朽,
> 　记住那颗星辰如此的美丽,
> 　　在你的身旁闪烁,
> 点点的星光汇聚成河,但很快离去,
> 在皇冠之上留下永恒孤绝的荣耀。

> Break not, O woman's-heart, but still endure;
> Break not, for thou art Royal, but endure,
> Remembering all the beauty of that star,
> Which shone so close beside Thee that ye made,
> One light together, but has past and leaves,
> The Grown a lonely splendour.

这首诗深得女王的喜欢。后来女王在接见丁尼生的时候对他坦言,她在读《悼念集》的时候不能把持地爱上了他的诗,并且将诉说往事情感的主体"他"改为"她",将其中诗人对亡友的爱转嫁到自己的身上,借助诗人的声音来诉说自己的情感,即以所谓在诗中遇见自己的方式来感怀诗意,以模拟的共情方式来慰藉她孤独丧偶的悲伤。在之后的几次私人会面中,丁尼生将自己的妻子艾米丽以及儿子带到了女王的面前,女王亲切地接见了他们,并且介绍了很多贵族朋友给诗人认识,其中就有阿尔盖尔公爵(Duke Argyll)及奥古斯塔·布鲁斯夫人(Lady Augusta Bruce)。同时丁尼生一家也多次参加王室组织的活动,其中有较大影响的是丹麦的亚历珊德拉与威尔士王子的婚礼,诗人应邀创作了很多场合诗、题赠诗给他国的宾客。虽然女王本人曾对丁尼生的穿着表示了些许的反感,但总归是十分欣赏他的才华的,"跟他谈话是十分有趣的,在他粗犷的外表背后是伟大与宽广的心灵"。丁尼生在写作他的巨著《国王叙事诗》时,也受到了王室的些许影响。他感恩自己受到的恩宠,在家庭经济状况得到改善的同时,自己得到了贵族般的对待,而作为"桂冠诗人"的职责,他的心理受到了很大的触动,因此他要大力宣讲国家故事,尤其是塑造具有王者情怀的国家形象。

在诗人的成长中,这三种重大的人际交往关系,使诗人的故事素材得以准确的定位与划分。其一是反映早期带有创伤感的忧郁情愫。在他与父兄之间的关系中可以看出他们家族式的"黑色血脉"[①],这使诗人经常借助悲情故事题材来诉说情感,其中男性人物多显出忧郁的性格。庞德等人批评他具有"女性的气质"及"颓废的"英雄人物、成为现代派诗歌的对立面、极端的又疯狂的"莫德",这都与他的父子关系有关。其二是与哈勒姆的交往使他对自己的诗人身份有了深刻的认识,在诗歌的创作上也有了长足的进步,并善于用自己个人的故事素材讲述时代的普遍情感。挚友离世使他陷入了失落的状态,他经常沉浸在死亡的气氛之中,并塑造了一些阴暗昏沉的人物。《悼念集》的色调可见一斑,它本身就是一部挽歌。其三是得到了"桂冠诗人"头衔之后,他与王室的接触也愈发频繁,诗人明确了自己的职责,这触动了他叙写民族故事的勇气与决心,这样的故事素材既可以用来赞美王室,同时也满足了自己特殊诗人身份的心理。从这一点来说,《国王叙事诗》的创作离不开诗人当时的特殊背景,以及他与王室的关系。根据巴尔的观点,故事素材通过这样一些人际关系的反映,在心理因素上构成了诗人叙事的动机,很多人物意象的构建围绕着他经验世界中的这些人际关系展开,这些人物就这样在他的文本

---

① Karen Hodder, *The Works of Alfred Lord Tennyson* (Hertfortshire: Wordsworth Poetry Library, 1994), p. xi.

中粉墨登场了。也就是说,故事素材进入的路径被打开了。除此之外,他在素材中探寻了意识形态要素,这些清晰地镌刻在了他的人物身上。

丁尼生的人物之所以耐人寻味、活灵活现的一个主要原因,就在于其所讲述的故事,它在心理层面上具有人们普遍的情感特征;另一个原因是这些人物身上有着那个时代特有的思维模式,它与素材中的意识形态因素密切相关。关于意识形态的解释与定义有几十种之多,其中科林·萨姆纳(Colin Sumner)和约翰·斯托雷(John Storey)就曾归纳出了十几种意识形态的定义,总结起来意识形态具有两种特点:一是将其定义为一种思想体系,包括世界观、价值观、信仰、理论、宗教及哲学等方面;二是将意识形态定义为一种实践意义的活动①。从叙事的视角来看,它偏重于第一种解释,即通过人物的行为来分析其展示的意识形态因素,尤其是小说中人物的对话成为叙事中意识形态主要研究的领域,它是作为艺术生产中不可少的一个结构性要素②。

20世纪的人文研究出现了"语言学"转向,对意识形态的理解进一步深入,尤其是系统功能语言学的发展,特别是语类(genre)的研究,将意识形态置于语类层面之上,是语言体系中最上层的结构,凸显了意识形态研究的意义与价值。在文学方面的研究中,很多学者将意识形态作为工具分析文学文本,"语言是意识形态斗争的战场,而不是铁板一块的系统;符号则是意识形态的物质媒介,因为没有符号任何价值或观点都无法存在"③。此观点说明了两个问题,一是语言是意识形态的载体,意识形态是一个系统;二是这个系统传达了特定的价值观。叙事学对意识形态关系的表达解释了这样一个系统的形态:"除心理关系之外,意识形态关系出现在许多素材中……不管是封建主义与自由主义、自由主义与社会主义、家长制与女权主义、殖民主义与解放之间的对立,还是其他特殊的对立……行动于其中的世界的意识形态对立。"因此意识形态作为一种思想体系,它具有二元对立的基本特征,在这个体系下暗含一种对抗性的因素,"不是类别本身而是分类、不是区别而是对立的结构本身才是意识形态的圈套"④。因此,诗人在创作诗歌的活动中,是会将意识形态带入到人物身上。丁尼生的思想体系既是一部他个人的观念史,也是一部维多利亚人的观念史,其中包括思想观念和政治立场两方面内容,这决定了丁尼生在处理故事素材时所持有的态度。

---

① Terry Eagleton, *Literary Theory: An Introduction*, 2nd ed(Oxford: Blackwell Publishing, 1996), pp. 79-109.

② Terry Eagleton, *Marxism and Literary Criticism*(London: Routledge, 1976), pp. 28-35.

③ 特雷·伊格尔顿:《二十世纪西方文学理论》,伍晓明译,北京大学出版社,2006,第56页。

④ 米克·巴尔:《叙述学——叙事理论导论》,谭君强译,3版,北京师范大学出版社,2015,第189页。

　　生活在这样一个变革与动荡的年代里,丁尼生内心世界是追求进步思想的。在这个"多事之秋"里,诗人受到了很多的冲击。从欧洲的战争与革命,到工业化的冲击和政治的改革,以及对于英国时刻会卷入拿破仑战争的那种未知恐惧,这些一刻都没有停止对他心灵的袭扰,其中冲击最大的莫过于科学的进步,特别是进化论对他的影响。这些反映在诗作里,表现为丁尼生笔下的人物总是透着一种忧郁的情愫,并且他们带有强烈的怀疑眼光,以一种不安的视角来审视周围的一切。丁尼生的故事中充满着过去的人情世故,这些不仅体现在古典文学神话中的人物塑造上,还体现在他个人情感叙事的《悼念集》上,他在回忆中踟蹰不前,这一点备受同时代很多诗人的诟病,表现在这些忧郁、怀疑、恋旧的人物身上。诗人选取素材中的这些人物形象与其思想状况和意识形态有很大的关系。

　　在丁尼生二十岁来到剑桥大学的时候,欧洲的思想界正在经历着很大的变革,折中主义思想在剑桥大学的学术圈扎根并得到了广泛的发展。奥布雷·德·维尔(Aubrey de Vere)在分析丁尼生的《公主》时用"杂糅"(heterogeneous)来形容作品中维多利亚的建筑风格,并将这样的特点放射到那个时代的总体特性中,"我们所生活的这个时代虽然有自己的特点,但是这个特点已经不是写在外表的面子上了"①。杂糅性(heterogeneity)影响了 19 世纪的思想潮流,当时的英国成了众多外来思潮的战场,各种思想交替登场,尤其法国和德国的哲学思想,为杂糅性思想的产生提供了前提条件。"这样的情况经常出现在 19 世纪,评论家们援引杂糅,或者是外界的折中主义来形容维多利亚时代的建筑,来形容这个时代的内在特征。"②当丁尼生来到剑桥大学开始自己的求学之路时,折中主义思潮早已弥漫整个校园了。那时维克托·库桑(Victor Cousin)已经在剑桥大学开展了一系列关于折中主义的讲座,他用折中主义观点分析哲学史,受到了广泛的关注。根据折中主义观点,18 世纪的思想体系已经形成了三大主要系统:唯物主义、唯心主义和常识学派。按照他的观点,这三大学派已经完整地阐释了自身,现在哲学的任务不是去探索一个全新的系统,而是应该整合这些体系,尤其是整合其中值得去探求的要素。如果说 18 世纪是毁灭时代,那 19 世纪就是一个思想上的康复时代。因此,他明确合并过去旧的元素,从自身体系出发去获得未来的哲学思想。

　　折中主义重要的研究方法是建立一个二元对立的系统,形成对立的思考模式,

---

① Aubrey de Vere, "Modern Poetry and Poets, "*Edinburgh Review* 89, no. 179(1849), pp. 204-227.

② Bolus-Reicher Christine, *The Age of Eclecticism: Literature and Culture in Britain*(Columbus: The Ohio State University Press, 2009), p. 140.

进而使观点更加清晰明确。"它从细节、个别观点出发来形成总体观念和主要观点"①,这些基本的折中主义思想影响着当时的丁尼生和"使徒"的很多成员,尤其它表达了对过去思想观念的重视,这契合了丁尼生很多怀旧的故事题材,尤其是他对神话的追逐。过去的故事题材成了丁尼生故事素材的范本,诗人自称是"过去的激情"一直萦绕在他作品中,直到晚年,他很多的故事素材是来自对过去题材的向往。由此可见,早年的折中主义思想深深地影响了这位怀旧的诗人。

丁尼生并不是没有去创新故事题材,而是把更多的精力用来整合过去的传说与神话素材,并将其更好地应用到自己的作品之中。库桑的哲学观念迎合了欧洲战后出现的创伤情绪,在过去的碎裂中寻求一种完整的自身,尤其是看到法国在后革命时代被战争折磨得四分五裂的时候,这样的情绪在英国社会突显出来。"折中主义观念在英国兴起,它将过去整体性与当时支离破碎的情况对立起来,逐渐丧失了对权威的信念。"②不再迷信权威带来的后果就是怀疑,怀疑的情绪蔓延到各个领域,同时宗教上的不稳定因素也助长了这种怀疑的情绪,在 19 世纪初的欧洲世界只有英国拥有自己的国教,英国的教会不仅是文化的,也是人们精神世界的中心。1829 年的教会改革对那些不能遵守"三十九条教规"的天主教徒们禁止在公共场合集会,这招致了下层人士的不满。从那时起对教会直接攻击的事件便不断发生,宗教上的不稳定与不团结严重撕裂了英国社会的各个阶层,越来越多的民众不再去教堂礼拜。科学进化的观念迅猛兴起,人们陷入了严重的信仰危机。"信仰危机的出现有很多原因:都市的群众远离教堂,随着对《圣经》历史背景的研究的增多,产生了一些实证主义的哲学论调(声称可以找出任何形而上学和超验主义的研究范畴)及相关的科学发现,特别是生物学和地理学的重大发现,(这些因素)挑战着基督徒们所信奉的真理,即《圣经》。"③丁尼生二元对立的思想所表达的,恰恰是一种对于时代的深刻怀疑情绪,但是在信念上他自己却始终是坚定不移的。

"使徒"时期的丁尼生在思想上受到了洗礼,这不仅与剑桥大学的学业有很大关系,也与和朋友思想的交锋给自己带来的深刻思考有关。莫里斯是"使徒"成员之一,是一位一元论牧师的儿子,他自己就是"使徒"们思想转型的一个例证,通过接受所有有悖于自己信仰的教派信条,兼容并包这些信条,并在同情中将这些不同

① Bolus-Reicher Christine, *The Age of Eclecticism: Literature and Culture in Britain* (Columbus: The Ohio State University Press, 2009), p. 70.

② Ibid., p. 143.

③ Gill Richard, *Macmillan Master Guides-In Memoriam by Alfred Tennyson* (London: Macmillan Education, 1987), p. 5.

于自己的信条整合。他一生都在这样的宗教情感中度过并寻求信仰的，莫里斯称为"痛苦本真的自我内省"①。通过这样的内省与转变获得信仰和慰藉，这是"使徒"成员普遍的内在心灵状态。正如这个社团最初的名字"剑桥对话社团"一样，成员们彼此通过"对话"交流来达到精神上的转变，或者说是实现精神的觉醒。交流是通过自我意识与集体意识碰撞，使得心灵在内外整合的观念中获得慰藉，达到精神上的成长。莫里斯是丁尼生的良师益友，在他离开"使徒"之后，仍然同莫里斯保持着良好的关系，也是受到莫里斯的学养的影响，丁尼生对基督教教义的一些观点有了更加深刻的理解。不同声音碰撞的"对话"往来成为获得思想与信仰的一种手段，这在丁尼生很多作品中有所体现，形成了互动的声音交流体系，来达到神圣的净化与精神的感悟。

不难看出，在折中主义影响下产生了另外一种观念，这就是包容和融合的思想。这一点在丁尼生的故事素材中十分普遍，尤其是在《公主》一诗中，新女性观念与传统观念最终融合在王子的男性世界和公主的女性世界的和解之中，这样一种"使徒式"的精神转变从《公主》的副标题"杂音"（medley）就可以体现出来。融合了各种思想的声音既包括主流声音，又包括与其相对立的声音，并且包容在主流声音之中，既是二元对立的结构元素，又统一在一个系统之中，杂糅汇合在一起，借助对立的思想结构来使人们进行深入的思考。

丁尼生对周围的一切都时刻保持着敏感的神经，在经济、社会、政治及宗教的混乱之中，他以高度敏感的感官体验时刻准备捕捉所需的素材，借以表明自己的政治立场。这不仅跟他早年在剑桥大学的求学生涯有关系，因为哈勒姆在政治上的活跃状态影响了他，同时也与拿破仑战争给他留下的阴影有关，他对那个变革年代产生了极大的内心恐惧。在国家经济扩张的背后是战争暴力所带来的创伤，加之英国自身动荡的政治环境，尤其是19世纪三四十年代，紧张的政治气候使诗人对此产生厌倦的心理，这与哈勒姆在政治上鲜明的公共形象相反，诗人总是试图躲避政治生活。"一种对待暴力革命的恐惧持续零星地出现在丁尼生的1830年诗集中"②，形成这样一种恐惧的心理与诗人自身动荡的生活，以及国家政治生活的不稳定因素不无关系。丁尼生早期生活的拮据，让他渴望稳定的生活状态，他的居住环境让他感到生活的乏味，因而他向往欧洲，那里生存压力没有如此之大，他甚至想要去地中海来逃离现实的生活。19世纪40年代的日子更加艰难，因为英国当时

---

① John Frederick Denison Maurice, "painfully honest self-scrutiny," in *The Cambridge Apostles: The Early Years*, ed. Peter Aleen (Cambridge: Cambridge University Press, 1978), p. 70.

② Leonee Ormond, *Alfred Tennyson: A Literary Life* (UK: Palgrave Macmillan Press, 1993), p. 74.

正在经历"饥饿四十年代"（the hungry forties），此时维多利亚女王刚刚登基不久（1837 年），社会的不稳定因素骤增，"英国的社会和政治生活充斥着不安全、贫困和各种反抗活动的威胁"①。在社会各个领域都掀起了改革的热潮，尤其在商业扩张的背后，暗含着很多危险的因素，诗人对此表明了立场并且在一些诗歌中攻击此种"疯狂的商业扩张"行为。对于议会中的一些改革和提案，总的来说丁尼生支持奥博伦·赫伯特（Oberon Herbert）的农业改革、传染病法案、殖民地驻议会代表等，反对格莱斯顿在埃及和爱尔兰的政策，反对普鲁士战争，反对空想社会主义，因为它们的根基与基督教教义和骑士传统相违背。对于议会的一些议案、法案，丁尼生赞扬的是一种有机的增长，而不是突变。

但是丁尼生的政治立场时而明确，时而模糊，尤其体现在他于 1830 年出版的诗集中对"自由"的观点上，认为"丁尼生尝试重新定义雪莱式的关键字'自由'，这也把他引入了占主导地位的中产阶级的意识之中，他尝试将议会改革法案连同它带来的反应、私利、进步及它的强制执行以辉格党对历史的理解方式重新建构"②。有学者认为这是与他来自一个自由民主党的家庭有很大关系，因此他会反对托利党的激进作风。而且他出身于一个农业家庭，当议会对农业提出改革时，焦点就是是否废除谷物法案，这也体现出农业利益与工业利益的交锋，显然丁尼生的态度与家庭背景有很大的关系。但是当这项法案最终由托利党的首相于 1846 年废除的时候，丁尼生却表示了对他的支持，而这对于他的家人或者说强烈依靠土地和农业的家人来说无疑是一种打击。所以对于丁尼生来说："他相信改变是必要和不可避免的，但是他认为改变也应该是缓慢和谨慎的，而不应该以暴力的方式仓促行事。"③

对于参加政治活动，丁尼生并没有多少热忱，他只在年轻的时候同哈勒姆一道给西班牙的革命军送过补给款，而这主要还是由于朋友个人魅力的吸引，并不能说明他是一个革命家。卡莱尔同丁尼生的接触或多或少地影响了他对当时欧洲革命的态度及他的政治立场。这位伟大的预言家不惜溢美之词来赞扬丁尼生，不过丁尼生对他的态度似乎没有显示出多少热情，他曾说："你也许会喜欢他一天，但是随之而来的却是对他的厌倦，如此强烈，如此不堪。"④虽然丁尼生一生都不是卡莱尔

---

①　Leonee Ormond, *Alfred Tennyson: A Literary Life*(UK: Palgrave Macmillan, Press, 1993), p. 75.

②　Alan Sinfeld, *Alfred Tennyson*(New York: Basil Blackwell, 1986), p. 32.

③　Leonee Ormond, *Alfred Tennyson: A Literary Life*(UK: Palgrave Macmillan, Press, 1993), p. 76.

④　Hallam Tennyson, *Alfred Lord Tennyson: A Memoir, By His Son*, 2 vols(London: Palarave Macmillan Press, 1899), p. 279.

的信徒,但是卡莱尔的一些想法还是被他接受了,他鼓励诗人去攻击那些诽谤,去让那些有钱的阶级更多地为社会承担应有的责任,显然当时阶级矛盾在英国社会已经是非常严重的现象了,对工人阶级的剥削及对殖民地民众的掠夺成了与基督教本质相违背的行为,在英国国内最集中的体现就是宪章运动。

丁尼生对待阶级运动的态度表现出了他一贯保守的作风。宪章运动先后三次在英国发起请愿,分别是1839年、1842年和"革命之年"的1848年。工人阶级在1832年议会改革运动中帮助了资产阶级,但是却没有从中得到自己的政治利益与政治诉求,因此寻求政治上的权利成了宪章运动的根本目的,也就是获得男性公民的普选权利。对于《1832年改革法案》的通过,丁尼生欣喜若狂甚至跑去教堂敲钟以示庆祝,这说明他是积极拥护进步的政治势头的。声势浩大的请愿活动让当时的英国社会感到了新法国大革命的气势,但它早年给英国社会带来的恐惧再一次笼罩丁尼生的内心世界,与此同时,19世纪初保守的政治思想聚集在议会之中,在这样的背景下,丁尼生对宪章运动表达了自己的厌恶之情,认为这是社会需求在荼毒年轻人,并且控诉工业体系,将其与功利主义政治观念相挂钩。

> 我曾经靠近过他,当警察拿着
> 一支宪章者的长矛。你本该看看他龇牙咧嘴
> 像是一只毒物……

> I once was near him, when his bailiff brought
> A Chartist pike. You should have seen him wince
> As from a venomous thing. . .

丁尼生以宪章运动为背景的诗歌并不多见,故事素材处理基本是隐含性质的叙事模式,但是在一些短诗中还是可以窥见诗人当时的立场与态度,如《洛克斯利大厅》(Locksley Hall)中对议会和未来世界的描写、对待商业的态度,以及温和接受变化的心理特征。借助一些技巧性的写作手法,诗人将自己的政治立场借助一个士兵的独白直白地道出,隐去自己形象的同时,将自己的政治主张融入故事之中,将故事的线条附着在这个有着鲜明立场的士兵身上,这只是一些比较鲜明的例子,说明了诗人惯用一些手法将人物以直接的方式呈现在文本中。对比间接转述话语的方式,这样的人物意象更加鲜明地矗立在文本中,而不是模糊地存在于零散的作品中。以直接的方式处理人物的方法同意象派庞德的观点"直接处理事物"

相类似,虽然直接呈现人物不是丁尼生的首创,但是他却将此法融入表达政治立场和思想主张上,着实是体现了保守的意识形态对他创作的影响。

综上所述,丁尼生笔下的人物同维多利亚时期的英国社会紧密相关,文本的人物与素材的人物形象具有同源性,这进一步说明了其诗歌作品具有现实的叙事意义。而且通过对作品的梳理,可看出丁尼生在不同时期刻画的人物形象具有不同的特点,从群体式人物到整一式人物,进而过渡到离散式人物,一方面说明了丁尼生创作的理念转变了,另一方面说明了丁尼生笔下的人物具有现实依据。从诗人公共和个人两方面的生活经验中,可以看到这些人物的影子,为了弄清楚这些影子,促使人们转入对其素材的研究中。这些人物形成了现实的维多利亚世界。参考以往叙事学的研究范式,我们可从两个因素来分析丁尼生的素材:心理因素和意识形态因素。我们需弄清这些人物身上的影子,即人物的特性,因为它是丁尼生创作的动因所在。同源性论证在人物与人物形象之间进行,从而明确了文本与素材的边界,素材渗透到文本借助了某一媒介,即人物特质。

心理因素主要表现在诗人的三种不同的人际关系中,这些人际关系反映了诗人对于人物形象的特性的展示;意识形态因素主要表现为诗人的政治立场及思想观念,这些要素汇聚在特定的人物和作品之中,这是他笔下鲜活的维多利亚人的现实依据。这两部分的论述作为丁尼生以人物为中心的意象的前提,这些借以生成人物意象的具体人物是实存的,绝不是虚幻抽象的“感质”对象。通过对素材中人物形象的分析再一次明确了这些人物的实存性,这是意象叙事的基础。

同源性论证的意义在于指出诗歌叙事的真实性。人物意象的生成有赖于文本中的人物,它不是无源之水,也不是凭空捏造的,时代的现实性说明了人物与人物形象是同源关系的,不具备同源性的人物是不可理解的,叙事也是无意义的。哈勒姆是实实在在的人,亚瑟王也如此,只是叙事的虚构程度不同,但绝不是说虚构的是虚假的人物。巴尔所说的“同源关系”,一方面是塑造人物形象的故事素材,另一方面表现在他诗歌本身的句法上,因为诗歌的审美首先是形式上的。词法、句法和韵律的结合在形式上表现为一种诗学传统,也是一种诗歌创作的理念,这在巴尔看来是一种深层次的“同源关系”。正是丁尼生诗歌的这种同源关系使其形成了自己独特的创作风格。

此外,同源性论证说明的是叙事的现实性,它不仅表现在人物身上,还表现在一种“事件逻辑”中。事件的逻辑是人物展现自身的道路,如果说《海妖》呈现了一个与真实世界不相关的人物,那么其中的事件反映了一种创作和认知的逻辑。这样的“事件逻辑”蕴含着“其可以界定为读者所经历的自然而然、合乎某种理解形式的周围的事件进程"。因此人物即便是虚构的、荒诞的、反常的,也在一种"真实的假设"中,这就解释了为什么《莫德》这样的疯子行为可以形成其叙事的合理性存在。"真实的存在"表现在叙事的各个侧面,丁尼生展示的情感依靠的也是这样的"真实的存在",即便在丁尼生诗歌创作理念转变的过程中,他仍然依靠这样求"真"的诗学理念引领着自己的诗篇。情感的最大真实集中反映在哈勒姆这一人物身上,《悼念集》之所以成为不朽的诗篇就是因为其反映了丁尼生最真挚的情感世界,这使得哈勒姆这一人物具有了"跨文化与超越历史"的特点。

巴尔援引人类学家克利福德·格尔茨(Clifford Geertz)对于描述主体的概念,分析了事件外在于它的"真实"。丁尼生本人作为《悼念集》事件的主体叙述者,他所表现的真挚情感就是事件外在于它的"真实"最好的例证,其暗含的人际关系层面中的人类共有的情感是超越历史与社会形态的。巴尔批评分析了格尔茨带有现象学意味的研究方法:"将主体范畴的内容加以悬置。对于他所提出的,我们认为作为他者的依据明显不协调,不是蠢话。"①这显然是对人类学家分析人际关系时用到的叙事手段的批评,但是其中得以明晰的是通过叙事表现的人际关系的真实性是肯定的,而诗歌的叙事从理念上来说同叙事理论的真实性是相一致的。

---

① 米克·巴尔:《叙述学——叙事理论导论》,谭君强译,3 版,北京师范大学出版社,2015,第 177 页。

第三章　诗歌文本中的意象
生成分析

　　丁尼生诗歌中的人物意象与同时期其他诗人和作品相比具有鲜明的特色,不仅体现在他融合式的创作笔法上,还体现在人物不分阶级差异与文化差异都在他的作品中占有一席之地,他在作品中对话各个阶层的人物,形成了多重声部的声音合集。丁尼生以自己的声音为主要依托,有时是自问自答式的对话,有时是同虚构的人物的对话,有时是同上帝的对话,每个人物都有属于自己的话语权,从素材中走来的人物形象,逐渐清晰化、具体化地汇聚在文本人物身上,呈现出了维多利亚人的千姿百态。丁尼生围绕着主要人物将事件安排到自己的周围,充实在人物形象的刻画上,使人物有着清晰的事件逻辑,让人物活灵活现地站在了文本中。话语是诗歌文本的实现形式,用于在文本中建构情节。丁尼生以自己独特的话语展现方式,将文本的情节展现在具体的人物身上,使得这些人物具有了鲜活的形象特征。诗歌不同于小说等体裁,诗歌的主要目的不是讲述故事,特别是对于维多利亚时代的诗人,他们的任务是突出诗歌作为艺术的表现形式,在"讲述"与"呈现"之间偏向后者。因此对于诗人来说,刻画人物形象是凸显诗歌作为一种模仿的艺术特性,复现古老的主题与古老的人物迎合"呈现"的需要,将情节汇聚在人物意象之中,借助这个叙事因子来进行意象叙事。

　　意象这个叙事因子自身汇聚的情节使它具有叙事功能,发挥自身的叙事功能需要借助诗歌话语这个层面的活动,话语层面具有多重的叙事层次。从西摩·查特曼(Symour Chatman)对叙事层次的分析来看,文本人物的行为动机可以牵起叙述者和隐含读者,又预示着叙事行为之外的真正读者。对于诗歌来讲,这是一个观察者的存在,意象在文本内的交流传递使得人物意象在不同的侧面上清晰起来。可见,它在诗歌的话语中不断地呈现自身,这种呈现的实质是人物在文本内的叙事交流。诗歌文本的话语层面是以声音的模式呈现的,这一点不同于小说及其他文类。因此,通过文本内多重话语层次,人物意象得以发挥功能需要经过多层次的声音叙事交流,使之意象化的程度不断加深,最终成为独立的意象在文本中生成。

人物意象是独一无二不可替代的存在,人物的行为既具有普遍性又具有特殊性。它的普遍性解释了人物行为的合理性,而特殊性是意象传递的动力所在,也因为特殊行为成就了作品中人物的独特性。根据米哈伊尔·巴赫金(Mikhail Bakhtin)的对话理论,"差异"是对话的动力所在,这个差异至少通过"两个声音,两个声音是生存的最小基础"。也就是说,声音是人物意象生成的基础条件,人物意象的差异不在于视点的差异,也不在于聚焦的差异,而是声音的差异。

声音是规划叙事交流层级的依据,也是人物行为的规划依据。意象叙事交流有时发生在多个人物之间,行为较为复杂;有时只发生在一个人物身上,甚至不出现人物。但行为对情节的推动至关重要,是事件的成因。文本中人物意象的交流受到行为的支配作用,通过行为明确人物的身份、状态等相关属性,对行为的界定可以明确人物的信息。人物意象叙事交流的方式不单是陈述行为,也是言语行为和动作行为。在丁尼生的叙事长诗中多是后两类行为的结合,即离散式人物的长诗中,也包括一些篇幅不长的戏剧独白类的诗歌;对于抒情短诗中的人物,其行为表现为一种叙事行为,以及某些特定的言语行为,如表示祈求、祈祷等,一般没有实质性的动作行为,但在陈述中暗含着某些行为特征。群体式人物的短诗及整一式人物的《悼念集》都是这样的行为模式。

丁尼生诗歌中的人物的行为构成了事件,事件是按照情节的顺序逐渐展开的。人物的行为,不论是言语行为还是动作行为,都对情节做出了贡献。同时,丁尼生在塑造人物的时候,是夹杂着人物的情景的。也就是说,通过人物与情景结合的方式刻画人物形象,人物的行为实际是在特定的情景下产生的,人物意象不能脱离情节,而是在这个模式中借助行为不断增强情境条件。因此,在叙事交流层次之中人物意象身上也汇聚着情境,共现在这个模式之中,这就是人物意象的生成机制:在叙事交流的各个层次中,实现以人物意象为中心的意象传递过程。实现这一机制,需要诗人具有强大的声音控制力,才可以使人物意象作为叙事因子在这个层级结构中显现出来。

第一节　文本内叙事交流层次分析

第一条研究路径针对的是素材中人物形象的研究,找到作品中人物的影子。意象传递是以人物意象为中心的叙事交流行为,而意象生成的过程是以叙事交流为前提的,从人物素材到人物,表现为形式主义从故事到话语的过程;再从人物到人物意象的过程,是通过文本内人物的叙事交流行为完成的;叙事交流过程集中在文本内,人物的行为构建起了叙事的情节,而情节是叙事结构的核心。"利科提出,叙事结构的核心是情节,或者说是建构情节(借用亚里士多德的 mythos)。"①不只是保罗·利科(Paul Ricoeur),其他很多的叙事学家都持有相同的观点,而情节是由人物的行为来界定的,因此对于人物意象来说,行为是其叙事交流的核心,使得意象在文本内部生成。意象传递是一个叙述交流的过程,其中凝聚着众多的参与者,因此,它传递的过程实际是表现在具有结构性的层次中进行的。

回归文本的研究策略是集中对人物的行为进行划分,进而明确丁尼生诗歌的叙事交流层次。人物的行为模式影响了叙述的动力,也影响着作品中的人物塑造,诗歌中的人物是通过其自身的行为定义的。因此回归文本的研究,是明确诗人在文本中塑造人物形象的手法,以及人物意象生成的叙事交流过程,以此来明确意象叙事的过程。

人物的行为一方面是叙述层次划分的依据,另一方面行为直接规定着情节。根据前文对意象的论述,包括燕卜苏对《麦克白》中意象的分类,实际是围绕着修辞这个中心标准对意象进行划分的,意象没有交流的动力,是因为没有情节的属性。意象交流是以人物意象作为中心的,它结合情景意象在诗歌中构成诗歌情节的主要部分;其余的集中在话语层面展示了描述、比喻与象征意象,它们体现的是意象的修辞属性,其中没有情节。在意象传递的过程中,人物意象其中一类是有情节的意象,是意象叙事手法的主要对象;另一类没有情节的意象,伴随着有情节的意象一起存在于意象传递的过程中。这些没有情节属性的意象在文本中表现为一些修辞性的诗学手法,以及对其衍生出的文化认知手段。两类人物意象在叙事交流中生成,不同的叙事交流层次所包含的情节性不同,因此意象交流的动力因素也

---

① 迈克尔·格洛登、马丁·克雷斯沃思、伊莫瑞·济曼:《霍普金斯文学理论和批评指南》,王逢振译,2版,外语教学与研究出版社,2011,第1053页。

不同,但是在意象叙事的过程中,是通过意象传递来建构人物意象的。人物通过诗歌的声音媒介在多个层次的叙事交流模式中被意象化,即人物意象的建构。

在作品的众多意象群体中,人物意象是不能离开情景意象单独存在于叙事交流过程中的,因此人物意象传递是文本内部叙事交流研究的中心,体现在叙事交流层次的各个环节中;无情节的意象作为意象传递的辅助动力,对意象传递有着推动作用,并且也在叙事交流的过程中。不同的两类意象在生成机制上是不同的,对它们的研究办法也不相同。对于有情节的意象,以其为划分叙事交流层次的依据,分析丁尼生不同类型的诗歌中人物意象的特点,以及对划分叙事层次的影响;对无情节的意象,从诗学角度分析丁尼生意象叙事的手法,包括修辞性的构建和诗化的认知。对于这两类不同类型的意象生成的原理是叙事学对情节的研究,集中在话语层面的文本之中,因此首先对丁尼生意象生成的文本环境进行分析,即意象交流的叙事层次,其次分析经文本生成的两类意象。"每一个叙事——按照本书(《故事与话语:小说和电影的叙事结构》)理论观点——都是一个结构,它含有一个内容平面(称为'故事')和一个表达平面(称为'话语')。"[①]对于任何一个叙事作品都具有结构性,这是对叙事研究的理论基点。

很多学者对于叙事结构的内容有不一样的划分,但是对这个结构的存在性是没有质疑的[②]。叙事交流情景图暗含两个文本外的人物:真实作者和真实读者。他们赖以存在的关键是文本的虚构性,作者在创作虚构性的作品时以隐含作者的身份出现在作品之中,他"声音"的对象是虚构性的隐含读者,而真实的作者和读者外在于文本,或者说"外在于叙事交流",但是文本内部的交流仍是一个有序的有机体。因此根据查特曼的观点,文本中的这四个参与者并不都是必需的,根据创作的手法和表达的意愿,"只有隐含作者和隐含读者是内在于叙事中的,叙述者与受述者是可选的"[③]。而外在于叙事的"在最终的实践意义上也为交流所必需"。这个叙事交流情景图从根本上说是以叙述行为作为划分依据的,通过叙述的行为在文本内外树立起了这些人物形象,也就是说这些人物都是借助叙述行为来界定的。

---

① 西摩·查特曼:《故事与话语:小说和电影的叙事结构》,徐强译,中国人民大学出版社,2013,第130页。

② 查特曼为了理解"叙述者声音"这一概念,将文本内的叙事活动交流者限定为四个,并以实线的方式将四个交流者圈定在叙事文本的交流框架之中。这个方式被广泛地运用于叙事学以研究叙事交流模式,(叙事交流情景图)真实作者—隐含作者—(叙述者)—(受述者)—隐含读者—真实读者。

③ 西摩·查特曼:《故事与话语:小说和电影的叙事结构》,徐强译,中国人民大学出版社,2013,第135页。

因此,查特曼的这一图示是以叙述行为为核心的,主体是进行叙述行为的人,中间的连线不论是实线还是虚线,所指的都是某类叙述行为,直接或间接地连接着行为接受的另一方。在解构主义的浪潮下,主体性逐渐从作者、作家、写者这些人手中转移到文本中,行为也从写作者们的叙述行为变成了文本内的人物之间的交际交流行为,以及文本自身的交际行为。因此,这个观点受到巴特的"作者已死"、雅克·德里达(Jacques Derrida)的结构、米歇尔·福柯(Michel Foucault)的《何谓作者》(*What Is An Author*)中的"起源性作者"说等观点的挑战。不过仅从文本内部来看,查特曼的这个图示仅显示出了文本中作为叙述者的叙述行为,也就是说文本呈现的只是以叙述为中心的行为,主要是用以规定故事与话语的界限,其中并没有人物的行为,那么交流的动力不是人物的行为,而是以叙述行为为中心。

人物并不体现为一种交际的动力因素,丧失了人物这一关键的交流对象,使得真实作者与真实读者独立于文本之外的动因并没有在这个图示中显现,因此他们虽然是虚线相连,但实际并没有与文本构建交际性的因素。之后的很多学者对查特曼的叙事交流情景图提出了一些质疑,费伦就曾经撰文质疑查特曼将人物排挤出叙事交流的情况。人物又何尝不是叙事交流的一部分呢?在诗歌中,人物是通过内嵌在文字中的声音来展现的,因而诗歌的人物通常不称作叙述者(narrator),而是称为言说者(speaker),借以强调其声音的叙述特质,小说等文本的叙述指向是从叙述者到受述者,而诗歌的叙述指向是从言说者到听众(audience)这个一般的过程。因此在叙事交流的层次上,主要体现了声音作为言说介质的特性,也就是说,人物作为叙事交流的一部分表现为其声音的呈现。

声音成为划分诗歌叙事层次的重要依据,叙述本身离不开声音,正如查特曼对叙事交流层次的划分,先是根据叙述的声音为依据,诗歌的叙事更是如此。声音本身是一种叙述行为动作,它既可以是直陈式的,也可以是自白式的,还可以含有某些言语行为的特征,如发出命令、警告等。在诗歌的文本中,声音作为行为起到了建构人物意象的功能,发出的声音是其背后的人物,诗歌首先就是声音的表达,这可以追溯到远古时代没有书面语之前的历史。作为一种演绎诗的方式,史诗本来就是具有教化功能和社会意义的。

因此,作为诗歌存在的先决条件的口头传诵来说,声音是最古老的诗性体现;声音背后的人物及声音所指的人物,在叙事的结构层次中,形成了意象传递的轨迹,这一点在丁尼生的戏剧独白诗歌中有明确的表现。《尤利西斯》中形成了四个部分的声音特质,从内在的自白式到外在的陈述式,声音在借助其自身建构一个叙述者,而它首先应该被叙述者听到,或者说经由交流的模式声音被听到。内在的声音以自白的形式（soliloquy）自我交流，叙述者通过自我交流的声音先明确了声音存在的情景，人物与情景的结合是通过声音内在交流完成的，使人物进入与其相关联的时空视域；外在的陈述式的声音面对的是观众，它具有明确的指向性（如果是对空言说，则转向内在的声音，即转向自己），通过与听众的交流明确人物的属性，进而明确"我是谁""你是谁"这样的隐含问题。声音的内外叙述行为既有对自己的交流，又包含听众之间的交流。巴赫金在其对话理论中谈到的自我对话，是同分裂的自我之间的对话，前提是他性与差异，在《尤利西斯》、《提托诺斯》、《圣徒西米恩》（Saint Simeon Stylites）、《洛克斯利大厅》、《北方的农夫》（Farmers in The North）、《提瑞西阿斯》（Tiresias）等作品中有所体现，可以看出诗人对当下的状况的不满或不适。这样的差异会形成自我的交流，声音的内向性就产生于自我的交流之中；与听众的交流会预示着声音之外的行为，人称上也具有明显的标记，从第一人称的"我"转变成"我们""你""他"等，如尤利西斯在第四部分基本以"我们"作为动作行为的主体，同时也会对"他"的行为予以介绍，预示声音之外的行为，如尤利西斯的启程、西米恩的死、提托诺斯的祈求、士兵的离开等。

　　诗人塑造的正是这样一种传递交流的声音。声音明确了人物，"当人物与作者平起平坐，人物的意识与作者的意识并列对位，就构成存在的事件，就形成一种交往"①。正是通过声音的内外交流，人物在文本中形成了意象的存在，而"存在就意味着进行对话性的交往"，叙述行为将人物嵌构在情节之中，形成了不同的叙事交流层次：内在交流、外在交流、行为交流，以及它们的综合。以声音为标志对叙事交流进行层次的划分，是丁尼生诗歌中人物叙事交流的特点，丁尼生在展现人物时起到了传声筒的作用。人物的多种行为特征都以声音为依托，呈现在文本中，诗人用于展现自我之声与人物之声的传声筒随着不同的"指向"和"角度"，在声音内外生成了人物意象的传递。以人物意象为中心，伴随着情景意象和修辞等手段，推动了文本内以声音为动力的意象构建。人物的意象随着声音的内外交流，以及声音之外的动作行为，在文本中生成。

---

　　①　赵一凡、张中载、李德恩主编《西方文论关键词》，外语教学与研究出版社，2006，第153页。

第二节　诗人声音的情感呈现

对于诗歌叙事来说，人物的行为是关键所在，这跟诗学的理念有直接的衔接。诗歌表现的是真实，文本呈现的是诗人的情感世界，对情感世界的叙写无论是模仿还是表现都是对内在世界的真实写照，即便是虚构的人物也是通过事件传达诗人内心最真实的感受。诗歌中的事件是为塑造人物建构的，对比其他题材，如小说中的人物是为事件而塑造的，这是人物在叙事文本中的地位。再者，对于叙事题材的模糊界定，使得叙事学家更多地专注于故事与话语的界限，如谭君强援引费伦的评论："人物之所以未能成为叙述交流模式的一部分，就在于叙事学家花了过多的精力去阐述故事与话语的区别。这样的区分已被视为关于叙事的亘古不变之理，而人物是故事的一部分，交流模式则关涉话语，人物已然缺席，而叙事学家却并未质疑这种缺席。"[1]作为叙事中的行为，它表现在一种显著的特征，既表现为文本内部的人物身上，又表现在文本外部的作家身上。

从诗歌的两大体裁上分析，叙事诗的情节性展现在文本内人物的行为上，情节性较为显性；而抒情诗的情节性是较为隐性的，它由诗人整体的叙述行为来展现。叙事诗建构的人物意象随着内部情节的推动传递，体现的是行为的内在性；抒情诗中的人物意象集中表现为诗人叙述的外在行为，是行为外在性的表现。以丁尼生的短诗《溅吧，溅吧，溅吧》(*Break*, *Break*, *Break*)为例：

> 溅吧，溅吧，溅吧，溅碎在
> 你冷冷灰岩上，哦，大海！
> 但愿啊，我的言辞能倾吐
> 我胸中涌动的情怀。
>
> 那渔家孩子呀，多欢快，
> 他同妹妹边玩边叫嚷！
> 那年轻水手啊，多欢快，

---

[1]　谭君强：《再论叙事文本的叙事交流模式》，《河南师范大学学报》(哲学社会科学版)2012年第39卷第6期，第174页。

唱着歌荡舟在海湾上！

……

Break, break, break,

On thy cold grey stones, O Sea!

And I would that my tongue could utter

The thoughts that arise in me.

O well for the fisherman's boy,

That he shouts with his sister at play!

O well for the sailor lad,

That he sings in his boat on the bay①!

…

  这首诗歌有一个关键词，即"想法"（thoughts），它牵连起整个诗歌的情节，同时将诗歌的叙事层次分割成内外两个部分，外在是感官所捕捉的，内在是叙述声音。诗人为了说明自己的想法，将外在的世界以情节的方式构建出来，围绕着人物展开，这些"想法"之外的人物有渔家的儿子、他的妹妹，还有一个海员；"想法"外是这个叙述的"声音"，以及一只"消失的手"（a vanish'd hand）这个隐含人物。这个叙述的声音是谁的，在诗篇的最后"我"（me）明确了这个声音的出处。在建构中心意象的过程中，诗人模糊了这首诗歌的叙述声音，使得在诗歌的末尾明确了这个声音，它从想法之外的某处传来，在"想法"之外构建了几个人物，通过他们的行为定义出人物的状态。渔家的孩子在"叫嚷"（shouts）、追赶、"嬉戏"（at play），海员在"海湾里"（on the bay）"歌唱"（sings），这些行为烘托了一个和谐欢乐的场景。丁尼生在二元对立中塑造了另外一个人物形象，这也是他"想法"中的人物，一只"消失的手"。"消失"（vanish'd）同之前的人物比起来在行为上突显了人物的不在场，动词的范畴性在时间上表明前面人物的临场状态和隐藏人物的不在场状态，这样在"想法"的内外塑造了在场与不在场的两组人物形象，通过诗人的"想法"，使得在场与不在场的人物之间产生交流。因此诗人内心"唤起"（arise）了"想法"这一行为，推动了中心意象的建构。这形成了内外两层的叙述结构，内在的表现为不在

---

① Ricks Christopher, *Tennyson: A Selected Edition* (New York: Routledge, 2014), p. 165.

场人物,外在的是在场的人物。

　　借助"想法"将人物划分为在场与不在场两类:他们既有欢乐的,也有忧伤的;既有消失的手,也有清晰如故的声音,这些汇聚在诗人的"想法"里,形成了多重的二元对立结构,突出了中心的人物意象。因此"想法"不仅划分了叙事交际中的内外两个层次,还在更深的一层结构中包含了二元对立的结构。在"想法"之内的是通过人物的行为构建起的中心人物,一个消失的手,一个清晰的声音,这个不在场的人物,诗人要突出的是"想法"内的中心人物,外在的都是陪衬的人物。同外在的欢乐祥和氛围形成对照的是内在的感伤忧郁,这也是借助外在的凸显出来的。诗人在感官上呈现的欢乐氛围似曾相识,但是往昔已不在。航船稳稳地驶入港湾("haven"一词有避风港、庇护所等内涵意义),形成对照的是诗人孤单单地在海崖边;而对诗人来说,那个人俨然是一只触摸不到的手,但是那声音却稳稳地在那里。"想法"之外的层次是一个面对大海,看到浪花不断地击打在岩石上,"溅碎"在其上的场景。"溅吧,溅吧,溅吧"(亦译为"碎了,碎了,碎了")这个声音是在"想法"之外,却迎合了诗人内在的心碎之声。

　　可以看出,丁尼生叙事的层次围绕着人物展开,人物的行为用来划分叙事交际层次,有些具有内容性质的行为有这样的特点:想法、感觉、回忆、希望等。这些词汇具有可叙述的内容,含有与时间相对立的特点,可以回顾过去也可以眺望未来,这样可以在叙述行为的内外形成两个层次,这两个层次为丁尼生的叙事形成了不同的场所,进一步说为他构建更深层次的二元对立结构创造了条件。他的很多诗歌都具有这样的叙事交际层次,在文本的叙事层次中,既有内在的诗人之声,又有外在的故事,内外结合的双层结构承载的是以人物为中心的意象传递过程。抒情诗的行为既有其中人物的行为,也有声音的叙述行为,它们交替在一起,其中人物的行为用来规划情节,而叙述的行为则表现为一种沉思式的内在叙事。声音作为一种印记,用以标记诗人的叙述行为,又为动作行为划清了界限。

　　《悼念集》可以说是诗人自我之声的最强音,表现了诗人真挚自我的时代呐喊。诗人以"哀歌"(elegy)的形式,直接表达了自己对亡友的感情,声音指向明确,是诗人自己直接呈现给哈勒姆的。从结构上来说,整部作品的体系安排类似诗人自己的日记,是对哈勒姆在维也纳突然的逝世展开的回忆,但是一百三十三首诗歌并不是按照时间编排的,并没有呈现出作品的时间逻辑,但是却展示了诗人自己内心世界的版图,"这个版图的坐标都是由与亡友的过往经历所界定的"①。其创作的最后一首作品被安置在诗集的第三十九首的位置。总体来说,这些作品是分批次创作的,但是有些事件是可以从中窥见的,如描述圣诞的诗歌(第二十八~三十三首、第八十八首、第一百零四~一百零六首)和对三个春天的回忆(第三十八、第三十九首、第八十六~八十八首、第一百一十五、第一百一十六首),以及对哈勒姆周年纪念回忆的作品(第七十二首、第九十四首)。从这些事件可看出丁尼生自友人离开后心理恢复的过程,按诗人自己的说法,这是他"灵魂的轨迹"(way of the soul)。总体来说,可以用四组词汇来形容整部作品:"悲伤,希望,不确定和怀疑,恢复和安慰。"②对于作品的整体结构,有些学者如安德鲁·塞西尔·布雷德利(Andrew Cecil Bradley)在他的《丁尼生〈悼念集〉评述》(A Commentary on Tennyson's In Memoriam)中,按照丁尼生创作的时段,以哈勒姆过世后的圣诞节为情节标志,并以其为结点将作品划分为四个部分:第一部分是到第一次圣诞节的时间(第一~二十七首),第二部分为到第二次圣诞节的时间(第二十八~七十七首),第三部分为到第三次圣诞节的时间(第七十八~一百零三首),第四部分为自第三次圣诞节以来(第一百零四~一百三十一首)。这种结构分析突出了作品的情节性,但是作品本身显现的要远比它以圣诞节为依据的划分更为复杂的结构。同时很多诗歌彼此之间的叙事性显示出作品内部单独的诗歌实际是有更多的回指事件的,而这些事件又不是以圣诞节作为叙事情节的,与圣诞节在时空上没有必然的联系。还有的学者按照九个部分来划分作品的结构,外在上没有明显的情节性,而是按照丁尼生自己说的"灵魂的轨迹"的方式,记录了他对亡友的对话式的言行与内心想法的再现,"诗集中展现的是不同类型的——故事、争辩、想象的对话、自然景象,有些彼此有很强的联系,而有些则没有……它们形成的不是一个体系,而是一个长的,且零碎不稳定的个人日记,里面充满了诗人的只言片语和内心思考"③。诗人呈现出来的是自己同哈勒姆之间的灵魂"对话",是自己声音的真实再现,作品以诗人的陈情告白为主要展现手段,表达了两种层次的内在声音:一个声音是来自诗人与哈勒姆之间的对话;另一个声音是来自诗人的自白。将其与友人之间的

---

① F. B. Pinion, *A Tennyson Companion: Macmilan Literary Companion* (Hampshire and London: Palgrave Macmillan Press, 1984), pp. 123. 丁尼生本人声称:"要记得这是一本诗集,而不是真正的自传。"(This is a poem, not an actual biography.)显然说明作品是没有时间性的轨迹可寻的心路历程。

② F. B. Pinion, *A Tennyson Companion: Macmilan Literary Companion* (Hampshire and London: Palgrave Macmillan Press, 1984), p. 123.

③ Gill Richard, *Macmillan Master Guides: In Memoriam by Alfred Tennyson* (London: Macmillan Education, 1987), p. 9.

对话展现出来的自白式的声音,毫无疑问,是诗人自己的声音,而非寻找其他的声音依托者,"他(丁尼生)很确信的是使自己的'哀歌'为它们自身言说,而不需要任何其他的人为构建的联系或自编的设计"①。这种声音的质地是毫无疑问的真情呈现,不用借助任何技术手段,就可对声音进行虚构处理。为了突出声音的真情实感,必须保持声音叙述表白的连续性,这在情节上略有牺牲,因此在结构上呈现出来的是碎片化和零散化的安排,"如艾略特所说,尽管作品时间呈现的总体效果是如日记一般的,然而这样的安排并不总是令人愉悦的,有很多尴尬的断裂和重复,有一两首诗彼此之间没有什么关联"②。正是由于言语上的非关联性,显示出了诗人声音的随意性。而艾略特的观察在确定了主题的基础上,对个别篇目寻找彼此的相关度是缺乏可信性的,尤其在明确了它本身就是诗人"灵魂的轨迹"的投射基础上。诗人总体的布局是以声音的一致性为前提进行的,声音构建了诗人与哈勒姆之间叙事交流的桥梁,并且是以声音为标准为人物叙事交流做了层次上的划分,这样的交流完全是内部的,诗人展现的也不是某一个主题,或者是与内心相关的某一次事件,或是对事件发生后内心留下的印记的声音呈现。

诗人在开篇就奠定了声音层次感,内在声音叙事的模式在开篇的致辞中就明确地体现出来了。通过自我对话的模式,诗人呈现出一个怀疑之声,萦绕在作品的内部。

强大的上帝之子,不朽的爱,
我们未曾见过你的脸庞,
单凭信仰我们拥抱你,
对我们还未能理解的笃定不疑。

Strong son of God, immortal love,

Whom we, that have not seen thy face,

By faith, and faith alone, embrace,

Believing where we cannot prove③.

---

① Gill Richard, *Macmillan Master Guides: In Memoriam by Alfred Tennyson* (London: Macmillan Education, 1987), p. 129.

② Ibid.

③ Ricks Christopher, *Tennyson: A Selected Edition* (New York: Routledge, 2014), p. 341.

　　诗人开篇引入了关键词"信仰"(faith),奠定了作品的基调。诗人的声音在对着谁呼喊呢？当他说道"强大的上帝之子"时,声音显示出一个"祈祷"的语调,是对着语言之外的一种呼喊。在一个怀疑的年代里,人们需要的是信仰的力量,需要可以依靠的内心归属,诗人喊出了一个时代的强音。通过信仰,人们之间建立了这样的"不朽的爱"(immortal love),这就是通过声音行为中的言语力量赋予了人们信仰。这个言语力量表现在声音的言语行为上,它构建起了人物叙事交流的层次。诗人在祈祷,在对着永恒挚爱的上帝之子祈祷一份永恒的信念。

> 我们有的也只是信仰,却不能理解;
> 　　因知识给予我们所见之物;
> 　　　然而,我们深信它源自你,
> 　　如同黑暗里的一束光,让它生长。

> We have but faith:we cannot know;
> 　　For knowledge is of things we see;
> 　　And yet we trust it comes from thee,
> 　　A beam in darkness:let it grow.

　　"我们"(we)牵起声音的对象,是诗人同这个"上帝之子"形成"我们"对话的声音模式,"我们只有信念"是我们在对话之后形成的信息,我们相信它来自"你"(thee)。这里的"你"虽然没有大写,但确定无疑的是声音的指向是上帝。诗人牵起友人哈勒姆一同对着上帝祈祷,祈祷这份永恒的信念,虽然它如微弱的光一样,但不要让它熄灭,而是要它生长。从黑暗中增长的是信念的光芒,黑暗与光明的对比影射着怀疑和信念的对立。"我们"在黑暗中,对着"你"来祈祷光明,构成了声音的一层交流模式,这里的声音指向上帝,但是"thee"没有大写,说明诗人并没有用正统的基督教传统。"明显的是'序言'(同其余大部分的诗一样)在表达上并不是正统基督教式的,而是宗教式的,它表达的对象就是那些对神学知之甚少或一无所知,甚至不太在乎的普通人。"[1]显然在祈祷的声音之外还有一层交流层次,就是诗人声音同听众的交流。诗人携着哈勒姆在对着上帝祈祷的时候,听众在一

---

　　[1]　Gill Richard, *Macmillan Master Guides-In Memoriam by Alfred Tennyson* (London: Macmillan Education, 1987), p. 10.

旁接受着诗人的对话。听众在叙事交流层次中扮演了隐含读者的角色,丁尼生显然对他隐含读者是有某种期待的,或者至少唤起了读者心中"原有"的怀疑情绪。借助这一层的叙事交流,诗人使听众与上帝之间建立起内在的交流之声,"我们"在"更广大的层面上"(vaster)是一群傻瓜和微不足道的,刺激的是受到交流的听众的反馈:

> 但我们却是一群微不足道的傻瓜,
> 当恐惧远离我们时便嘲笑你的存在。
> 而你却帮着这群人去承受,赐其光明
> 在更大的程度上帮助这个虚空的世界。

> But vaster. We are fools and slight;
> We mock thee when we do not fear:
> But help thy foolish ones to bear;
> Help thy vain worlds to bear light.

　　诗人的声音在更广泛的层面上进行回荡,既是自己携带了哈勒姆这个上帝的"强大的孩子",又同众多的听众一起组成了双重的声音叙事交流层次,在一同对上帝祈祷着,祈求上帝帮助他的子民,给他的"傻瓜一样的子民们"(foolish ones)和他空虚的"世界"(worlds)带来光明。这份信念之光照耀的世界既是现实世界,还是人们的内心世界,用复数表达了世界的多层次。接着用了四个"原谅"来结束序言部分,使得在结构上形成一个完整的祈祷的声音行为,按照传统的西方观念:"犯错者为人,谅错者为神。"[1]这里诗人的声音明确地向上帝做着祈祷,这个"谅错者"是静默无声的,而诗人的声音是掷地有声的真情呈现,他在请求上帝原谅自己的"罪恶""悲伤"和"疯狂地奔走哭喊",这些是诗人从灵魂的深处到隐秘的内心世界,再到外在世界的悲伤呈现,形成了一个从内到外的内心独白。这个声音既是向着神来呈现其自身,同时又对着听众诉说自己的痛苦。最后一个"原谅"是牵起整个作品的主题,借助诗人自己的声音连同那个时代的听众一起,对着上帝祈祷,使他宽恕自己没有得到真理的垂青,这些不明智的举动映衬出智慧之路的艰难。

　　从开篇的序言来看,丁尼生似要展开类似于但丁式的求索之路,去寻求智慧和

---

① Alexander Pope, "to err is human, to forgive divine, " in *An Essay on Criticism*, Blackmask Online, p. 13.

获得智慧之后的心灵之旅,是探求和求索的诗歌路线。诗人非常了解但丁的作品及维吉尔[普布留斯·维吉留斯·马罗(Publius Vergilius Maro),常据英文 Vergil 译为维吉尔]的诗作,他也是后者的狂热粉丝,从诗歌中的语言到韵律都有几分维吉尔的影子。《悼念集》中的声音作为诗人自己的声音,如但丁《神曲》中自己梦话的声音一般具有同源的特征。丁尼生自己也曾经说道:"《悼念集》以葬礼开始并且以婚礼结束:开始于死亡,结束在新生命诞生的前景里,这是一种神圣之歌。"①这里体现了一种诗人自我声音对话的系统,从开篇点出上帝之子,到与上帝之子一同对话上帝,表达一种祈祷的声音行为;另一层是通过与上帝对话,将声音叙事传递给听众,从对话到与听众进行互动,点出全诗的主题,在智慧中寻求信念之光,驱赶怀疑的黑暗。

与《神曲》对比,可以帮助读者看到《悼念集》中两个密切相关的事情:它带有目的性的运动感和从黑暗到光明及从生到死的过程。这个具有目的性的运动正好对应了诗人自己的"灵魂的轨迹"的说法,这个"灵魂的轨迹"同但丁的具有相似性,都是从黑暗到光明的求索过程,带有运动气息的韵律,很显然是由声音叙述和对话所带动的。但丁的言语交流是围绕对地狱的描述展开的,主要声音呈现是诗人同他人的对话,诗人内在声音往往缺席;而丁尼生维多利亚时期的诗歌理念更多地展现了自我对话,声音并不限定在某一个特定的地点,这同当时福音派的宗教观念有很大的关系,自我救赎的声音在作品中以人物为载体进行回指。"在维多利亚时代,大多数教派证明了福音派的宗教热情以及其对于原罪、补救以及自我救赎的特点。"②在丁尼生人物叙事交流的层次中,诗人通过自我对话和"灵媒"的对话来展现内心状态,哈勒姆作为中心人物在作品中起到了一种"灵媒"的作用,在叙事过程中的事件围绕着他展开,由于诗人特殊的声音处理方式,使他以不在场的方式在场。诗人和中心人物的沟通与交流都是以内在的对话呈现的,通过开篇的序言,诗人同哈勒姆进行内在对话,并以我们的口吻对上帝祈祷,一方面体现了福音派"人本堕落的思想";另一方面则在外在层面牵起听众的内心世界,往往对某一种思想进行回荡式的声音再现,拉近与听众的心理距离,将自己同"灵媒"的对话传递给听众,使听众具有可以同"灵媒"对话的媒介,这实际是由诗人自我之声的沟通来实现的。

呈现诗人的真情实感的声音里,夹杂着内外两层叙事交流模式。以诗人的声

① Gill Richard, *Macmillan Master Guides-In Memoriam by Alfred Tennyson* (London: Macmillan Education, 1987), p. 49.

② Moran Maureen, *Victorian Literature and Culture* (New York: Continuum, 2006), p. 26.

音为交流的汇合点,将两层的声音呈现为一种"哀歌"的曲调,因此开篇第一首呈现了歌声的影子,以"真理"之歌来诉说诗人自己的内心苦闷与哀伤。同时,将序言中的意象,不论是寓言还是象征,不断地复现在"他"的"歌声"里:

> 我深信不疑,同他一起歌唱,
> 迎着竖琴清脆的旋律,唱出不同的曲调,
> 歌声里,人们会站在他们尸首上,
> 从垫脚石升起,到更高处。

> I held it truth, with him who sings
> To one clear harp in divers tones,
> That men may rise on stepping-stones
> Of their dead selves to higher things[1].

复现中心人物"他"(him),同时在歌声里的还有他的竖琴(harp)和他忧伤的曲调(tones),唱出了死亡的气氛,在"墓碑""死者"的黑暗之中(darkness),第一首奠定了昏暗死亡的气氛,一种哥特式的气氛弥漫开来。"唱出"(sings)是一个正在进行的动作,伴随着整个场景一同展现在声音中,同死亡连在一起的还有不断地失去(loss)。

> 让爱紧紧抓住悲伤,否则就让它们一同溺死,
> 让黑暗给她的乌鸦带来光亮。

> Let Love clasp Grief lest both be drown'd,
> Let darkness keep her raven gloss.

"爱"(Love)与"悲伤"(Grief)大写影射了诗人寓言式的口吻,"让爱紧紧抓住悲伤,否则就让它们一同溺死"。声音回指序言中的祈祷词,让上帝原谅自己的"悲伤",它是诗人的罪,这里说明了悲伤的原因,是爱使悲伤成了罪,要么就不要悲伤、不要爱,要么就让它们彼此抓住对方。这里在声音上呈现出诗人本真的一

---

[1] Ricks Christopher, *Tennyson: A Selected Edition* (New York: Routledge, 2014), p. 344.

面,恰似预言家的口吻呈现出自己的心声。这里的"乌鸦"(raven)就如同一件艺术品,让黑暗具有了魔力,它使这个乌鸦如此明亮光泽,回指了序言中怀疑的黑暗。在回指中构成了一个相反叙述,同序言中对于黑暗中的一束光的期盼语气不同,要在黑暗中一直保有(keep)这光亮的"乌鸦",诗人的声音在求索,在麻木、在宿醉中的声音:

啊,同失去痛饮,与死亡共舞,
是多甜蜜啊! 直击地面。

它比胜利的时间嘲讽长情的爱恋
要更加欢愉,后者总是吹嘘:
"看这个曾经爱过又失去的人,
他也只不过是受人厌弃的对象。"

Ah, sweeter to be drunk with loss
To dance with death, to beat the ground.

Than that the victor Hours should scorn
The long result of love, and boast
' Behold the man that loved and lost,
But all he was is overworn. '

诗人渴望黑暗中的宿醉,借此来麻醉自己失去挚爱的悲恸之情,"同失去痛饮,与死亡共舞,是多甜蜜啊"。死亡来自地下,喝醉了就好像同地下的人一起共舞,那个自己失去的人,"它比胜利的时间嘲讽长情的爱恋……吹嘘:'看这个曾经爱过又失去的人,他也只不过是受人厌弃的对象'"。丁尼生的声音呈现的是一种面对"失去"(loss)的无力感,通过不断地回指,形成作品声音上的回荡式的叙事交流模式,无论是多层次的叙事交流模式,还是单一式的自白呈现,作品的排序可以通过声音回指前文的叙述,因此,诗人在真情呈现自己的声音时,形成了一个具有回音特性的声音延长,在整个作品中,显示出了传声筒的效果。这个不断回指的线索,串起整部诗集的人物叙事交流过程,通过这个特点,将隐含的不在场人物从声音中复现出来,在叙事交流中借诗人之声生成哈勒姆这个中心人物的意象。

　　哈勒姆这一人物意象随着文本逐渐展开,形成一种上升盘旋的形态,体现了丁尼生的人物不朽的观念。在哈勒姆同诗人灵魂对话中,我们可以从两个方面感受到他灵魂的上升,一个是诗人从他身上感受到的人性的光芒,另一个则是诗人对哈勒姆的爱,这成为哈勒姆不在场意象的声音叙事动力。通过人性与爱,诗人借助内在叙述对话的层次,显示出哈勒姆从"人物的灵魂"到"普遍灵魂"(general soul)的螺旋上升的轨迹,这一点印证了丁尼生的作品与但丁的作品中灵魂攀爬和求索的精神。丁尼生深受维吉尔和但丁的影响,在作品中有所显现。但丁从"地狱"到"炼狱"再到"天堂"的灵魂求索之路,是借助诗人维吉尔的引领,维吉尔对但丁的作用,就如同哈勒姆对丁尼生,是启迪灵魂的"灵媒"。丁尼生称自己的作品为"灵魂的轨迹",迎合了《神曲》的叙事逻辑,螺旋式的上升是对《神曲》中《天堂篇》的戏仿,其中第九十三首对于灵魂的上升有这样的描写:

<blockquote>
灵对灵,鬼对鬼。
</blockquote>

<blockquote>
哦,因此,这福分不是臆想得来的,
它从你看不见的诸神的边界中涌现,
哦,从这深渊的底部,
经过十层复杂的转变。
</blockquote>

<blockquote>
下降,触碰,然后进入,
所听到的是不可名传的许愿;
我的鬼魂感觉到你近在咫尺,
在这茫然无尽的结构之中。
</blockquote>

<blockquote>
Spirit to Spirit, Ghost to Ghost.
</blockquote>

<blockquote>
O, therefore from thy sightless range
With gods in unconjectured bliss,
O, from the distance of the abyss
Of tenfold-complicated change.
</blockquote>

<blockquote>
Descend, and touch, and enter; hear
The wish too strong for words to name;
</blockquote>

That in this blindness of the frame

My Ghost may feel that thine is near.

　　经过复杂的"十层改变"(tenfold change)这个不可见的"结构"(frame)而来的神灵,丁尼生复现了但丁的"天堂"结构,但丁十层之外的"至高天"(empyrean)在第九十五首中提及了,这是他与哈勒姆的梦幻般的重逢(第二次重逢)。这里丁尼生通过"下降,触碰,然后进入"(Descend, and touch, and enter)回指了前作中上帝的行为,通过不断地回指,特别是具有动作性的回指,再次在情节中重现了人物和之前的场景。这里实际指的是上帝"带走"了哈勒姆的过程,他的"灵魂"(Spirit)进入螺旋式上升的天国,"哈勒姆的灵魂在他死之前就已经从'高处上升到更高处'了……'从一个天球到另一个天球,从一层面纱到另一层',这个旋转的轨迹随着它升高而变得更高,从它的深处向更深的地方行进"①。其中"从高处上升到更高处"一句在作品中出现了两次(第四十一首与第四十四首),构成了一个声音的回指,进一步明确了哈勒姆的意象,这个意象生成的关键体现在"他"上升的灵魂状态。同但丁的作品逻辑不同的是,丁尼生是陪着哈勒姆完成了自己的精神上的灵魂上升,而在但丁的《神曲》中,是维吉尔陪着但丁完成了自己的灵魂之路。确切地说,丁尼生作品中实际的中心人物意象是哈勒姆,而但丁作品的中心人物则是诗人自己。陪伴但丁的"灵媒"应该是两个:一个是象征智慧的维吉尔,在《天堂篇》则是象征爱情的贝雅特丽齐。而丁尼生诗作中的这个角色一直是哈勒姆。

　　丁尼生展现的内在世界,是但丁在《天堂篇》呈现的以爱为叙事动力的人物意象交流模式,但是丁尼生的爱是同性之间的爱,是兄弟般的爱,正是这样的"爱"使哈勒姆在他死前就已经在"高处"(high)了。"丁尼生解释道,他之所以对哈勒姆的爱超过了手足之情,是因为诗人同他的兄弟们有着相同的血脉,但是作为朋友他却给予他更多(付出的超出了兄弟之间的情分),因此他欠他的就更多。"②在作品中,随着丁尼生内在声音的叙述,在疑惑的黑暗中有一束微弱的信念之光在闪动着,这一层声音告诉我们这是对不朽的信念(the conviction of immortality)。丁尼生的身体里回荡着浪漫主义诗人华兹华斯的影子,虽然微弱但是信念笃定,这是对哈勒姆不朽的信念,没有对此的坚定信念,丁尼生就不可能同哈勒姆在灵魂上进行声音的对话。

---

① F. B. Pinion, *A Tennyson Companion: Life and Works* (London: Palgrave Macmillan Press, 1984), p. 132.

② Ibid., p. 127.

哈勒姆的不朽就是他个人精神的不朽，在诗人周遭的世界里都是他不朽的痕迹，这一点同华兹华斯的《不朽颂》(Ode: Intimations of Immortality from Recollections of Early Childhood)异曲同工，"哈勒姆的精神是宇宙的一部分，并且丁尼生把他向着好的进化，高贵的类型、超越他的时代、他现在与神同在、活着的并且爱着的灵魂、在人类中奋进直到遇见上帝为止等联系在一起"[1]。哈勒姆的意象在叙事交流中从活着的"高处"升到了"更好的境界"中，俨然已经不是一个人物可以体现的时代精神的产物了，应该说是意象化的哈勒姆，它正好印证了"灵魂之路"的尽头，是遇见上帝的哈勒姆，一方面完成了整个意象的生成，另一方面也是丁尼生不朽观念的真实写照。

这样的不朽观念映衬着哈勒姆的人物意象，通过诗人内外声音的不断对话，螺旋上升的精神与不朽的观念以一种意象化的方式，在文本的声音中不断回响，"丁尼生不朽的观念是源自眼力，而非源自神秘的经验"[2]。眼力(visionary)说明了这既是自己的幻想与想象的产物，同时也是具有视觉意义的幻象。幻象与想象是离不开内在的叙述交流之声的，是自我对话与"灵媒"对话的产物；视觉意义则体现了诗人意象化抽象概念的声音呈现。声音在叙事交流的另一层次中所沟通的对象是听众，听众面对诗人声音的时候，感受到的不仅仅是意象的声音形态，还有其视觉形态，这是通过情景意象、修辞意象等共同实现的。人物意象的生成离不开这些伴生意象，诗人在声音中通过一种特殊的叙述手法，将这样的伴生状态呈现出来，这就是在叙事中夹杂着回指，这是一种特殊的叙述模式和过程。除了在之前提及的行为上的回指外，复现在作品中的还包括一些修辞性的意象，如"黑暗""尘埃""科学""信条""乌鸦""橡树""竖琴""落叶""自然"等，并且结合希腊神话中的文化背景，将其在作品中不断地回指，以这样的方式强化了它们的存在感，增强了诗歌感染力，同时使看似松散无序的作品通过意象之间的回指线条而凝聚起来，正如诗人所说：

> 彼此轮番牵引着对方，
> 被从想象中得来的想象之光抓住，
> 在它同言辞结合之前，
> 思想跳出来与自己结合。

---

[1]　F. B. Pinion, *A Tennyson Companion: Life and Works* (London: Palgrave Macmillan Press, 1984), p. 129.

[2]　Ibid., p. 131.

When each by turns was guide to each,

And Fancy light form Fancy caught,

And Thought leapt out to wed with Thought,

Ere Thought could wed itself with Speech.

也就是说,作品中各个意象通过回指使得它们"轮流"(by turns)成为彼此的"向导"(guide),进而思想(thought)通过这些意象而彼此关联在一起,这早在"思想"同"言语"(speech)结合之前就形成了。在声音叙述之前思想就已经同意象交融在一起了,声音成了思想表现自己的工具与形式,通过叙事交流借助人物之间的内外对话,在以人物为中心意象的外围形成了丁尼生作品中意象间的回指。在声音与感觉之间,思想在寻求表述与叙述,"诗歌(《悼念集》)的重要性就在于它'结合了感觉强度的不平衡式组合与他想法的广泛性,以及平衡式的评价,这些一同在作品中展示出最深刻的需求和人性的困惑'"①。意象间的回指推动着中心意象的生成,同时又在叙事交流中裹挟着它周围的情景意象、修辞意象,形成了声音中不断回指的意象群,这会对听众形成一种"镜像"的感觉。诗人在任何一个单独的篇章中,借助回指不断照射着前后文中的众多意象,所以听众会觉得《悼念集》中'充满了意象',也就是说会发现每一个思想都会有一面镜子,其中'心怀中'包含的情感来回回荡"②。这就为这样的感觉找到了一个答案,为什么作品中总是有类似回声一样的声音不断闪现,就是因为在叙述中具有了意象回指这样的现象。行为中的不断回指使人物的意象清晰明确,情景中的意象回指使人物具有鲜明的色调,隐喻和象征的修辞意象回指明确了作者思想深处的对话效果。

在诗歌的行文(diction)中,诗人采用了有效的诗歌创作手法来体现声音中呈现的意象回指,首先通过节拍器式的声音(metronomical effect),在四行体的抒情歌谣(ballad)中呈现出了自然的停顿和重音,在一首单独的作品中不断地换行,这样保证了行文中内在的停顿和重音,使声音具有抑扬顿挫的稳定秩序,这样的声韵格式源自弥尔顿,被称为"华丽金属敲击出的军旅之声……这是来自一个多余的概念,被称为'华丽之声',也就是我们发现的通过剪裁掉诗歌的行位,从这个角度说,整个诗行因表现一种'华丽之声'而分隔开来"③。这样的韵律使诗歌在整体上

---

① F. B. Pinion, *A Tennyson Companion: Life and Works* (London: Palgrave Macmillan Press, 1984), p. 130.

② Ibid.

③ Geoffrey H. Hartman, *The Voice of the Shuttle. Beyond Formalism* (New Haven: Yale University Press, 1970), pp. 229-330.

保持了其内在线性的停顿与重音的有机结合,使作品具有朗朗上口的声音效果,并且丁尼生善于利用重复(repetition)的修辞手法,尤其是在人物的行为上,增强了声音的叙事效果,这一点在《溅吧,溅吧,溅吧》中有所体现。除了采用换行来保证韵律,丁尼生还采用了 abba 的四行体韵脚,这呈现出一种委婉哀怨的语气,"这种abba 的押韵方式,丁尼生也使用在他最著名的《悼念集》中,它有一种萦回缭绕、哀怨的独特效果,同时有一种在一个圆圈里庄重旋转的感觉"①,或者说是一种"(这种韵律)'空气中盘旋的呻吟声'……从发出的地方开始再折返回去,有着强烈的循环感,在到达悲伤和冷漠的点上击打出最深的恐惧感,这样的诗行时而上升发出钟鸣,时而消逝,但不是消退在一片失望与空白之中,只会消退在一片昏暗和悔恨里,因为不管怎样,它的诗行确实显示出这样悠远的韵律"②。《悼念集》整体上采用的就是这样的诗歌结构,即便每一篇的长短有个别差异,但是每个诗节(stanza)都保持着四行体的结构,它也是一种诗歌抒情的传统写法。

丁尼生诗歌的行文赋予了其作品在声音上的独特效果,这样的声音效果近似音乐所带来的感受。如音乐一般的声音在叙事中将内容与形式巧妙地融为一体,使听众更容易沉浸其中,随着哈勒姆的意象下降上升、起伏旋转,它呼应着哈勒姆的意象与其一同呈现出螺旋的形态。不断盘旋上升的意象生成在同样盘旋的声音韵律中,在效果上显现出如同回声一般渐行渐远,诗人的声音同中心人物意象形成彼此相对应的特征,"就如同让人振奋的回响,如同圣诞的钟声一般"③。

> 圣诞钟声一山又一山地响过,
> 在迷雾中彼此呼应。

> The Christmas bells from hill to hill,
> Answer each other in the mist.

丁尼生不断闪现的声音在对话中寻求的是一种辩论之声,通过自己构建了二元对立的结构,在叙述中形成一种内在的"分割"(division),使声音的传递不断推进,黑暗与光明、笃定与疑惑、现在与过去、失去与得到等,在作品中形成一种自建

① 特里·伊格尔顿:《如何读诗》,陈太胜译,北京大学出版社,2016,第 165 页。
② Geoffrey H. Hartman, *The Voice of the Shuttle. Beyond Formalism* (New Haven: Yale University Press, 1970), p. 228.
③ Ibid., p. 225.

的分割,并且借助内在的声音不断地给出答案。诗人的声音总是在对话和自白中寻找着什么,这样的寻找是持续在整个过程中的。在一个没有终结的过程中诗人的声音不断回荡着,在减弱到最低的时候,它再次通过"分割"得到了一个继续为之传递的能量,继续传递着诗人之声。遇到分割的时候,声音获得了强势,使之明确了寻找的方向,不断旋转前行地寻找着,"作为一个序列的诗歌,它一直不断地在结尾和开头之间盘旋……它的序言'强大的上帝之子,不朽的爱'在开篇第一章继续着,俨然被描述成是'一个比作为《悼念集》开篇更真实的结论'……它继续行进着表明了这是丁尼生要进入的崭新生活"①。在声音回荡着这样的新生活的向往时,它的力量逐渐在减弱并寻找着获得力量的源泉,这就是诗人构建的"分割"点。进行分割的意义是寻找在声音内部叙述中的矛盾,这个矛盾的力量再一次推进声音的交流与传递,"新生活"是相对什么样的生活来界定的,是一种"分割"。对现有生活的情感聚焦在第一~八首,展现了诗人对悲伤的渴望,从"明亮的乌鸦"(raven gloss)到"紫杉树"(yew),借以象征自己对持续不变的悲伤情绪的向往,展现了黑乌鸦在黑暗中吸引人的明亮气质,以及紫杉树这一成不变、无视季节的生长。这些意象在声音中呈现出了诗人自己的悲伤情绪,以及这样的情感持续且明亮的一种暗示,最终通过一个"过时的恋人"(overworn)的行为性词汇展示出来。诗人在这几首诗中积聚了浓厚的情感,构建了几重分割:真理与迟疑、绝望与希望、死亡与不朽、自然与命运,交替在行文之中形成不断连续的分割点,推动叙述的声音持续前进。这些分割点不断回指序言,形成了连续不断的回声效果,对序言中的声音直射与反射在行文中的各个篇章中,即便是个别篇目偏离了主要的分割点的传声,也不会在整体结构中失去它的动力。"尽管第六首表示出了同情式的运动,但一~八首诗歌是以它们的忧思和不可平息的悲伤为特点的。"②通过声音的回指特点,在无力的地方构建起分割点,将这样的情绪扩散开来。第七首具有明显的分割回指了序言中的新生活:

> 他不在这里;但是听远处,
> 生活的嘈杂声又在响起,
> 而透过空街上蒙蒙细雨,

---

① Geoffrey H. Hartman, *The Voice of the Shuttle. Beyond Formalism* (New Haven: Yale University Press, 1970), p. 227.

② Gill Richard, *Macmillan Master Guides: In Memoriam by Alfred Tennyson* (London: Macmillan Education, 1987), p. 13.

露出了惨淡苍白的初曙。

He is not here; but far away,

The noise of life begins again,

And ghastly thro' the drizzling rain,

On the bald street breaks the blank day.

这是整个作品中较短的一篇,一共三个诗节十二行诗,描述的是一个市镇中的场面,其中以"黑暗的房子"为情景意象展开,声音延续在街道上,门里门外的市井景象被展现出来。"他"已经不在了,但是"生命"(life)却以"噪声"(noise)的形式被听到,在这样的市井之中,"打破了这单调沉闷的一天"(breaks the blank day)的正是在声音中呈现出的生命之声,虽然如同噪声一般,但是却带来希望与曙光。"(在第七首中)'生命'被降低到一种'噪声',在'远处'被听到,然后是黎明的到来,这是一种传统的象征手法,象征着希望和新的生活,被描述在他荒凉的诗行里——'在这个光秃秃的街道上,打破了这单调沉闷的一天。'"①随后第八首的场景转为明亮,随着"幸福的情人"开场,形成与第七首开场完全不同的语调。得知情人的离去,场景从明亮下降到昏暗,形成了一种篇目内的分割,从明亮到昏暗,从鲜花般的生命到墓地的死亡:

他悲伤了,街上的神秘之光

瞬息消逝在亭台楼阁之中,

所有的地方都是黑暗,

所有的房屋尽是无光。

我遍寻所有欢乐之地,

于此,我们不复相见。

田野、房舍和街道,

一切皆是黑暗,而君则异然。

---

① Gill Richard, *Macmillan Master Guides: In Memoriam by Alfred Tennyson* (London: Macmillan Education, 1987), p. 13.

He saddens, all the magic light

Dies off at once from bower and hall,

And all the place is dark, and all

The chambers emptied of delight.

So find I every pleasant spot,

In which we two were wont to meet.

The field, the chamber and the street,

For all is dark where thou art not.

通过设置分割点的循环续接,使诗歌形成不断传递的内在张力,同时在声音传递中建立了一种意象间回指的机制。作品无论是内容还是形式,显示出持续性,连续不断地对着相同的话题和相似的意象进行叙写与呈现,使很多批评家认为这个诗人最著名的作品呈现出乏味单调的特性,有时过度的抽象使意象传递时沟通的层面狭窄,无法形成外部叙事层次,因此在听众的层面无法达到人物叙事声音的传递,意象的模糊与错位导致了作品的晦涩和乏味。"《悼念集》既渴望结束又惧怕结束。"①对于它的结束,诗人渴望结束的是悼念的情绪与悼念的声音,在序言中诗人表现出了对新生活与新生命的向往,在哀歌(elegy)中却一直延续着这一种悲伤情绪,虽形成一种内在的对立分割,但是渴望结束是回应新生活的前提,"他希望自己不要在痛苦之中,但是他的痛苦却活生生地见证了他的爱"②。这样的矛盾心理,使丁尼生渴望结束的同时又惧怕结束,或者说他的声音显示出一种欢迎死亡的腔调。悲伤的声音停止了,那么它作品中呈现的人物既晦涩又昏暗,使听众不能清晰地辨认出其意象的"轮廓"来,诗人的声音似乎沙哑难辨了。从莎士比亚到埃德蒙·斯宾塞(Edmund Spenser),诗歌都是具有永恒性的承载而存在,不论是谁的美都在诗篇中永恒。丁尼生对于"不朽"的感受也体现在他自己的诗篇之中,哈勒姆的意象长存有赖于其诗篇的永恒传承,死亡正是永恒传承的肇始,因此"丁尼生然后,欢迎死亡。丁尼生在这个世界上最想做的是驱散其对哈勒姆的恐惧"③。因为是死亡带给他的诗篇具有永恒性的,对哈勒姆的恐惧就表现在他长眠地下无人问

① Geoffrey H. Hartman, *The Voice of the Shuttle. Beyond Formalism* (New Haven: Yale University Press, 1970), p. 227.

② Ibid.

③ Ibid., p. 228.

津的失落感,永恒不朽的诗篇就是对这种失落感最大的回击,而这就体现在这部不朽之作《悼念集》上,也就是说对这个不朽的意象的建构上。

在抒情诗的叙事交流模式中,诗人自我的声音实现了真情呈现的效果。通过两层叙事交流模式,一层是诗人自我对话及与"灵媒"的对话实现了内在声音的叙事交流,另一层是诗人将声音呈现给听众的交流模式,这是作品中的外在声音对话模式。通过内外两个层次,使中心人物意象明确是哈勒姆及随之生成的伴生意象、情节和修辞手段的应用等。这些意象群整体呈现出螺旋上升的趋势,这是诗人"灵魂之路"的集中显现。丁尼生借助但丁灵魂上升模式,将其移至在自己的作品之中,表现了哈勒姆神圣的不朽灵魂,在形式上运用了音乐的韵律表现了哀歌中的忧伤情绪,在声音的呈现形式上对应作品的人物意象,形成了回声式的叙事交流声音模式,推动了中心人物意象的生成;同时对应的伴生意象与中心意象形成了连动的机制,依靠意象间的不断回指,在作品内部形成了一个稳定的体系,借助声音的表达呈现出来。声音在传递的过程中产生的意象间的不断回指形成了如传声筒般的效果,使意象来回影射,在作品中形成了如同镜像的效果。声音随着叙述交流不断减弱,在作品中诗人通过建构声音的分割点,使诗人之声不断获得传递的能量,对于陈述的意象建立起二元对立的分割模式,在矛盾的表达与陈述中,表达自己普遍的观点与看法。从怀疑的表述之声,到不确定的对话,诗人自己坦言其作品中的声音有时不是他自己的声音,但是对于其中蕴含的很多想法,他却给出了十分确定的声音呈现,因为这一切都是来自对上帝的信仰和上帝的爱。"不同的悲伤情绪在作品中如戏剧一般戏剧化地展现出来,并且我坚信恐惧、疑惑和痛苦只会通过对上帝的爱的信仰来找到答案与慰藉。"①这就印证了作者之前对于作品的标题"灵魂之路"(The Way of the Soul)的设想,这个灵魂通过对话上帝,找到自己的上升之路,因此在诗中呈现声音。诗人为了扩大自己的听众,往往同"我"保持一定的距离,"'我'并不总是作者他自己的声音,而是人类的声音借助他传达出来"。这使丁尼生在叙述中对话的是自己戏剧化的人物之声,但是诗人总归是逃不出他呈现在诗歌之中的情节性,人物声音可以模拟情景,但是情景中固定的行为却无法逃出人物自身之外。如"死"的行为,在作品中不可能指代的是他人的死,一定是哈勒姆的死。哈勒姆既是这个作品的中心人物意象,也是诗人内在对话交流的"灵媒",他同时也是精神化的时代人物坐标,尤其是当他与但丁的《神曲》并置的时候所展现

---

① Geoffrey H. Hartman, *The Voice of the Shuttle. Beyond Formalism* (New Haven: Yale University Press, 1970), p. 212.

的,更是一种灵魂上升的精神意象。这不同于诗人在回望历史中呈现的声音,在自己的私人意象中用真情之声使其得到情感的强化,而在历史的人物与故事中,诗人将自己的声音弱化甚至隐去,通过自己的声音可以客观地达到一种史诗般的场景叙述与呈现。对"客观诗歌"的渴望体现了维多利亚时期的特殊创作背景,在主观的声音呈现中以内容型和诗歌技巧实现创作客观诗歌的目的,这对于丁尼生来说,就是将自己的声音弱化隐去的过程。

第三节　诗人声音的渐进隐退

诗歌中有些人物的声音是可以直接呈现的,有些是不便于直接呈现的,尤其是在维多利亚时代的背景下,浪漫主义的情感泛滥式的声音呈现,使听众觉得诗歌的言语实际是　种幻觉的再现,它是诗人完全自我的且没有任何现实依托的,而且越来越超出情感世界的范围,表达着空洞的和没有理据的思考。因此诗人的声音已经不再是真实诗歌精神的表达,而是矫揉造作的情感泛滥。在抒情诗中,丁尼生一般会用自己的声音来直接呈现,诗人以内在的声音叙述行为展示了自己的内心世界,诗中的人物也完全存在于其私人的空间中。例如,他的整一式人物哈勒姆,以一种哀歌的方式展示了私人的情感之声。而越来越多的人物迫使诗人将自己的声音隐退,取而代之的是在作品中展示人物自己的声音,这实际是诗歌对于现实主义诗学思潮的反映,尤其是受到了边沁主义实用思潮的影响。诗歌在形式与表现上出现了危机,"正是对社会和历史局面的自我认识使维多利亚时代的诗歌从内部变弱了"[1]。

为了追求更加强有力的表现形式,很多诗人都在形式上做了探索,使叙述的声音是真实可靠的,而非虚幻缥缈的。针对当时实用主义对于诗歌语言的"欺骗性性质"(deceptive nature of poetic language),很多批评家对之前浪漫主义诗歌的欺骗性语言加以批评,认为雪莱式的语言是"完全无用"(utter uselessness)的,因此很多浪漫主义诗人的作品被认为是虚幻的,抑或"幻影的"[2],造成这样的观感,部分地归咎于浪漫主义诗人过度的主观性。"主观性被认为是一种摆在读者眼前,扰人的文本内容——就像打开一部批判性的翔实之作,跟如今的《圣经》文本没什么两

---

① 戴维斯:《维多利亚人》,外语教学与研究出版社,2007,第 456 页。
② 同上书,第 457 页。

样。"①因此,反对主观性创作的浪潮反映在诗歌领域便不足为奇了,它使维多利亚时代的诗歌从语言上同现实主义小说展开竞争,这样诗歌的语言"同从前相比更注重结构性,更世俗化,诗歌给人的感觉更加奇异,更加让人不安,更加具有不确定性……当现实主义小说去探寻将艺术与生活的裂缝融合到最低程度的时候,诗歌的位置则被认为是艺术的问题"②。

语言的艺术加之"客观性诗歌"的风尚是那时诗歌创作的主要趋势,客观性诗歌反映的就是"从外部记录生活的现象"③。对于诗人来说,"绿色的田野自己已经消失了,外部生活的另一半只能深思一些奇特的来自内心世界或死亡世界的昏暗声响"④。丁尼生走得更远,从更外的一个层次来记录生活,这些弥漫在他死亡的诗歌主题中,同时他打破主观性的技巧集中体现在"戏剧独白"(dramatic monologue)上,这是一种广为人知的诗歌创作技巧,也是被很多诗人采用的一种创作手法,其中就包括布朗宁。不论是布朗宁,还是丁尼生,都被主观性的诗歌创作所困扰。如何能达到还原真实诗歌的效果?戏剧独白不失为一种很好的方式,可帮助诗人逃离主观性的牢笼,至少是一种很好的掩饰。"丁尼生和布朗宁都受到戏剧独白的吸引,把它作为一种面具借以掩盖他们实质上的主观主义……通过在戏剧的形式里伪装自己主观的感觉,丁尼生能够拉开审美和情感的距离,这使得他可以接近戏剧独白的状态。"⑤丁尼生虽然运用了戏剧独白,并且表达了比浪漫主义诗人更高一个层次的外部观察视角,但是他此前确实没有听说过这一术语,这一术语也是直到19世纪末才出现在文学批评领域。"他多年来一直以另一种名义来创作戏剧独白,他运用的这个技法跟戏剧独白非常相似,被称为'活现法'(prosopopoeia),或者叫作'独角戏'(monodrama)。"⑥因此,丁尼生和布朗宁虽都采用了这样的创作手法,但是运用的程度却各有千秋,丁尼生较多地将之视为一种修辞,以突出人物的拟真程度,而布朗宁却更为系统地把它运用在自己的作品中,甚至将自己的诗集直接提名为《戏剧罗曼史集》(*Dramatic Romances*)。

从叙事层次来分析,戏剧独白使诗人虚构出一个人物来讲述故事,这一人物在文本内部,来自"我"叙述故事,这类似于查特曼的"叙述者",叙述者的叙述行为直

① Isobel Armstrong, *Victorian Poetry: Poetry, Poetics and Politics*(New York: Routledge, 1993), pp. 109–112.

② 戴维斯:《维多利亚人》,外语教学与研究出版社,2007,第462页。

③ 同上书,第466页。

④ 同上。

⑤ William E. Fredeman, "One Word More—on Tennyson's Dramatic Monologues," in *Studies in Tennyson*, ed. Hallam Tennyson(London: Palgrave Macmillan Press, 1981), p. 170.

⑥ Dwight Culler, *The Poetry of Tennyson*(New Haven and London: Yale University Press, 1977), p. 85.

指受述者,但是丁尼生的戏剧独白没有明确的叙述行为指向性。他不同于布朗宁的戏剧独白,后者具有戏剧性的情节突转,充满了技巧性,且有较强的叙事指向性,非常明确叙述声音的指向性,隐含的听众身份很明确。丁尼生惯用的是一种较为明确的声音,这个叙述者的声音一般只讲述自己的故事,情节形式较为直接简单,感情逻辑也清晰明确。"丁尼生是一个抒情诗人的典范,这一点与躁动不安的布朗宁形成了鲜明对比,因为在丁尼生沉思的诗歌中他的情绪通常都是落在'单一情感的支配'中。"①这种单一的情感恰恰集中在人物意象之中,丁尼生的人物是维多利亚时代的产物,纵然有着古典时代的影子,这一点不同于布朗宁,后者的人物来自不同的时代、不同的国度。布朗宁格外钟情于意大利式的人物,他总是以不同的韵律,甚至是不同的语言来展示这些人物的差异;丁尼生则更愿意展示一个时代人的共性特征。而布朗宁要凸显人物的异域性、差异性特征,这使他在形式和内容上都显得有些躁动。"布朗宁的戏剧独白有时是抒情的,有时是叙述的,有时是沉思的,有时是英雄体的,丁尼生在戏剧独白的形式上很少变化。"②同时丁尼生的有些作品不能称为戏剧独白,是因为作品中"没有展示出人物的内在,也没有讽刺性"③。显然对于戏剧独白的特性是借助布朗宁的创作风格来界定的,实际上丁尼生的《尤利西斯》和《圣徒西米恩》是第一批具有戏剧独白性质的诗歌,创作于 1833 年,收录在他于 1842 年所出版的诗集之中。巧合的是布朗宁的《我最后的公爵夫人》(*My Last Duchess*)及《吉斯蒙德伯爵》(*Count Gismond*)也是在同一年出版的,这些也是作为布朗宁第一批运用这一技法创作的诗歌,后期的《双胞胎》(*The Twins*)和《一位轻浮的女郎》(*A Light Woman*)对此技法的运用愈发成熟起来,到长诗《指环与书》(*The Ring and the Book*)则将这样的手法发挥到极致。很多批评家将《指环与书》与丁尼生的《国王叙事诗》加以对比,评说维多利亚时代的诗歌创作。因此,戏剧独白是用故事中的人物来讲述故事并表达人物情感的创作方式,在形式上具有"客观性诗歌"的特点,使诗人在声音上与人物保持一定的距离,用以掩饰自己的内心感受与情感;丁尼生的戏剧独白经常具有从外部观察的叙事层次,较之前的浪漫主义诗歌以自然作为从外部观察的角度,具有更为深刻的层次。下面借助《尤利西斯》来分析戏剧独白下的叙事结构。

这首长诗以"我"为第一人称的叙事视角表达了一段《荷马史诗》的《奥德赛》

---

① 戴维斯:《维多利亚人》,外语教学与研究出版社,2007,第 465 页。

② Stopford A. Brooke, *Tennyson: His Art and Relation to Modern Life*, vol. II (London: Isbister & Co. Ltd, 1900), p. 174.

③ Dwight Culler, *The Poetry of Tennyson* (New Haven and London: Yale University Press, 1977), p. 86.

中的主人公奥德赛,也就是关于尤利西斯的一段故事,但是整个情节在《荷马史诗》的原作中并没有展现,也就是说这段故事在《奥德赛》的版本中并没有出现过,是诗人虚构的一段故事,但是这其中具有强烈的但丁《神曲》的影子。这段故事实际上人们都很感兴趣,它讲述的是在十年的漂泊之后,尤利西斯回到了妻子身边,过着国王般的生活,但是此时的尤利西斯已经是人到暮年了。在每日重复的生活里,他感到了无比的厌倦并且向往早年的英雄岁月,跟同伴们一起血洒疆场是何等豪气雄壮的生活。与过去对比,现在的光阴岁月让他苦不堪言,曾经的归途和对妻子家人的眷恋,现在变成了日夜守候的麻木与厌烦。他渴望冒险,渴望大海,渴望英雄的岁月。

这是一首自白式的诗歌,以尤利西斯自己的口吻叙述的,全诗的转折之处就在他引出自己的儿子忒拉马库斯,之前是对当下生活的种种不满与对往日辉煌的回忆,之后是对日后生活的安排与憧憬。看似简单的结构,却映衬着一个叙事的核心与结构。通过诗人虚构的"尤利西斯"的隐含声音,将其苦闷的当下和盘托出:"做一个国王有什么好处?"而且题目赫然"尤利西斯",读者很容易想到荷马笔下的奥德赛的故事,这展现了互文性的正向迁移,做一个"无所事事"的国王。这是一个非常醒目、鲜明的人物,无所事事的国王,为了突出国王的国度,需将背景烘托出来,在"不毛的巉岩间"一种凄凉无生气的国度里,做着这样的国王。但丁在《神曲》中也展现了尤利西斯的形象,他出现在但丁所描述的地狱的第八圈,可以看出诗人非常急于想去了解他并与之交谈的心情,但是但丁没有如奥德修斯的心愿,将他带回家,而是把他带到了女巫喀耳刻(Circe)的宫殿,喀耳刻是奥德修斯的另外一个妻子,同他生了另外的儿子忒勒戈诺斯。这似乎与荷马的原著表达的归途不相一致。按照布鲁姆的观点,如果《神曲》是西方正典之一,那么这显然说明但丁在写其之前是没有读过荷马的,"但丁是没有读过《伊利亚特》和《奥德赛》的,他不是通过荷马的诗歌知道这些故事,而是从一些经典的和口头的拉丁语作品中了解到荷马故事的只言片语与一些改写的故事"①。

在中世纪人们的眼中,超越人类认识领域的界限去探求、去超越,都被认为是一种罪恶,奥德修斯的行为显然具有这样的性质,因而在但丁眼中他被认为是罪人,使其深陷地狱深处。但在丁尼生的作品中表现的尤利西斯更是一个具有超越精神的人物。在濒临死亡的边缘,他仍然渴望着去探险、去探求,即便是但丁谴责

---

① Guy P. Raffa, *The Complete Danteworlds: A Reader's Guide to Divine Comedy* (Chicago & London: The University of Chicago Press, 2009), p. 90.

了他去探索未知航程的行为。最终原创性地设计了一幕场景,让他在航程中遭遇海难而死,但是对于尤利西斯的才华却还是肯定的,只是诗人借助他表达了对世人的警告。而"丁尼生的任务就是借助但丁的叙述和文艺复兴及浪漫主义时代的精神,使尤利西斯成为一种象征,象征着人类精神中永无休止、无法满足的元素"①。两位诗人的时代价值观是不一样的,创作的手法也不同,丁尼生的戏剧独白就是这样的一种特点,更多地体现出他的修辞性特征。这一点同布朗宁的手法不同,后者则是更多地表现为一种具有讽刺意味的人物特点,语言形式较丁尼生更具口语化,部分是源于后者的人物来自神话经典。人物从古老的背景中走来,他的表达同日常用语差异化,加大了审美距离,这使丁尼生的戏剧独白具有修辞性的特点,人物同布朗宁的相比更具有象征意味。也就是说,尤利西斯不但是一种修辞性的象征,其中既蕴含了《奥德赛》中的神性,又融合了但丁《神曲》中苦难的人性,这是丁尼生戏剧独白主人公的主要形象,是"他所有的人物都是不相一致的人神综合体"②。这样的特质随着文本内外的人物交流不断突显,从提托诺斯到提瑞西阿斯,再到夏洛特女郎及尤利西斯,使他们在叙事中成为意象化的存在方式。

尤利西斯的意象是借助叙述声音来进行传递的,声音是戏剧独白不可缺少的要素。诗歌主要是声音的形式,或者说是诗化的声音,叙述的层次在两个人之间建立,一个是说者(speaker),另一个是听者(listener)。诗人虚构了尤利西斯的声音,以他的声音作为一个层次,将故事讲述给听者。丁尼生钟爱短小、精简、直接及简单的叙事逻辑,他曾经钟情于史诗的创作,并且对改良史诗故事的表达方式有了自己的主见,"对于这些'史诗'主题题材,丁尼生十分确定考虑过,并且借以创作精简的史诗"③。这样丁尼生在创作上将人物直接呈现,甚至在诗歌题目上已经介绍出来了,诗人将声音赋予了主人公尤利西斯,通过行为定义人物。他的行为就是叙述的声音,用以传递故事,这一点同布朗宁的"游戏式"的戏剧独白有很大区别,后者经常在声音背后使说者和听者产生互动,这样会将这样的游戏式的戏剧独白传递给读者。丁尼生经常忽略听者,没有在层次上显示出明显的听者,因此行为一般都集中在说者一个人的叙述层面,而且经常是内向叙事,不涉及第三方的故事,换言之说者一般只讲述自己为主人公的故事。"在丁尼生戏剧独白中,人物毫无悬念地交代出,说者是一个谈论者而不是一个行为者,他的语言更像是反思的、内省的、

① Dwight Culler, *The Poetry of Tennyson* (New Haven and London: Yale University Press, 1977), p. 94.
② Ibid., p. 86.
③ Ibid., p. 90.

哲思的,而不是直接的和有力的。行为是无变化的静态的或者追思的"①。但是在《尤利西斯》中有特别的地方,就是后半段的征途启程的一段,因为启程的事件可以被看成尤利西斯叙述之外的行为,同他叙述的行为并列在文本之中。诗人的声音很明确是来自尤利西斯,但是他的听者是谁呢? 显然不是绮色佳岛的岛民,也不是隔空喊话对着某些特定的听众。

> 这是我亲生的儿子忒勒玛科斯,
>
> 我留给他的,是这柄王权和岛国——
>
> This is my son, mine own Telemachus,
>
> To whom I leave the scepter and the isle—

　　声音将听众拉得很近,似乎就在尤利西斯的身边,他的儿子显然也在场。很多人说丁尼生的戏剧独白更像是某种自白,没有戏剧的场景感。"丁尼生独白的不变特性就是静止性,它们与其说是戏剧独白,倒不如叫作戏剧自白。"②但这一句显然带有戏剧的临场感,并且将听者和他的儿子拉在一起,同时出现在一个戏剧的场景里。他对往日的追思是自白式的,这一句从声音的特质看,是在对着听者讲述,并把自己的儿子介绍给听者,这不同于该诗前半部分自白式的口吻,而是带有戏剧色彩,似乎我们都是被叫来给他送别的,为他下一步启程探险做准备,也为下一个行为做情节的铺垫。

> 那里是港口:我的船已鼓起了帆;
>
> 那里是黑沉沉的大海。我的水手,
>
> 都曾经和我同心协力、辛苦与共——
>
> There lies the port; the vessel puffs her sail;
>
> There gloom the dark broad sea. My mariners,
>
> Souls that have toil'd, and wrought, and thought with me—

---

① Hallam Tennyson, *Studies in Tennyson* (London: The Palgrave Macmillan Press, 1981), p. 171.

② Ibid., p. 182.

在介绍完自己的儿子,安排好后事之后,声音转向另外的场景,交代了另外的人物。"那里"(there)一词除了表达"有"之意外还具有指向性,显然它指向了场景远处,当说到"在那里"(there)时,空间上则暗含近处场景,这也是具有戏剧性的现实感。在空间上具有远近结合的效果,通过声音又将近场的人物拉近,再将其视线转至远场,这是一种戏剧舞台叙事的效果。借助前半部分自白式的事件构筑的情节,构成人物意象的情景,其中有特洛伊战争的情景意象,有大海、战场等作为陪衬的环境意象,进而围绕着中心人物意象在戏剧独白中呈现出来。

根据德怀特·卡勒(Dwight Culler)的分析,《尤利西斯》全诗可以分成四个部分。第一部分是诗歌开篇的前五行,介绍了尤利西斯的国度伊萨卡岛(Ithaca),它呈现出一片死气沉沉的景象,通过一些形容词如"懒散的"(idle)、"稳定的"(still)、"荒芜的"(barren)、"荒蛮的"(savage),可以看出同这景象匹配的是这样的一个人物,国王尤利西斯,他同情景的结合是通过行为性的词汇建立起来的,"匹配着"(matched)、"好处"(profits)、"赏罚"(mete and dole)、"颁布不同的法律"(unequal),这些都是他作为国王的责任与义务,也是这样的行为将他同外面的世界划分开来。正是这样的状态构成了简单的结构,一个国王和一个荒凉的岛国,人物结合情景。这五行也完成了叙述声音的建构,将它赋予主要人物尤利西斯身上,将叙述行为同情景结合,并以戏剧独白的方式使主人公讲述行为,与其他行为在动作范畴上划分为一类,因此全篇动作行为的时态基本是现在时,表现当下的行为状态。

第二部分为六~三十二行,这部分尤利西斯以自白的方式回忆了自己往日的英雄岁月。其中有一个关键的行为就是"旅行"(travel),这个行为统领着这部分所有的行为,在因果联系的链条里这是触发的行为,没有他游历旅行,就不会有看过、见过的人,就没有特洛伊的战场,也没有到过朋友到过的城。

> 长多少见识——在人们聚居的城邦、
> 　一处处的风土人情和幕府衙署,
> 我既非卑微之徒就到处受尊重——
> 　远在风劲刀兵响的特洛伊战场,
> 　享受过同顽强劲敌交手的酣畅。

> Much have I seen and known; cities of men
> And manners, climates, councils, governments,

Myself not least, but honour'd of them all

And drunk delight of battle with my peers,

Far on the ringing plains of windy Troy.

因此可以发现,"旅行"之后的动作:"享受"(enjoy)、"遭受"(suffer)、"看"(see)、"了解"(know)、"尊重"(honour)、"喝酒"(drink)、"遇见"(meet)、"启程"(move)……都是在第一个行为触发下产生的。从前五行静态地寄居在荒岛,与从前的经历形成了鲜明的对比,突出了人物特征,要突破岛屿的界限去冒险、去启程。戏剧独白的效应再一次将行为现实化,所有的动作都具有临场的效应,时态都是现在的,其中现在完成时的行为表示那段经验对现在的影响。"享受过""见过""饱享过(战争的喜悦)""受到过尊敬",这些行为同现在的国王形成鲜明的对比。一般现在时的动作说明当下的场景效应。

我已有名声;

总怀着即可的心情浪迹于海外。

I am become a name;

For always roaming with a hungry heart.

这一句晦涩的地方是"am"一词后面直接接了"become"一词,这实际也是现在完成时的一种用法,"am become"实际就是"have become",是当时的一种用法。"我已有名声",是他内心对当下最大的不满。这些行为与他当下的心情形成强烈的对比,用完成时态产生对当下具有效应的行为。第二部分人物结合情节,使人物从第一部分的静态陈述中走出来,形成人物的时空观。尽管这一部分的情节是丁尼生借用的,故事的素材是荷马和但丁的,但不同的是叙述声音是主人公自己的,这打破了时空的限制,借叙述的声音指向明确前两部分属于内在叙述。这同第三部分的声音指向不同。

第三部分为三十三~四十三行,叙述声音转为近场,拉近了受述者及他的儿子忒勒玛科斯,从内在叙述的自白式声音到外在叙述的陈述式声音,进而来介绍自己的身前身后事,铺陈之后启程,最后通过"工作"(work)一词将彼此的行为划分。"他会做好他的工作,我,做好我的。"(When I am gone. He works his work, I mine.)"他"的行为跟"我"要做的行为是不一样的,进而从叙述行为过渡到动作行为,来明确"我"的行为是什么。

第四部分从四十四行到结尾,声音的指向又发生了变化,从第三部分对着听众(audience)介绍自己的儿子,转向了昔日的战友们,他的水手们(mariners),号召他们同自己一道去探险。前半部分的声音是对着水手们做的陈述,交代了他们现在暮年衰微的状态,同时回答了他要做的"工作"是什么。

> 死了结一切:
> 但在这终点前还可以有所作为,
> 创造些崇高业绩,从而也配得上,
> 我们这些同天神也争斗过的人。

> Death closes all:
> but something ere the end,
> Some work of noble note,may yet be done,
> Not unbecoming men that strove with Gods.

尤利西斯要做的就是这些"高贵的事业",这就使他的行为不可能是由带有神性光芒的人物完成,他要做的是依靠人性才能完成的事业,是英雄的事业,因此他才说这"不是靠着那些不能去成为人的人",是靠真正的人的行为,靠着真正的"配得上与神交战的人"去完成这高尚的事业。这是他内心的写照,"提托诺斯和尤利西斯都想要回到成为人的世界中去,一个充满变化、运动、活动、生与死的世界"[①]。丁尼生的人物不是靠着神性的光芒来塑造自身,而是凭借真正意义上的人的行为。

后半部分称谓从"我的水手们"(my mariners)变成了"我的朋友们"(my friends),并且由一个关键的行为统领之后的行为,就是他呼喊自己的朋友们说的"过来吧"(come),之后的动作:"探寻"(seek)、"起锚"(push off)、"坐"(sit)、"重击"(smite)、"抓"(hold)、"起航"(sail)、"死"(die),直到最后一行非常经典的"斗争"(strive)、"探寻"(seek)、"发现"(find)、"屈服"(yield),都是受到启航的呼喊,然后情节随着动作行为逐渐展开,都是由他呼喊同伴们一起启航开始的,由这个动作行为构建了整个情节,从声音内外叙述行为转向动作行为。整个叙事层次结构被声音和动作交替划分,形成动静结合的叙事层次。

---

① Dwight Culler, *The Poetry of Tennyson*(New Haven and London: Yale University Press, 1977), p.98.

丁尼生的戏剧独白具有自己的特点,在叙事层次上既有声音的内在交流,即诗人与主要人物之间的交流,同时也有声音的外在交流,用以叙述给听众的声音交流,以及在声音之外的动作交流。丁尼生的戏剧独白诗歌并不总是含有动作的交流层次。对于他的诗歌来说,声音交流是首要的,声音之外的动作行为具有某种暗示性,对于临场的人物来说,主要是围绕声音来构建的。通过分析《尤利西斯》可以看出,首先他叙述的视角是第一人称,以"我"开头,明确声音的来向;其次,他的叙述者,即声音的承担者是上了年纪的、濒临死亡的老者人物,基本上表现的都是对死亡的最后挣扎;最后,这些人物都来自古老的神话传说,都是以互文的形式再现了传统文学或者前文本中的人物。这些人物通过诗化语言的形式,在丁尼生的诗歌文本中复现了共有的死亡主题。我们在丁尼生诗歌中听到的就是这样的一个老者的声音,他声音的特质中含有死亡的意味,随着这样的声音不断地谈论自己的身前身后事,明确了死亡的主题。因此,主题是声音特质的一种展现,表明了声音从动作上规划了行为和行为的主体,从特质上又明确了诗歌的主题。意象传递离不开人物,进一步说是离不开叙述的声音。声音使人物走入意象中,是声音赋予了人物叙事交流的动力,声音中的质地、特征赋予了诗歌的主题色彩,声音在叙述的过程中使主题明晰,声音中的声调、语调和色彩同诗歌的主题具有共现的特点,死亡的主题同一个文本中濒临死亡的人物声音是共现出的,同一个悲伤过度的人物声音是共现出的,同一个史诗故事中的牺牲英雄也是共现出的。

第四节　诗人声音的神性复现

《国王叙事诗》是丁尼生长篇叙事诗的代表作,同早期抒情诗及戏剧独白诗不同的是,它的篇幅较长,同时具有一个线性的叙事结构链条,在时间上具有先后顺序。虽然诗人是分别创作的其中主体部分《圆桌骑士》,但是成书时故事的顺序做了有依据性的调整。作品叙事的声音同其他长篇作品比较,具有明显的特征,表现在它声音的神性上。首先,作为一种古老的诗歌形式,它具有类似史诗的一些特征,韵律采用了无韵体的亚历山大诗行,史诗中故事的讲述历来就展现了神性的光芒,一是诗歌总体形式所赋予声音的力量;二是作品中的英雄行为,在声音上既有英雄式的叙述口吻,又蕴含悲剧式的永恒气势。虽然丁尼生本人也不承认它是史诗体裁的创作,而是一系列短篇的故事诗构成的长诗,但是它们串联起来确有一种似史诗的悲壮气势。其次,声音叙述中展示出了很强的音乐性特征,它集中象征着诗神缪斯(Muses)的精神。音韵性的诗行赋予了丁尼生个人田园诗的时代意蕴,成就了他独特的原创性叙事诗的创作风格,在现代性的社会中用古体诗展现了诗神的音韵光芒。最后,在作品的内部形成了一套复杂的人物叙事交流层次,使看似松散的作品体系,具有了特殊的象征意味,在深层叙事交流模式中,蕴含着亚瑟王的神圣之声,借以诗人的声音复现在作品之中,形成了一套完整的叙事线性结构。

离散式的人物由一根主线牵引,这就是亚瑟王故事在丁尼生的《国王叙事诗》中的再现,诗人自我的声音再现,从某种程度上说是英雄式的史诗精神的体现。不同于戏剧独白类的诗歌,《国王叙事诗》是否是真正意义上的史诗,学界是有争论的,但是根据理查德·拉瑟福德(Richard Rntherford)的观点:史诗具有形式和精神两个方面。形式上"他们几乎普遍以荷马所使用的韵律来创作,它是一种长且快的诗行,被称为'六步扬抑抑格',并且是一种高贵的,自觉的高尚风格"①。这样的史诗传统韵律后来在法国得到了发展。12 世纪,亚历山大·德·贝尔内(Alexander de Benel)与朗贝尔·勒道尔(Lambert Ledauer)创作的《亚历山大的故事》(*The Story of Alexander*)成功地运用这一韵律讲述了亚历山大国王的英勇事迹,因此它也被称为"亚历山大体"诗歌,尤其是"七星社"时期的法国诗歌创作将其复兴。它同样影响了英语诗歌的创作,其中菲利普·锡德尼(Philip Sidney)、斯宾塞等都曾使用过亚历山大体诗歌进行叙事创作。英语诗歌保留了六步的传统,并将扬抑抑格(dactylic)发展成适合自己表达习惯的抑扬格(iambic),再现了在《荷马史诗》创作形式的基础上,形成了自己的史诗形式。从内容上说,史诗不局限在某个(些)人的探险经历上,也不只是人物的私人生活。"史诗记录的是伟大的事件或伟大的成就,并且经常包含着巨大的痛苦:人物是高贵的或者至少是独特的。"②丁尼生的《国王叙事诗》除了具备史诗的某些特质,也有自身的创作特点,受到古典文学创作的影响,特别是希腊罗马史诗创作的影响。丁尼生在之前的作品中或多或少地折射出这样的叙事主题,在《尤利西斯》中可以看到"作为古典文学源头的荷马式的诗歌"的影子③。但是从作品本身来说,不能定义为完整的史诗,但是他的创作确实受到了史诗传统的影响。"在谈论这个争议性的问题时,就是关于《国王叙事诗》的体裁和结构,它到底是一首史诗,还是一出悲剧,抑或简单的系列田园诗,我还不能明确给出定论,但是我对于过去教条式的回答还是满意的,就是它不是一首

---

① Richard Rutherford, *Classical Literature: A Concise History*(New Jersey Wiley: Blackwell Publishing, 2005), p. 19.

② Ibid.

③ Ibid., p. 20.

史诗,而是有着某种组织的系列田园诗"①。

　　丁尼生对史诗的影响表现在他对于传统的抵抗中,他不喜欢冗长繁杂的史诗创作,偏爱精练短小的诗篇。对传统的抗拒正如布鲁姆所说,使丁尼生形成一种对传统的"焦虑",对于他创作的"父辈"的焦虑,但是在抵抗中丁尼生受到的"焦虑式的影响"也突显出来,他说自己中意的是"简练"(shortness),但是又说到"除了'亚瑟王'外,在我之前的大多数人(诗人)都传播过这些大故事了"。这一方面显示出他对创作亚瑟王故事的雄心,另一方面也表明他所钟情的是"小史诗"(little epic)。丁尼生在这里称自己是"维多利亚时代的亚历山大诗人"(Victorian Alexandrian),是因为"公元3世纪的诗人也认为大型史诗和悲剧题材已经过时,并且他们应该通过短诗和高度精致的诗为自己赢得名誉"②。丁尼生受到了这样的影响,特别是忒奥克里托斯(Theocritus)创作的哀歌、田园诗及牧歌等形式,给了丁尼生很多灵感,因此当艾德蒙·卢兴顿(Edmund Lushington)建议丁尼生将《国王叙事诗》标题中的"叙事诗"(Idyll)改为"史诗故事"(Epyll),变为《国王史诗故事集》(Epylls of the King)时,丁尼生不喜欢后者的发音,而没有采用。"史诗故事"的意思是小史诗,是英文"微缩史诗"(Epyllion)一词的缩写。这可以看出其作品本身也有着史诗的痕迹和因此受到的影响力。

　　丁尼生在创作这部叙事长诗的时候,确实受到了希腊、罗马古典文学的影响,首先是作为史诗的主题有关于战争和征程的,《伊利亚特》和《奥德赛》分别对应这样的主题形式,维多利亚时代对于历史和传统十分珍视,卡莱尔就鼓励读者要"审视历史,因为它是受到经验启发的哲学课程"。在这样的背景下,中世纪的传统受到很多诗人作家的追捧,具有神话色彩的亚瑟王的故事复活了起来,"这种视觉化的人物象征被很多19世纪的诗人们再现并加以扩充"③。借助古老的荷马式的史诗创作的"原型"(prototype),亚瑟王故事中的人物形象以相似的主题形式,展示在维多利亚时代的作品中,形成了具有相似特征并具有因果联系的人物,表现忠诚、宽容、慷慨、勇敢、谦逊等圆桌骑士具有的美德。"没有哪个中世纪的文学可以像亚瑟王、桂妮维亚、兰斯洛特、梅林……以及整个亚瑟王式的人物构成的悲剧传奇那样,反映出当时的动乱情绪,他们的生活被这样失败的理想击碎了。"因此,丁尼生

---

① Theodore Redpath, "Tennyson and the Literature of Greece and Rome," in *Studies in Tennyson*, ed. Hallam Tennyson(London: Palgrave Macmillan Press, 1981), p. 115.

② Dwight Culler, *The Poetry of Tennyson*(New Haven and London: Yale University Press, 1977), p. 90.

③ Laura Cooner Lambdin and Robert Thomas Lambdin, *Camelot in the Nineteenth Century: Authurian Characters in the Poems of Tennyson, Arnold, Morris, and Swinburne*(USA: Greenwood Press, 2000), p. xi.

的创作主题复现了史诗的传统,在当时是具有教育意义的。同时,展现神话的手法,使作品披上了一层神性的色彩,这实际也是史诗创作的传统之一,其对于神话的展示为丁尼生的创作提供了"范式"(paradigm)。虽然就其故事本身来说,丁尼生受到了马洛礼的影响,他的《亚瑟王之死》是《国王叙事诗》故事素材的原本,但他"重新改写古老的亚瑟王传说,是将自己对当下社会的情感付诸诗歌表面之下去赞美中世纪的"①。借助这个神话传说的范式,丁尼生将自己的情感融入其中来讲述这段历史,神话本身就为历史的发展提供了范式,这也反映了史诗创作的手法:"神话被自然地重新构造甚至是被编造出来去反映历史的发展。"②这样的手法反映出的不仅是圆桌骑士们的故事具有广泛的接受程度,在诗人中间神话的范式效应也会触发情感的回应,因为"亚瑟王圣杯传奇既是不受时间限制的也是与时俱进的,它包罗万象的承载力增强了人们的愿望,同时回应着人类在之后各个时代的审美、道德和精神的需求"③。实际上,神话在史诗中的应用对于诗人和听众来说,都带来了审美愉悦体验,史诗也离不开神话的范式。对于一个诗人来说,按照古典文学的标准,只有完成了史诗的创作,才标志着他达到了创作的成熟阶段,这也是丁尼生的期待之一。"它俨然成了一种期待,一个诗人直到尝试了这种形式(史诗)的创作才达到了他完全的成熟。"④借助这样的一部叙事长诗,诗人展现了如史诗一般的创作传统,也表现了他自己跻身"父辈"诗人行列的野心。

在创作上沿袭了古典文学史诗创作的传统基础上,丁尼生对叙述故事的手法加以创新。这首先表现在作品的结构上,从题目上看虽然是"国王"的叙事诗,但是国王仅仅在开头和结尾处的两篇中出现,中间主体部分的《圆桌骑士》中亚瑟王在各篇都不是中心人物,因此虽然题为《国王叙事诗》,但是显然不是围绕着国王来讲述故事的。丁尼生采用了松散的形式和独特的叙事结构,对古老故事作品进行艺术的加工是他惯常采用的一种创作风格。特别是在亚瑟王的故事圈子中(Arthurian Circle),他早早就表达出了自己的兴趣。"他至少在1830年便创作了短诗《兰斯洛特爵士和王后桂妮维亚》,虽然直到1842年才出版。"⑤除此之外,还有

---

① Laura Cooner Lambdin and Robert Thomas Lambdin, *Camelot in the Nineteenth Century: Authurian Characters in the Poems of Tennyson, Arnold, Morris, and Swinburne*(USA: Greenwood Press, 2000), p. xi.

② Ibid., pp. 21~22.

③ Valerie Lagorio and Mildred Leake Day(eds.), *King Arthur through the Ages*(New York: Garland, 1990), p. xi.

④ Richard Rutherford, *Classical Literature: A Concise History*(New Jersey Wiley: Blackwell Publishing, 2005), p. 21.

⑤ Alan Lupack, *The Oxford Guide to Arthurian Literature and Legend*(New York: Oxford University Press, 2005), p. 146.

《夏洛特女郎》《加拉哈德》及《梅林和那束光》(*Merlin and Fhat Beam of Light*)等，特别是在《亚瑟王之死》中，诗人对这个古老的故事进行了艺术化的处理，此作最初题为《史诗》(*The Epic*)发表在1842年出版的诗集中。按照卡勒的观点："《亚瑟王之死》从叙述一个国王的死转变成了一件艺术品，一首诗。"[1]这首诗的结构同它最初的标题定为"史诗"有点出入，因为"它的中心既不在结构里也不在它的内在成分中，而是在他们之间"[2]。这一点在《国王叙事诗》中也有所体现，故事的中心貌似是国王的故事，但是它却不占据作品的中心位置，国王的故事只是一条线索牵起其他的人物叙事。这一点说明丁尼生将其不仅体现在叙事的功能上，而且也体现在叙事的审美追求上。诗歌不仅是讲故事的工具，也是用来表现艺术的手段，这一点同"前拉斐尔学派"(Pre-Raphaelites)的主张是一致的，也迎合了后期唯美主义的浪潮。

在发挥史诗的功能上，丁尼生在诗歌的结构中嵌入的成分预设了其听众的层次。广泛的"大众性"(multitudeousness)诗歌是当时很多诗人的追求。大众的接受是衡量诗歌，尤其是以史诗背景创作的诗歌的重要因素，"(他)诗歌结构的风格同它内在的成分形成鲜明的对比：不是古老的、不是正式的内在成分，也不是惯常的，而是完全自然的和有教养的语言，是牛津和剑桥的学生们使用的语言"[3]。但是他的语言也不是口语化的，而是简洁、优美的语言，确切地说是时下的语言，是精英式的语言，这也呼应着维多利亚时代改革的精神，即改革应该从精英阶层开始，因为平民阶层愿意效仿精英阶层的生活方式。从语言层面上说，丁尼生表现的正是当时精英阶层的语言习惯，对下层民众起到教化的作用和示范的意义。同时从另一个侧面来说，丁尼生对文体方面的创新表明，旧的秩序俨然已经过去了，至少是处在一个消退的过程中，但是新的秩序却还在萌芽没有成形，这个阶段在文化上表现出了一种焦虑的情绪，因此从18世纪开始，史诗的创作已经从审美方面转向了功能方面，进而在创作中展现了统一体"unity"的特性。"我们是生活在统一的文化之中，或者想要这样的生活吗？就创作的独特性来说，这样的一致性会带来什么样的代价？弹性与差异所带来的混乱值得吗？两百年前当这些问题还没有解决的时候，文学家们便开始以新的文化史诗理论来推演它们了。"[4]丁尼生要在平衡功能

---

[1]　Dwight Culler, *The Poetry of Tennyson* (New Haven and London: Yale University Press, 1977), p. 108.

[2]　Ibid.

[3]　Ibid.

[4]　Herbert F. Tucker, "Epic," in *A Companion to Victorian Poetry*, eds. Cronin Richard, Chapman Alison and Antony H. Harrison (Malden, MA: Blackwell, 2002), p. 27.

与审美之间矛盾的基础上,对叙事类的作品进行突破。在以现代性为主题的社会中,他叙事作品的创作既要面对史诗传统的"统一性"(totality)①,也要融合时下的杂糅性(heterogeneity)、差异性(diversity)。对这样的史诗"统一性"进行一种重构,因此在形式和结构上对处在中心位置的文化统一体发起挑战。不过,在很多评论家看来,他的尝试并不是很成功,很多人认为这样的创作似乎并不自然,尤其是在现代性的生活被高度强调的当下,重拾古老的创作方式,被认为是不合时宜的,但他的初衷是想要展现这些受过教育的、高雅的文化人的所思所想,或者以这样的高雅的方式去创作。但是"《国王叙事诗》被认为是一种'华丽修饰的文风',是在现今时代复兴古典色彩的一种尝试"②。很多批评家鼓励丁尼生就这个题材继续创作,其中就包括其挚友之一斯特林(Sterling),主张其应该将经历放到现代性的主题中,促使丁尼生将注意力转移到《公主》与《莫德》中去。纵然丁尼生日后回忆说自己完全可以继续处理兰斯洛特追逐圣杯的故事,并且可以不费心力,但是终于还是放弃了,甚至他明确说到自己已经在心中将其创作始尽,最终还是顾忌评论的影响而停笔止步了。可见丁尼生确实是一个十分敏感的人,很在意评论家对自己作品的态度。

丁尼生的长篇《国王叙事诗》这部作品同《公主》《莫德》等作品来说叙事结构具有显著的特征,从其篇章的构成来看它的结构大致分为五个部分:《献辞》《亚瑟王的到来》《圆桌骑士》《亚瑟王的离开》和《致女王》,其中主体部分为圆桌骑士的故事,包括十个故事,分成十二书。从内容上说,该诗是丁尼生对马洛礼《亚瑟王之死》的改写,"丁尼生在情节上仅仅追随着马洛礼,但是维多利亚诗人对其增减也是巨大的,这也改变了故事的含义。"马洛礼从不对故事主人公的爱情指手画脚,一方面是出于政治原因,使得其重心是宣扬中世纪英雄主义的价值观,进而影射当时英法的政治环境;另一方面,马洛礼也尽量将神话在作品中的比例降到最低,进而增加作品的现实主义色彩。而丁尼生侧重的是道德的教化作用,虽然受到了当时批评家的责难,他们认为丁尼生的再创作没有给亚瑟王的传奇故事增添力量,只是满足了大众对于中世纪作品的饥渴需求,"但是丁尼生的平行化叙述强调了单一的

---

①   Natasha Moore, *Victorian Poetry and Modern Life: the Unpoetical Age* (London: Palgrave Macmillan Press, 2015), p. 186.

②   J. M. Robertson, "The Art of Tennyson," in *Bloom's Classic Critical Views: Alfred, Lord Tennyson*, ed. Harold Bloom (New York: Infobase Publishing, 2010), pp. 88–89.

道德衰退,那就是马洛礼没有谴责桂妮维亚与兰斯洛特的罪恶"①。因此,丁尼生在叙述中偏重于情感的呈现,而马洛礼则注重的是骑士精神的呈现,这也是为什么后者没有过多地展示人物的情感纠葛。丁尼生对于人物情感的叙事逻辑是完全个人化的,也是完全时代化的,这也是他叙述故事的一贯作风,因此很多批评家认为他的人物是维多利亚人穿着中世纪的戏服,但是诗人运用的正是这样一种方式呈现了他的"伦理上的中世纪性"②。这也从一个角度说明了史诗作为一种工具,赋予了诗人教化的手段和方式,同时诗人也对史诗的形式和内容进行了时代的革新。

　　丁尼生将古老的故事以田园诗的方式来重新编排,并结合史诗精神中的神圣笔法巧妙地叙述出。对于这个故事的重新编排,虽然它实际的方式是田园诗(idylls)而非史诗的形式,但是却显示出史诗的精神质地。田园诗的创作始于忒奥克里托斯(Theocritus),此后维吉尔受其影响创作了很多类似的题材和形式的作品,如《牧歌》(Eclogae)等。但是丁尼生的田园诗不同于忒奥克里托斯的,后者的田园诗不是在于叙事,或者说在古体的田园诗中叙事的成分很少,通篇基本围绕着牧羊人的唱词,注重的是娱乐性。"(它)通常包括两三个牧羊人聚在一起用没有艺术性的平常语言来讲述自己的日常生活。然后一个人邀请另一个人来歌唱,或者他们一起来赛歌。"③实际形式本身的目的是以互动的唱词为主要的表现手段,同之前用声音来规划叙事层次的标准不同,田园诗的诗人之声展示的手法是唱词。丁尼生意欲设计一种形式,该形式可以成为维多利亚时代的主流形式,并且同他个人的名字联系在一起的形式,这就是他特有的田园诗。"丁尼生在他的作品中引入了一种新的想法,'简洁性、稳定性、确定性'。……而且具有静谧的完整性和作品深度,以及一种从思想、感觉和表达的幸福平衡感中升腾的甜蜜。"④在古体田园诗的基础上带有个人时代印记,它适合丁尼生展示自己人物的多样性,融入了风光山水与个人偏好的情景,来展现他细腻的篇章:兼具优雅与情感的双重特性。这样的一种表现形式使他的主题贴切地融入其中,也是这样的形式赋予了《国王叙事诗》特殊的意义。正如依波利特·泰纳(Hippolyte Taine)对丁尼生的评价:"一位艺术家伟大的任务是找到适合自己才能展现的主题。"⑤丁尼生从"使徒"时期就已经对

---

①　Laura Cooner Lambdin and Robert Thomas Lambdin, *Camelot in the Nineteenth Century: Authurian Characters in the Poems of Tennyson, Arnold, Morris, and Swinburne*(USA: Greenwood Press, 2000), p. 14.

②　Debra Mancoff, *The Arthurian Revival in Victorian Art*(New York: Garland, 1990), p. 19.

③　Dwight Culler, *The Poetry of Tennyson*(New Haven and London: Yale University Press, 1977), p. 113.

④　Isobel Armstrong, *Victorian Poetry: Poetry, Poetics and Politics*(London: Routledge, 1996), p. 105.

⑤　Hippolyte Taine, "The great task of an artist is to find subjects which suit his talent, " in *Bloom's Classic Critical Views: Alfred, Lord Tennyson*, ed. Harold Bloom(New York: Infobase Publishing, 2010), p. 81.

希腊式的传统了然于心。田园诗创作的复兴是在浪漫时期的德国。所罗门·盖斯纳(Saloman Gessner)于1756年出版了《田园诗集》(*Idyllen*),并被翻译成了英文,以《乡间诗》(*Rural Poems*)为题,影响了浪漫主义诗人的创作。其中罗伯特·骚赛(Robert Southey)以此形式创作了《英国牧歌》(*English Eclogues*),华兹华斯也用这一形式在《远游》(*The Excursion*)中讲述了玛格丽特(Margaret)的故事。但是这些作品的散文式的诗风并没有真正展现出田园诗作品的创作特色,实际只是满足了城市化背后人们对乡村生活的好奇,以及对田园般生活的向往之情,田园诗也只是散文体描写农村生活题材的作品而已,因此在当时的创作背景下,"(它)使我们认识到田园诗,或者可以被称为'小图景',被吸收进英语诗时,呈现出'速写随笔'的形式,它是一种在叙事和散文之间的形式,在表现的内容上看起来具有灵活性和不确定性"①。田园诗进而同随笔在形式上画上了等号。丁尼生的"牧羊人"显然不能同意这样的田园诗从浪漫主义的观念延续下来,虽然仍旧是在中上阶层的创作小圈子中,不论这个圈子是不是剑桥大学的学生,还是诗人们的文学圈,或者是"使徒"们的文化圈,丁尼生带有"忒奥克里托斯式的田园诗"(Theocritan Idylls)中的牧羊人们,对于这样一种唱作式的对答怀着"一种精妙的情感,是一种通过纯粹的风格表现出来的,更接近审美体验而不是那种生硬夸张的情感"②。也就是说,丁尼生的田园诗是属于诗人们的田园诗,是属于"诗人的诗",这也是后来他遭到诟病的原因之一,语言习惯上只是为中上阶层的人们创作。但是丁尼生对于英雄主题的钟情受到了维吉尔的影响,或者说维吉尔对英雄题材的处理,使其作品具有了强大的表现力,进而俘获了大众的喜爱,这一点毫无疑问地影响了丁尼生对亚瑟王故事的再创作。

丁尼生对田园诗的运用可以说既是对传统形式的继承,同时又弱化了浪漫主义对古体诗歌的范式化与本土化的运用,展现了诗人神性声音的叙事层次结构与规模。在形式上的创新可以看出丁尼生对古体诗歌的革新,不仅运用了戏剧独白、自白及对话等手段,还从诗学传统上说明了"旧秩序"俨然已经过去,在更深的层次结构上表明了旧有的神圣关系也已经不在了,至少是处在一定的危机中了(这在《亚瑟王的离去》中显示出忠诚的骑士精神不复存在了)。田园诗的诗人之声逐渐显露出音乐的旋律感,这一点在其早期的《食莲人》中也有显现,虽然素材仍旧是来自《奥德赛》,是其中第九书(Book IX)的故事,但是在最后却以八首合唱(choric

---

① Dwight Culler, *The Poetry of Tennyson*(New Haven and London: Yale University Press, 1977), p. 115.

② Ibid., p. 114.

song)插入的歌来唱出食莲人的一种哀伤心情,同荷马的原著比起来在声音的表现上更加具有感染力。"合唱"不仅唱出了忧伤的心情,而且形成了复杂的人物叙事交流模式,既有外在的声音叙述,又有内在的声音对话,同时还具有表演性的声音渲染。"合唱标志着丁尼生脱离了直接的荷马式的故事素材,持续地停留在《奥德赛》的歌声力量所带来的迷幻效果,就如同岛上妖女的危险的诱惑性音乐一般。"①这说明了丁尼生在处理素材中的"原创性",也说明丁尼生比较看重诗歌中的音乐性,同《食莲人》一样,诗人在《俄诺涅》(Oenone)中也展示了这种创作手法,"开始于叙述故事,但是持续了一大段转调式的歌唱,积聚着魔幻一般的力量"②。叙述声音从陈述式的语调转为唱词,再现的是诗神缪斯的声音,是诗歌叙述的神性体现。这既是借助田园诗自有的形式意蕴,也是诗人表达史诗般故事的叙事交流的体现。

因此,以田园诗讲述的亚瑟王故事,既具有史诗般的恢宏效果,也具有诗歌甜美的音乐韵味,成为一首真正意义上的"国王之歌",而这也是其作品最早的汉译题名。从叙事交流中生成的意象来看,首先是国王这个人物,没有人质疑丁尼生所叙述的这个国王就是亚瑟,讲述的故事就是亚瑟王和他的圆桌骑士的故事,虽然没有中心的情节支持。亚瑟王的行为在整体结构中显现为"到来"与"离去",诗人在此暗示出他作为一种"精神上的权威",像一条线一样穿梭起整个结构,围绕这个精神的权威,构建起各个骑士人物围绕在"圆桌"的周围,从到来到离去,权威离去,所有的骑士人物散场。实际上在篇目的结构上没有亚瑟王的影子,却是围绕亚瑟王的人物来构建的故事,因此即便是中心情节不是围绕其展开的,他也是作品结构的灵魂,是作品的主线,如象征意义一般牵起整个叙事结构,"虽然中心的梦幻行为是其他人物所演绎的,但是亚瑟仍是精神的权威统治着整个诗篇"③。但是从开篇的《亚瑟王的到来》到最后《亚瑟王的离去》形成一种容器式的作品结构,中间的《圆桌骑士》被包容在这个亚瑟王的结构之中,这个结构的寓意说明中心溃散,牵引着众多英雄汇聚在圆桌的精神已经不复存在了,就如两个柱子支撑起整个诗篇的结构,让人不禁想到弥尔顿的《力士参孙》中柱子被推倒后崩塌的悲剧效应,亚瑟王的权威就是撑起整个作品的支柱。亚瑟王的离去从一个方面说明了中心的溃

① Isobel Hurst, "Victorian Poetry and the Classics," in *The Oxford Handbook of Victorian Poetry*, ed. Bevis Matthew(New York: Oxford University Press, 2013), p. 156.

② Theodore Redpath, "Tennyson and the Literature of Greece and Rome," in *Studies in Tennyson*, ed. Hallam Tennyson(London: Palgrave Macmillan Press, 1981), p. 119.

③ Dwight Culler, *The Poetry of Tennyson*(New Haven and London: Yale University Press, 1977), p. 217.

散与无力,另一方面表现了丁尼生诗歌中存在一种颓废的情绪,按照尼采所说的"渴望虚弱",因为"只有当一个人冀求虚弱时他才是颓废者……就像尼采所说的,虚弱成为一种目标"①,表现了衰落的精神权威在不断地被腐蚀下形成一种支离破碎的状态。亚瑟王的人物就是以这样的方式,模糊地存在于叙事交流的过程中,形成一种象征的人物特质,在每个单独的圆桌骑士故事中到来,同时在这个故事的结束时离开。

叙事交流模式是通过人物的声音来界定的,每个单独的故事都是以戏剧独白的方式来叙述的,亚瑟王的声音不是叙述的声音,但是却存在于诗篇当中,是以隐性的方式内在于诗歌主题之中。《国王叙事诗》中最为明确的就是英雄主题,而英雄主题的展示是离不开骑士精神的,全作中展示骑士精神最显著的特征就是忠诚"loyalty",这并不是说除忠诚之外在作品中没有展示出其他精神,而是说作为忠诚的骑士精神,将人物汇聚在亚瑟王的"宫廷"(court)之中,或者说汇聚在"圆桌"(table round)周围,进一步说是忠诚的骑士精神形成了作品中紧密的圆桌骑士故事。但是忠诚背后是亚瑟王的"声音",虽然模糊,但是却十分明确。这个声音通过一种标志性的言语行为展示出来,它就是"誓言"(vows)。所有的圆桌骑士都是通过誓言的方式获得了自己的身份,同时也凭借骑士的身份进行着英雄的行为。因此,亚瑟王的声音可以说是圆桌骑士们进行英雄行为的基础,没有亚瑟王的"声音",故事将无从谈起,是亚瑟王的声音规划了整个作品的叙事交流层次。这个声音不在表面的叙事结构中,是在深层的叙事结构中暗含的,同时也是浅层叙事交流的基础。所有的骑士,都在亚瑟王的"声音"下,讲述自己的英雄故事,但是丁尼生手法特别的地方就在于在作品的整体结构上,通过亚瑟王的行为明确了他作为中心人物的情节,就是从"来"到"走"的这个过程,放置在作品的开头和结尾两处,"就像两个柱子耸立在作品的两端,就像绝对精神一样建立起了亚瑟王的权威"②。在每个故事中都折射出这样的结构模式,但他的行为是以声音为标记的,是亚瑟王的声音从"来"到"走"的过程,骑士们对待他们信守的"不死的誓言",也是从"强"到"弱"的尽忠职守,最后成为一个类似"反人物"的叙事模式。亚瑟王的梦想最终破碎了,人性中的恶在没有神性的光芒中被释放出来。这样,声音塑造了亚瑟王的人物,在文本内通过众多骑士人物来说,他的声音已经建构起一个国王的意象,并且在叙事交流中国王的声音逐渐虚弱下来,亚瑟王的声音逐渐成为一种背景声音

① 马泰·卡林内斯库:《现代性的五副面孔》,顾爱斌、李瑞华译,译林出版社,2015,第199页。
② Dwight Culler, *The Poetry of Tennyson* (New Haven and London: Yale University Press, 1977), p. 217.

的存在,在情节之外的存在,情节之中偶尔的闪现也是随情景从"来"到"走",在声音之外的行为就是简单的来去的动作,因此亚瑟王逐渐从人物之声转向背景之声,融入叙事的情景中。

　　骑士们通过誓言的言语行为获得了骑士身份,亚瑟作为一个国王借助自己的身份,要求骑士们去履行自己应尽的责任和义务,因此声音从宏观上规划了人物在叙事交流层次中的身份。整个圆桌汇聚的就是在"不死的誓言"的声音下,骑士们各自的故事,实际是骑士各自去打破这个誓言获得的精神解放的过程,这实际在叙事交流的过程中是两种声音的对抗,是神圣的国王之声与骑士们各自故事中的叙述之声的对抗,在声音内外交困的矛盾对抗过程中形成意象生成的动力,"《圆桌骑士》的部分并不是去讲述圆桌骑士们各自的故事,整个圣杯的章节是讲述一群骑士的努力奋起,但是所有其他的叙事诗都是围绕骑士们各自追求他们自身故事而展开的,不论是在威尔士的森林中,还是康沃尔,或者是布列塔尼"①。他们在各自的故事中,表现的是自己同这个声音的对抗,抵抗着这"不死的誓言"给他们带来的灵魂束缚。亚瑟王自己就如同旧的观念和秩序,最开始的时候思考的是这个国家遥远的未来及它的变化发展,以及自己作为国王去改变现状的愿望,"在作品中(*Idylls*)亚瑟最初的任务就是要给这个受野兽和像野兽的人袭扰的国度带去秩序,这在作品的开头便展现出来了"②。在《亚瑟王的到来》中确有明确的体现。诗中充满了"动物的意象"(animal imagery),表现出作为国王要去征服荒蛮的气度,同异教的蛮族斗争的气魄,"但是从亚瑟开始用'不死的誓言'束缚住兰斯洛特和桂妮维亚及其他骑士的那一刻起,他便没有其他的目的了"③。但是在丁尼生的笔下,亚瑟是一个完美的国王形象,骑士都是不完美的,甚至都是罪恶的,"丁尼生的亚瑟是'无瑕的国王',并且是'无可辩驳的国王'"④。通过对圣杯的追逐,可以看出他们对国王誓言的忠诚维护,而亚瑟作为国王并不太相信"圣杯"的神秘力量,至少是对此并不是歇斯底里式的痴迷。诗人把对圣杯的追逐作为一种放大骑士精神的工具,他自己并不相信圣杯所具有的魔力效应,它把所有骑士都汇聚起来,通过对其自身的追逐,净化骑士自己心中的罪恶,而亚瑟作为一个完美的国王,却没有参加圣杯的追逐。

①　Dwight Culler, *The Poetry of Tennyson*(New Haven and London: Yale University Press, 1977), p. 224.
②　Alan Lupack, *The Oxford Guide to Arthurian Literature and Legend*(New York: Oxford University Press, 2005), p. 147.
③　Ibid., p. 218.
④　Ibid., p. 147.

　　对于丁尼生来说,这个完美的国王已经尽到了自己的职责,并且受到了这么多骑士的爱戴,他现在是一种神圣的声音,指引着骑士们去开创自己的英雄事迹,这俨然已经像一个天使了。"亚瑟已经杀掉了他王国里的众多野兽,也杀掉了他自己心中的野兽,他进步了—或者说进化了—超越了大多数人,他已经接近天使的层次了。"①追逐圣杯的这个行为一方面说明了骑士们履行国王的誓言,在尽职尽责地完成自己的神圣义务;另一方面不是所有的骑士都有资格去追逐,丁尼生再度运用戏剧独白的手法,借助帕尔齐法尔(Percivale)的叙述来讲出圣杯的故事,他把这个故事带给圆桌上的所有骑士,激起了大家对圣杯追逐的歇斯底里般的欲望。这里突出了对加拉哈德爵士的个人素养的描写,与其他骑士相比,他具有个人道德典范。亚瑟王的声音指引着骑士们的英雄行为,它在故事的叙述中隐去自身,但是却呈现出诗一般的声音,"亚瑟王明显是这一类诗人,是启示一般的诗人,抑或是具有预见性的诗人,因为在《亚瑟王的到来》中,他就被赋予了这样的超级敏锐的洞察力,这早已被预言家在最后的审判中所证明了"②。亚瑟王的神圣之声,借由上帝的"神秘之词"(a secret word),通过他们"不死的誓言"交给兰斯洛特和桂妮维亚,作为一种语言的神奇效应,它通过这个誓言将他们束缚起来,实际上"它的重要性不在于它束缚住了什么,而在于它束缚他们的过程"③。这个过程体现了这个神圣声音的力量,它一方面遇见了一个崭新的社会面貌,另一方面它确实将这样的一个社会形式带给了人们。但是随着这个神圣声音的减弱,特别是在薇薇安的故事中,"谎言之父的'神秘之词'最终战胜了上帝言辞。誓言被打破了,谣言四起,传言横飞,甚至梅林神秘的谈话也被看成'蠢话连篇'"④。神圣之声衰落的后果就是秩序的荡然无存。亚瑟王的神圣之声不仅停留在背景中,也复现在叙事交流人物中,它既是诗人自己对话的内在之声,也是叙事表达的外在声音,借助声音效果由强到弱,最后到亚瑟王的离开之时,声音已经停止了,诗人最终要表现的也如同诗中的一句:"旧的秩序改变了,为新的秩序释放了空间。"(The old order changeth,yielding place to new.)

　　整部作品运用了之前谈过的戏剧独白形式,在叙事交流的层次上在每一个单独的篇章中的叙述声音都是不一样的讲述者,作为主要声部的声音来源,同时夹杂

---

　　①　Alan Lupack, *The Oxford Guide to Arthurian Literature and Legend* (New York: Oxford University Press, 2005), p. 148.

　　②　Ibid., p. 237.

　　③　Ibid., p. 236.

　　④　Ibid., p. 239.

着国王的歌声的背景声音叙述,形成了显性与隐性两层声音叙事交流图式。显性声音叙述故事情节,并且同隐性声音形成了互动交流;显性声音与诗人的声音进行交流的同时,隐性声音也在与诗人的声音交流,隐性声音借助诗人的声音将其传递。换言之,诗人的声音是隐性声音与显性声音交流的桥梁,并借助神圣的隐性声音使诗人的声音披上荣光。亚瑟王作为神圣之声的源泉,结合了完美的国王和一位天使的气质,同时又是一个预言式的启示诗人,他的神圣之声经由诗人的声音传递给显性声音的叙事交流模式,使亚瑟王的意象在文本中生成。他的"到来",在结构上以声音的叙事交流模式串起整部作品,随着声音的渐强,诗人的内在声音也随之渐强,表现在显性的声音在叙述行为的内外处在强势的水平。其中加尔斯与蕾奈特的故事、杰兰特的故事、巴林与巴兰的故事表现出强势的英雄行为。随着神圣之声的减弱,这个过程呈现下降的趋势,到最后神圣之声形成了一种影子的效应。在圣杯的故事、最后的比武大会,以及桂妮维亚的故事中,可以感觉到骑士们在寻求打破誓言式的魔咒,以及其带来的罪恶,这都是神圣之声弱化的结果,但是每次神圣之声弱化的时候,丁尼生都会在情节上让亚瑟王亲自现身,如前所述,是人物从"来"到"走"的闪现。在声音之外,亚瑟王这个人物成为一种神性的显现,弥补隐性声音弱化下的人物声音效果,在桂妮维亚的故事中,当"罪恶的王后"(the sinful Queen)听了年轻的修女的陈词之后,她感到极度的痛苦,随着亚瑟王的神圣之声在这个故事中逐渐减弱,罪恶就再度复燃在王后的心里,这时丁尼生安排了她与亚瑟王的一次会面,"丁尼生引入了传统的手法安排一出戏剧化的会面,这使王后更加痛苦万分,在奥姆斯伯里(威尔特郡的一个小城,桂妮维亚在此成为修女并死去)亚瑟王前来看望她。亚瑟,这个无瑕的国王,原谅了桂妮维亚并说道,他仍然爱着她,但是他原谅了她,'就像永恒的上帝那样原谅'"①。亚瑟王神圣之声的闪现实际就是神性的呼唤,圆桌骑士各篇章分散的故事集中传递的就是骑士们同这个神圣之声的叙事交流,虽然是分散的故事,却围绕着这个声音建构起中心人物意象——亚瑟王。

亚瑟王的声音特质也同样具有神性的光芒,他是个"无瑕的国王",一方面是他帝王之声的权威,另一方面他具有先知一般的预言之声,同时最主要的是他极具音乐性的声音效果。丁尼生被维多利亚的评论家认为受到了法国诗歌的影响,同时作品的素材也来自法国,虽然其中有四篇是具有较强的独创性,但是他们仍称丁

---

① Alan Lupack, *The Oxford Guide to Arthurian Literature and Legend* (New York: Oxford University Press, 2005), p. 151.

尼生是巴那斯派的诗人,因为其严守很多诗歌的韵律,并且具有声音效果的展示和过多音乐特质的诗歌语言。"在他(丁尼生)内心的深处几乎并不知道自己的风格已经具有了一种自发的技巧性特征,后来被霍普金斯称作是'巴那斯派诗人'。"①但实际在作品中,这样的音乐特质的语言展现的是丁尼生对诗歌表现的内在要求,即对于诗神缪斯的崇拜性的意象描摹,借助音乐性的语言将缪斯神圣的诗歌音韵赋予国王的声音表现,使国王的声音具有双重性质的神圣之光。通过与隐性声音的叙事交流,诗人之声和显性的声音都受到了神圣声音的指引与召唤,进而在声音之外的人物行为也具有神性的光芒。神圣之声同样建构起了国王与骑士们的情景,就像梅林对加尔斯介绍卡米洛城一样,它看上去就沐浴在音乐之中。

> 你听到了音乐,就好像这座城就在身旁伫立
> 那是因为这座城是由音乐所建构
> 故而,它从未被真正建立起来,
> 并且,它建立在永恒里。

> Foran ye heard a music, like enow
> They are buiding still, seeing the city is built
> To music, therefore never built at all,
> And therefore built for ever.

这看上去像是梅林同年轻人开的玩笑,用以吸引他的好奇心,但这使人不知不觉地联想起伊利昂城,也是太阳神用音乐建立起来的,阿波罗同时也司职诗神。亚瑟王的音乐与太阳神的音乐在性质上如出一辙,但是这也预示着卡米洛城的衰弱,正是这样的音乐性语言使卡米洛城总是透过一团迷雾(mist)出现在加尔斯的眼中,音乐使整个气氛显示出迷幻的效果,因此他的两个同伴才把卡米洛城叫作"巫师之城"(City of Enchanters)。"这就是这个巫师之城,它是由这个国王的精灵们所建。"随后在梅林与薇薇安的故事中,这样的音乐又重现了出来,它总是伴随着迷雾、氤氲(haze)弥漫在森林、湖畔及城堡的周围,音乐进而融入人物与情景的构建中成为一种看不见的因素,为人物着色添彩,这实际也是田园诗本身的特点,因为田园诗也被称为"小图景诗"(little picture),除了用于叙事外,还被用来刻画某些

---

① Dwight Culler, *The Poetry of Tennyson*(New Haven and London: Yale University Press, 1977), p. 239.

图景、物件等，是展示物象的一种诗歌叙事描写的形式。"后期的田园诗相对于依靠图画作为媒介来说，更愿意依靠歌曲等形式，在结构上更接近于忒奥克里托斯的风格。"①因此对整个作品来说，以歌和曲的形式展示，还原被浪漫主义侵蚀的田园诗的传统，在丁尼生身上集中体现了出来，但是对于批评家来说，这过于强调歌曲的形式，是一种巴那斯式的法式创作传统。那个年代，相对于德国的浪漫传统来说，批评家们对法国的思想还是拒斥的：

软弱滋养了对简单生活的嘲弄，

或是怯懦，那是对金钱幼稚的渴望，

或是劳动，低声下气却不敢言语，

或是艺术，那是从法国偷来的毒蜜。

And Softness breeding scorn of simple life,

Or Cowardice, the child of lust for gold,

Or Labour, with a groan and not a voice,

Or Art with poisonous honey stolen from France.

他是把自己的作品素材看作毒蜜(poisonous honey)，还是世人的眼光让诗人感到些许的不安，他说道："这个伟大的世界有其目标，它在我们看不见的地方。"(the goal of this great world / Lies beyond sight.)诗人自己的目标总是在我们看不见的地方，就是他同马洛礼的区别。但是终究法式的生活和艺术在当时维多利亚时代的人眼中还是有很大偏见的，这就是诗人重视音韵表现力的缘由。对比同时代的很多诗人，在杰勒德·曼利·霍普金斯(Gerard Manley Hopkins)的眼中都是巴那斯派的诗人，因此对他来说鄙视维多利亚诗歌，甚至一半这个时期的诗歌都可以被忽视掉，因为"巴纳斯派的诗歌已经堕落成了一种现成形式的抒情语言，用高尚的诗歌行文和浓重的哀伤语调"②。这样固定的诗文逻辑，使诗歌丧失了越来越多的原创性，诗歌创作成了一种成规式的范式写作，霍普金斯针对的是形式上的批评，指出丁尼生韵律的成规性，认为他是"从非诗歌的世界退出的，尘封在自我保护的梦幻里的后浪漫诗歌中"③。菲利·戴维斯(Phili Davis)指出霍普金斯没有看到诗歌当

---

① Dwight Culler, *The Poetry of Tennyson*(New Haven and London: Yale University Press, 1977), p. 121.

② Phili Davis, *The Victorians*(PRC: FLTARP & Oxford University Press, 2007), p. 461.

③ Ibid.

时所具有的政治性,对比其他的艺术形式,诗歌当时受到的责难最多,也最能表现国家层面的诉求。如何在变革中寻求秩序的稳定,是维多利亚诗歌创作要思考的问题。

丁尼生的韵律展现了田园诗歌的本质,满足了大众对音乐性的普遍热爱。他的中心不是展现乡野田园风光,而是运用了田园诗的形式,但这并不意味着他"撤出"到荒蛮的乡野去表现田园风光的理由,它只是一种诗歌形式的运用。诗歌创作在形式上的不断创新是丁尼生一贯的诗学主张,也是他作为"桂冠诗人"的职责所在,这样的形式展现了诗人如弥尔顿的庄重华丽文风(grand style),这一点也是霍普金斯所认同的。维多利亚时代的形式创新表现为一种"实验主义"(experimentalism)的精神,如霍普金斯尝试在"新词汇"(new words)上的探索和实验,在词汇的层面显现出人为性的内涵,凸显新意;丁尼生的创新主要是围绕着"复兴"(revival)展开的,他复兴的正是满足人们对中世纪情怀的一种精神需求。"维多利亚晚期诗歌创新的动力跟它在这个时期的艺术一样,主要在于复兴,就像丁尼生在他的兄弟诗歌里展现的,在主题和传统题目上的复兴。"[1]而诗人复兴的重要形式之一就是音乐性较强的田园诗,而霍普金斯对于十四行诗的革新是基于文本的形式,借助形式的变换与倒置表达含义,这一点不同于丁尼生在声韵上的变化。即便他在某些方面存有巴那斯派的创作风格,诗人也展现了自己对声音的控制力,"但是就算是以巴那斯式高声的悲情呼喊,丁尼生也富有技巧性地表现了声音的柔和与鬼魅"[2]。诗人对声音的把握可以说是维多利亚时代诗歌创作的佼佼者,他标志性的韵律特征,赋予了自己在声音上的独创性,这不仅给叙事交流带来了很多可能性,还在叙事交流中呈现了声音的意象性,既是音乐性的(musical),也是歌性的(lyrical),将二者结合运用在声韵中。同浪漫主义的抒情式的歌谣不同的是,诗人运用了歌性的声音意象展现了故事的情节和叙事的功能,也同样将传统的诗歌韵律如田园诗般的音乐性发挥出来。

在叙事交流的过程中,亚瑟王的神圣之声发挥了三项不同的功能,体现了亚瑟王这个人物的三重身份特征:一是他叙事声音的爱国性(patriotic),二是叙事声音的寓意性(allegorical),三是叙事声音的预言性(prophetical)。作为国王的亚瑟对于这个王国的责任和义务,在他的"到来"中就十分明确,赋予这个王国秩序、铲除国土上的异教徒和荒蛮的野兽,他的声音规划了自己的行为,在交流中形成了早期

---

① Blyth Caroline, introduction to *Decadent Verse: An Anthology of Late Victorian Poetry, 1872–1900*, by Blyth Caroline(London, New York, Delhi: Anthem Press, 2009), p. 14.

② Ibid., p. 467.

国王的意象;他声音中的寓意性特征赋予骑士们行为的价值体系。在蕾奈特请求加尔斯去解救其姐姐的故事中,年轻的英勇骑士在面临四个强大的邪恶骑士的时候应该展现一种勇气和年轻骑士的理想主义精神(youthful idealism)。这运用了寓言式的叙事交流手法,通过声音层次展示出了年轻人、成年人和老年人的罪恶特点,分别对应着"晨星"(Morning Star)、"正午日"(Noon-Day Sun)和"夜星"(Evening Star)。虽然这三个都是"傻瓜"(fools)的寓意,但是最后一个最难对付的骑士出场,就是"死亡"(Death),因为死亡的特点是毫无畏惧地征服了人类所有时期的"罪恶"(Sin)。通过寓意式的声音展示出对骑士们征服罪恶和对他们的道德价值的伦理教化,骑士对自己的职责和义务通过自身的行为得到升华,同时表现在他们进行的十二场对异教的战斗,这也表现在他声音的寓意性中。最后体现的是对圣杯的追逐,如前所述,他自己没有去参加对圣杯的追逐,表现了自身寓意的特点:他是一个"无瑕的国王",是神性的象征;同时将圣杯作为工具去净化骑士们内在的罪恶,是人性与神性的对比,表现了自己"精神权威"(Spiritual Authority)的意义。

　　最后是他启示性的声音特征。丁尼生笔下的亚瑟王不是历时性的存在,他早已突破历史的框架,作为一种精神而存在。"诗人(丁尼生)使他的英雄看起来更像是一个神话般的人物,而非历史人物。[1]"他是个完美的国王,也是一个神话般的国王,或者说他是一个个遥远的神话般的人物所具有的超人的伦理性,他的对空言说展示了一种如同启示录一般的言语表达。在最后一部分亚瑟王离开的时候,他极具神性的表达,已经超越了哀歌的形式结构。他的离开没有展示给我们未来的样子,他只说了旧的秩序已经改变了,新的秩序俨然要生成,这显然具有了启示录一般的描写。亚瑟离开的时候他已经俨然成了一位先知。"《亚瑟王的离开》是一种历时性的叙述,由这个事件的众多参与者中的一位来讲述亚瑟王之死⋯⋯这同它周围的结构比起来显得没有那么真实,但是它现在具体化为一个精神的现实,从这一点来说它比作品中其他的叙事诗显得更有力量。[2]"正是"精神的现实"赋予了亚瑟王的声音一股先知一般的力量,这里所说的历史性的叙述,卡勒想表达的应该是一种历史的决定性事件,就是亚瑟王的死是历史的必然,是在时间上的一种历时性。但是丁尼生并没有像马洛礼那样,对亚瑟王的死进行现实性的描写,甚至将他的埋葬地都清晰地勾勒出来,而是发挥了其象征性的意义,神话了亚瑟王的人物声

---

① Laura Cooner Lambdin and Robert Thomas Lambdin, *Camelot in the Nineteenth Century: Authurian Characters in the Poems of Tennyson, Arnold, Morris, and Swinburne*(USA: Greenwood Press, 2000), p. 17.

② Dwight Culler, *The Poetry of Tennyson*(New Haven and London: Yale University Press, 1977), p. 217.

音。"丁尼生的亚瑟,是理想化的政论家,总是看起来更像象征性的,而非人的……对于(他)理想的人物之死,我们感到一种巨大的痛苦。亚瑟王的失败已经不仅仅是卡米洛城的陷落,它象征着人类灵魂中的恶的最后的胜利。"①亚瑟王的离开表明神圣的声音随着其与诗人的内在叙事交流的减弱直至终止,圆桌骑士们已经逐渐打破了他们对神圣声音的言语行为,到最后离开时已经完全听不到这个内在的隐性声音了。从结构上说,最后的部分是神圣声音的退场,也是神性的最强烈的闪现。神圣之声在叙事交流中,从爱国性的国王的责任、义务,到寓意性的骑士精神、教化,再到启示性的人类精神、先知,形成三个内在的层次。亚瑟王的人物意象,随着声音携带的三个不同的特点,同诗人的声音进行交流,并最终与各篇不同,以不同主人公为主要人物的《圆桌骑士》故事进行叙事交流,形成声音交流的内在循环模式,这是一个复杂的叙事交流过程,与短篇抒情诗、戏剧独白诗中的简单声音行为、人物行为不同。《国王叙事诗》的叙事声音复杂,形成了交流层次内外之间,显性、隐性之间,与诗人声音的互动交流之间的复杂结构。

综上所述,丁尼生通过作品展现了不同体裁诗歌的叙事交流层次。诗人从抒情诗中自我之声的真情呈现,到时代性戏剧独白手法的运用,让渡自己的声音并使之隐退,进而凸显了作品的现实感,再到叙事长诗作品中运用史诗般恢宏气势的叙事图景,将自己的声音神性化,围绕中心人物意象进行声音的意象传递,形成了多层次的叙事交流模式。可以看出在丁尼生诗歌的意象叙事中,声音起到了规划情节、定义人物的作用。诗人技巧性地运用声音,赋予人物在叙事交流层次中以动力,人物在文本中有了"呼吸",不再是抽象的人物特性,而是叙事沟通交流的实存,是实实在在文本中的人物。通过对叙事交流层次的分析,可以看出诗人运用多种手法赋予人物叙事交流的声音动力,使人物具有情节性,并最终形成叙事的中心意象。

诗人运用声音的叙述、自白、对话、独白及言语行为等多重手法,使意象在其诗作中具有生成机制。分析其声音的特性,可以看出丁尼生具有音乐性的诗歌韵律。受到中世纪诗歌传统的影响,他的诗歌韵律在表现音乐性的同时,又具有歌谣中所展现的抒情色彩。伴随着人物在文本中的叙事交流的过程,意象自文本内生成,同时伴随诗中韵律展现了意象性特征,同样参与到叙事交流之中,成为其意象生成机制中的又一环节。诗化人物意象的同时,也对人物进行神话的处理。丁尼生在戏

---

① Laura Cooner Lambdin and Robert Thomas Lambdin, *Camelot in the Nineteenth Century: Authurian Characters in the Poems of Tennyson, Arnold, Morris, and Swinburne* (USA: Greenwood Press, 2000), p. 21.

剧独白类的作品中,通过对人物进行神话般的处理,进而达到诗化素材的效果,不论是古老的传说,还是神话故事,或者是经典文学作品中的人物形象,通过对神话中的原型人物进行象征、隐喻及其他修辞式的处理,使人物具有神性的光环,一方面是诗歌文本具有作为权威与权力的象征,另一方面是它自身的音乐性赋予了诗神的象征内涵,这在叙事交流中使人物既清晰又模糊,既抽象又具体。人物结合固有的神话与故事的原型,使在叙事交流中的人物声音呈现出复杂的内外双重交流模式。声音自身具有其行为性,通过言语的多重形式展现,声音之外的行为性也通过人物在诗歌中展现出来,它伴随着人物的声音行为一起,共现在叙事交流的各个层次之中。听众既可以通过听觉也可以通过通感式的认知,将生成的意象具象在自己的体验之中。

在叙事交流的过程中,人物通过两类行为进行叙事交流,即声音行为和动作行为。对比实际的动作行为,声音行为对丁尼生的诗歌情节的构建的作用更加明显,因为声音行为明确了人物的身份和背景的信息,同时也是动作行为参照的对象,对动作行为具有指导性和意见性。而且声音行为会形成系列的言语行为,在人物之间建立某种关系,使次要人物紧紧围绕着主要人物,因此声音行为是人物动作的基础。借助人物的两类行为,诗人在作品中构建了叙事交流所依赖的情节,人物意象经过多层次的叙事交流,携带着情节性在文本中生成。

因此,情节性是划分意象的标准,在叙事交流层次中伴生的意象对中心人物意象的生成起到了辅助推动的作用,但是这些意象并没有人物意象中所携带的情节性特征,不影响其在叙事交流层次中的存在。声音构建起叙事交流的层次,声音赋予了人物意象的情节性,声音也是叙事交流中意象生成的动力。人物之间的叙事交流在隐性声音、显性声音和诗人的声音之间互动开展,隐性声音与诗人的声音形成了内部叙事交流模式,显性声音与诗人的声音形成了外部叙事交流模式。内部交流模式是诗人自我的对话与独白。外部交流模式是人物之间的对话借诗人的声音表达出来,既有人物之间的对话,也有人物与诗人的对话和人物的独白;显性人物与隐性人物之间的对话借助诗人的声音展现出来。既有言语性的展现,也有非言语性的展现,如言语行为所规定的人际关系,借助言语行为的"语力"表现出来。比如圆桌骑士们的"誓言",借助它展示的语力来指引着圆桌骑士们的行为;提托诺斯受到的"诅咒",也是一种言语行为所带来的后果,它以声音的形式赋予了人物意象"情节性",才有了后来他的"祈求"。

显性声音的指向是直接对着听众的,是诗歌叙述者的声音。丁尼生运用戏剧独白的形式,使显性声音在叙述上经常是不可靠的,并且他也可以在故事情节发展的任意一个点切入进人物的戏剧独白,使情节在故事发展中处于劣势,这就是他以人物意象为核心的叙事逻辑。情节是为人物意象服务的,使人物意象本身是包含情节性的,戏剧独白的手法迎合了他意象叙事的逻辑,因此成为他诗歌叙事的主要手法。丁尼生在他的作品中通过叙事交流的多个层次,使人物意象最后在诗人的声音中生成,并最终传递给听众,形成了文本内叙事交流的图示:

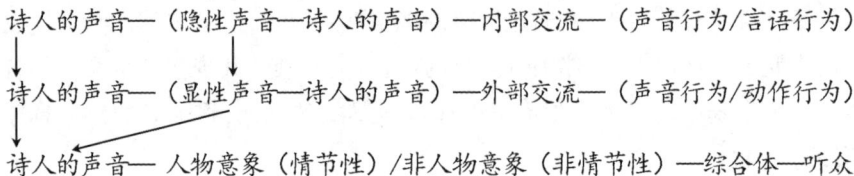

诗人的声音——（隐性声音——诗人的声音）——内部交流——（声音行为/言语行为）

诗人的声音——（显性声音——诗人的声音）——外部交流——（声音行为/动作行为）

诗人的声音—— 人物意象（情节性）/非人物意象（非情节性）——综合体——听众

　　人物意象在文本中通过叙事交流的模式建构起来,人物在诗歌文本中以声音的形式展现给听众,形成以人物意象为核心的意象传递,这就是丁尼生的意象叙事手法。人物在文本中以声音为媒介展开多层次的叙事传递,他们随着人物之间的声音互动,将情节汇聚在自身的周围,伴随其他的情景,在叙事交流中生成了以人物为核心意象的综合体,既有人物意象,也伴随着其他非人物的意象。非人物的意象对于人物意象的生成具有显著的推动作用,进而形成了意象的一件外衣,既精美华丽,又具有很强的画面感,成为声画合一的艺术作品。

第四章 诗歌文本外的意象交际：意象表意过程分析

男人鱼

他是一个勇敢的
男人鱼，
孤独坐着，
孤独唱着，
在海底，
戴着金王冠，
在王座上？
......

The Merman

Who would be
A merman bold,
Sitting alone,
Singing alone
Under the sea,
With a crown of gold,
On a throne?
...

美人鱼

她是一只美丽的

美人鱼，

孤独唱着，

梳着秀发

在海底

一头金色卷发

拿着珍珠梳子，

在王座上？

……

The Mermaid

Who would be

A mermaid fair,

Singing alone,

Combing her hair

Under the sea

In a golden curl

With a comb of pearl,

On a throne?

…

　　第一条研究路径不仅分析了丁尼生诗歌中的故事素材,也明确了丁尼生诗歌作品的意象叙事特征。从故事素材到文本,从文本到读者的研究道路表明,在意象生成的过程中,以文本为中心建构起了意象叙事体系,并且起到了意象传递的场所的作用,其文本赋予了这个意象很强的叙事动力,虽然丁尼生诗歌中的意象建构以人物为中心,但是仅仅用人物与非人物的因素来界定他诗歌中的意象,则忽视了文本中的叙事动力。在回归文本的研究道路中,借助叙事学中对情节的研究,明确了丁尼生在其作品中建构的两类意象,它们以情节为划分依据。他的作品中以人物为核心的意象叙事展现了人物意象中所带有的情节性,人物意象的情节性赋予了他诗歌在文本之外同样也具有叙事动力,换言之,正是他诗歌文本中的人物意象赋予了文本内外交际性。文本内的人物交流以声音为依托,不论是对话还是独白,不论这声音是否具有明确的指向,通过多层次的叙事交流,丁尼生在其诗歌中建构起以人物为中心的意象体系;文本外的叙事动力表现在意象的话语交际性上,它是以其生成的意象为基础,这些意象在文本外寻求其自身的表达,借助意象交际使其可以独立于文本并获得意义,而意象的中心就是人物意象,因其具有的情节性使伴随其在叙事交流过程中的其他意象(即伴随意象)具有了可生成的物质条件。丁尼生的诗作是意象言语交际过程中的一个环节,对于一些文学传统中固有的意象来说,它们在其诗中逐渐充实自身的内涵,给作为听众的读者带来心意与愉悦。如同《男人鱼》中男人鱼这一意象,在文本中与《美人鱼》中的美人鱼意象形成内在的交际,它们在诗文中以对诗的形式在文本内进行叙事交流,借由韵文特有的声音状态呈现出一对人物意象;在文本外它们的情节性使其凝聚了故事线条,并作为其叙事动力,在言语交际中给读者带来审美的愉悦,这就是他诗歌意象叙事的过程,在这个过程中,诗中的人物意象最终成为一个独立的个体而存在。诗中的美人鱼与男人鱼并非丁尼生自己杜撰的人物,它们本身有属于自身的情节性,至少在某种意义上具有一种伴随而来的情景在人物意象之中——海洋;而作为意象在文本外交际的一部分,男人鱼作为独立的意象,充实了人物的内涵,进而在交际中形成意象在文本外传递的叙事动力。

通过第一条和第二条的研究路径,明确了丁尼生诗歌创作的意象叙事手法,以及意象生成的机理,同时借助叙事学的研究方法,特别是对故事事件中的情节的研究,对其创作的意象进行还原与提炼,分析其意象所具有的特点,通过总结其诗歌文本中的意象,可以将丁尼生的诗歌作品中的意象分为两大类:一类是有情节的意象,另一类是无情节的意象。用情节作为划分的标准,是与其以人物意象为中心的创作手法有关,同时也是因为"叙事结构的核心是情节,或者说是'建构情节'"①。利科在《叙事与时间》(*Narrative and Time*)中提出的这一观点,说明情节完整性的重要,也说明在欣赏作品时,人们更关注其整体性,特别是时间上的整体性,这就暗含着结局的重要性。诗歌不同于其他类型的叙事体裁也在于此,它是共时性的交际话语,与讲述不同的是,诗歌更多的是呈现,"与视点问题相关的争论经常围绕着'呈示'(showing)与'讲述'(telling)这两种方式的哪一种更为有效展开。'呈示',

---

① 迈克尔·格洛登、马丁·克雷斯沃思、伊莫瑞·济曼:《霍普金斯文学理论和批评指南》,王逢振译,2版,外语教学与研究出版社,2011,第 1053 页。

即通过某个人物的观察角度展现故事事件;'讲述'即通过叙述者的观察角度,有时候通过全知叙述者的角度叙述故事"①。诗歌在以声音的媒介被展开时,它呈现了自身对于事件的一个视点,丁尼生正是如此,他以人物为中心,聚焦于他们的某一个行为,构成了事件的情节,形成一幅关于一个人物的画面,进而随着文本内部叙述交流模式,生成了以人物为中心的意象体系,使人物与情节统一。这一意象体系中有一类对叙事情节的贡献率很低,换言之,它们是不在故事事件中的意象,没有时空性且不独立存在,是诗歌中人物意象实现自身的手段,一般只存在于话语层面,如诗歌中的修辞、韵律,以及诗歌特有的句法和词法等,这样使它们在事件中不具有情节性,但在结构上具有自身的意义,对于人物意象的建构具有辅助作用。这些伴生意象在文本内参与到意象传递的过程之中,附着在人物意象周围,形成意象的叙事交流层次,即以人物为中心的意象叙事。自此,通过前两条研究路径的探索,初步完成了对丁尼生诗歌意象叙事的结构性研究。

"故事—实存"中的人物是具有情节线条的,叙事中的主体人物同情景结合在文本中生成了具有时空特性的情节意象。男人鱼与(女)美人鱼都在海洋这样大的情景之中,即使文本中不出现如"海洋""珍珠"等,读者仅从标题的人物就可以断定其情景。开篇这对组诗的题目形成了一组相对孤独的恋人形象,围绕这对恋人,诗人赋予他们诗意的情景就是海洋。在丁尼生的很多诗歌中都以海洋作为人物的情景,这是他文本中经常出现的一种意象,它不仅仅作为情景,也作为一种象征的意象。海洋是可以普遍经验到的意象,同"王座"一样都是作为一种修辞手段出现在诗中,随中心人物意象一同生成。男人鱼与美人鱼有两个突出的行为特征,即孤独地"坐着""歌唱",因意象生成有赖于他们在情节中的行为,他们的行为既有动作行为,又带有明显表述特征的言语行为。对于动作行为,一方面看到后面的修饰性副词"孤独地"(alone),判断出两人在文本中的状态;另一方面看到单调的生活,诗歌是韵律的文本,同"孤独地"一词押住韵脚的是"王座"(throne)一词,也看到"王冠"(crown)一词的韵脚也是如此,因此即便有了王冠,有了王座,没有爱情仍然是孤单的,从押韵的韵脚中构建了具有象征意义的内在关联。由此可见,文本内的人物意象不仅有赖于人物行为刻画上持存的状态,也有赖于文本中无情节意象。人物通过行为将自身从背景中突显出来,不论是动作行为还是言语行为,人物的行为明确了故事情节,是人物意象生成的手段。在海洋这神秘的未知领域里,

---

① 迈克尔·格洛登、马丁·克雷斯沃思、伊莫瑞·济曼:《霍普金斯文学理论和批评指南》,王逢振译,2版,外语教学与研究出版社,2011,第 1052 页。

是不是都是这样孤独渴望彼此的男人、女人的恋人？诗歌最后的问号是"谁是……呢"，在这个言语修辞之中蕴含着的是一个问号，不仅是一个带有疑问的表述，也是一个设问的言语行为，这个询问意味着对这个言语行为要有个相应言后效果，它增强了人物意象的审美体验。区别于人物意象的是这些修辞和言语手段具有无情节性，它们在事件之外的人们普遍经验之中，但是伴随着人物意象在叙事中传递，它们不具有时空属性，如前文叙事交流层次中所论证的，它们对于人物的中心意象来说起到的是伴随作用。这在丁尼生的创作过程中可以借助前两条研究路径来明确这些意象的特征，进而明确他的不论是叙事还是抒情，都具有意象叙事特征的创作手法。

叙事文本的结构性表现在叙事作品是一个等级结构这样一个事实，正如巴特所说："叙事作品是一个等级层次，这是无可置疑的。理解一部叙事作品不仅仅是理解故事的原委，而且也是辨别故事的'层次'，将叙事'线索'的横向连接投射到一根纵向的暗轴上；阅读（听讲）一部叙事作品，不仅仅是从一个词过渡到另一个词，而且也是一个层次过渡到另一个层次。"①在丁尼生的诗歌文本中，"一个词过渡到另一个词"是文本中话语的建构，是修辞综合体的意象建构，"一个层次过渡到另一个层次"是人物情景综合体的建构，正是集中了这两个意象形成了意象叙事传递的内容，而它们彼此间的互相"投射"，形成了文本内部有机的交际。在结构主义叙事学的基础上发挥审美的逻辑，是对意象叙事研究的基本方法。建构审美要素的方式，可将意象有机地从文本交际中还原出来。建构与解构的研究目的是要将意象从文本交际中还原出，进而分析意象的特征，从中分析推动意象叙事的交际因素，并且进而找出影响交际的动力内因。

丁尼生在其诗歌中通过意象叙事手法在诗歌与读者之间架起了沟通的桥梁，这些意象以一种媒介的方式传递了故事本身，因为它们一般都来自古典作品而非诗人自己杜撰的，本身就具有文化内涵，这些意象借助丁尼生的诗笔来充实着作为文化符号的内涵。对于那些具有情节的实体意象，通过具体的行为，特别是符合时代气质的行为，使意象符合当下的时代背景，具有传承经典的文化的社会意义；同时对于那些诗歌技术本身的虚拟意象，是围绕着实体意象而构建的，虽说在意象传递中处于附属地位，但是从某种程度上，它反映了诗人自己的创作风格和情感色彩，对推动中心意象的建构产生了很强的辅助作用，这样便形成了围绕着人物为中

---

① 罗兰·巴特：《叙事作品结构分析导论》，张裕禾译，载张寅德编选《叙述学研究》，中国社会科学出版社，1989，第21页。

心的意象传递交际模式,人物在叙事交际中是不能缺席的。"人物离不开作为叙述源头、作为讲述人物活动的叙述者这一中介……作为叙事文本中纯粹的讲述者来说是如此……作为人物叙述者来说更是如此。"①在诗歌叙事文本中亦然,如果没有人物在文本中成为行为的物质承担者,行为又是建构情节的关键,而没有情节叙事就无从谈起,正是叙事形成了文本内的叙事交流体系,使人物意象在多层次的叙事交流中逐渐生成,因此,意象叙事手法的叙事学意义就表现在它自身的结构性上。

叙事学家们自巴特起对人物的认识完全抽象化。巴特倡导的"零度写作"是一种工具性质的文本创建,是对"风格"的拒斥,叙事文本内的各个部分都是一种工具。他在《叙事作品结构分析导论》一文中将叙事作品的文本分为三个等级:功能层、行为层和叙述层。其中行为层又叫作人物层,因为结构主义普遍认为:"人物的概念是次要的,它完全从属于行为的概念。"②在巴特看来人物是没有生命的,是通过其行为来定义的,所以要明确叙事作品中的人物就要分析这个人物的行为,看人物在情节中做了什么。巴特同时也肯定了布雷蒙、托多罗夫和格雷马斯分析文本中人物的方法,即通过行动的范围来定义人物,但是这样的方法是难于涵盖人物系统的多样性的,因此,需要结合个性与共性的人物特点描述。"行动、信息、个人特征这三股绳被编织在一起,形成了人物之线。"③马丁的这条"人物之线"显然是将人物同情节并置了,将人物放回故事发展的线条上,使人物较为清晰地呈现出多样性的研究方法。曼弗雷德·雅恩(Manfred Jahn)也将叙事交流分为三层,以文本为界限划分为超文本层(非虚构层),以及内文本层中的虚构调整层和行动层。人物就出现在行动层中,这一点跟巴特的认识是一致的,人物是通过行为界定的,且栖居在文本中。根据谭君强的介绍,雅恩在行为层通过言语与非言语两类标准对行为加以界定,诗歌叙事中一般性的描述,是声音性质的言语行为,如果是作者虚构的人物,除了言语行为外则是具有动作特征的行为,有时可能是两种行为的结合。因此在对于丁尼生通过建构人物意象来进行叙事的创作中,可以对其人物的行为进行分析,进而明确意象叙事的特点和逻辑,其中两类行为作为描写人物的参数,一种是言语行为,另一种是人物的动作行为。这两类行为模式在他的诗歌文本

① 谭君强:《再论叙事文本的叙事交流模式》,《河南师范大学学报》(哲学社会科学版)2012年第39卷第6期,第174页。

② 罗兰·巴特:《叙事作品结构分析导论》,张裕禾译,载张寅德编选《叙述学研究》,中国社会科学出版社,1989,第24页。

③ 华莱士·马丁:《当代叙事学》,伍晓明译,北京大学出版社,2005,第121页。

中交替出现,成为构成人物意象的核心要素。读者根据这样的行为来解读人物意象及其背后的文化内涵,以人物为核心构建起意象叙事交流的过程是意象交际的题中之意。如本章开头丁尼生的两首题诗,源自他早期的作品,篇名点出了人物是男人鱼和美人鱼,这两个人物本身就凝聚着它们的情节,源自早期的经典的传说故事,是来自海洋的神话人物。诗人通过续写这种本身具有情节的人物,充实着意象本身的意义与表达,加深了意象的感官效果和文化内涵。

因此,意象叙事的交流手段是通过建构意象来实现叙事的情节,也就是说通过生成意象来进行叙事交流。人物意象作为中心意象,在叙事中起到的正是巴特所说的"核心"的功能,以它为中心伴随着其他无情节的意象展开传递,既是叙事交际的目的,也是叙事交际的动力。通过对叙事层次的分析,不难看出情节是围绕着人物来建构的,人物的行为也在某种程度上定义情节,如爱德华·摩根·福斯特(Edward Morgan Forster)对"扁平人物"和"圆形人物"的区分,就是以情节突转作为标准的。进一步说,情节中的人物是意象叙事的关键,同时人物的行为也是情节的依据。因此,在叙事中对于意象的生成是围绕着情节中的人物展开的,对人物分析的着力点应该集中在行为,通过行为明确叙事的情节及叙事发展的动力。

因此同前两条研究路径不相同的是,第三条研究路径的主要任务是通过叙事行为来规划意象在文本外传递的过程。叙事行为从某种意义上说是一种言语交际行为,因此对于意象文本外的传递机制的研究是以言语交际为转移点的,但是实际上它是对叙事行为的把握,通过建构交际模型的方式,将各个要素进行整合,并形成意象传递的机制机理。不论是巴特将叙事作品进行三个等级的划分,还是热奈特将叙事集中在叙述行为之中的结构理念,都是将叙事凝聚在文本之中,即第一条和第二条路径的研究框架。第三条研究路径是探索以何种方式来反观丁尼生意象的建构逻辑,将他诗歌中的意象从文本中释放出来,并作为一种文化符号独立于文本之外进行交际,以及众多意象在他的诗歌文本中是如何充实自身的意义与表达的,将重心从文本内部转移到文本外部,进而通过意象交际的模式分析中心意象如何跨越文本成为文化固有的内涵,即如何将意象从文本中释放出来,使之可以单独地在文本之外或是超越文本来进行表意与交际。叙述这一行为的主导权属于作者,与阅读不同的是,对意象的还原是以读者为中心的交际过程。丁尼生作品中的很多意象并不是他自己的独创,恰恰是这样的一种交际,形成了意象的文化链条。诗人的作品也只是意象传递中的一个环节,从时间的角度来看,它只是维多利亚时代对这些意象的解读,并丰富了其中的内涵,成为文化承载的一种符号。意象借叙事这一行为将其凝聚在文本之中,通过阅读,将其从文本中释放出来。叙事是以作者自我经验为基础的,将事件以某种方式汇聚在文本之中,进而产生意象的手段,它是一种生产的形式;阅读则是大众媒介性的传播,是意象本身超越文本的场所,是作者与读者的交流,同时也是读者之间的交流,交流的内容是以意象交际为基础的阅读体验。换言之,阅读是意象交流的途径和方式,正是在阅读过程中意象得到表达并获得意义。而通过之前的研究可以发现,对丁尼生诗歌的阅读更体现为一种听觉和观感的艺术体验。

第一节　静观幻象:诗中意象在交际中获得审美意义

　　叙事本身就是一种交际,它既存在于文本内部也超出文本之外;同时它也是一种手段,使意象可以不断地在其中充实自身,并且获得含义。通过雅各布森对交际行为构成要素的分析可以看出,交际行为构成了一个"图示"(schema),其中反映在文本的叙事中,同样对应着相应的要素。叙事强调的是各要素之间的调配,尤其是人在叙事中的作用,进而很多叙事学家将叙事的层次以叙事中的参与者为标准来划分,如叙述者、隐含叙述者、隐含读者及读者等。诗歌文本在交际中实现信息的传递,就会相对应地发挥出它诗性的功能。在雅各布森的交际图示中表明,在交际中言语会根据六种不同的要素来发挥出相对应的功能。换言之,根据交际目的的不同来选择不同的语言手段,偏重于强调运用语言的功能。丁尼生诗歌作品中涵盖的信息是以人物为中心意象的文本,在交际图示的两端为信息的发出者和接受者,它们是牵起交际的两大基石。也就是说,它们在交际中起到了支撑的作用,没有这两大要素,交际是没有意义的,也是不能被完成的,但是处在这两个要素中的则是交际的主要内容,这种情形下交际的主要内容表现为其作品中呈现的意象,因而言语交际主要是发挥了诗性功能。这样,作为"说话者"的诗人,向着"受话者"说话。诗人以人物意象建构为中心的创作手法,展现了意象具有叙事性特征的同时,还表现出了意象在交际中寻求扎根于文化土壤以获得生命力的特点,这样促使作品中的意象不断地走出文本、突破文本,意象传递在交际中获得动力。不论是从《美人鱼》《男人鱼》这些短小的作品中看到的自带情景的人物,还是大作《尤利西斯》《提托诺斯》《国王叙事诗》中自带情节的人物,都反映了人物在他作品中的核心位置,从叙事的素材到故事,进而使人物意象化并从文本中走出来,形成以人物为中心的意象叙事交际体系:人物(情景)、人物(行为)、人物(话语)。从行为的角度将人物嵌入故事情节中,通过话语展现不同层次的叙事声音,最终伴随着情景成为文本叙事交流的对象。文本作为众多意象已存的场所,很多意象只是短暂的停留。丁尼生的诗歌也只是意象交际的某一处中转场所,他以自己的笔法丰富它们的内涵,并从内容和形式上赋予意象在交际中更大的动力,而这些动力对于交际"受话者"的读者来说表现为审美上的接受程度。也正是这个原因,诗歌中的意象才真正地实现了自身的独立,从而达到与文化融合的审美高度,这一点与新人文主义凸显文学中人和人性的地位拥有契合点。其中迈尔·霍华德·艾布拉姆斯(Meyer Howard Abrams)提出了文学"卷入人的世界"的观点与立场,这使文学的研究具有了人性的温度。赵毅衡在其《这个游戏的名字叫人生》一文中肯定了他的文学见解,称"艾布拉姆斯有自己的理论体系,他没有给自己的体系一个响亮的名称,但是我们可以称作'人文主义'(Humanism)……强调文学艺术'属于人、为了人、关于人'(by,for,and about human beings)……艾布拉姆斯的人文主义是积极的,是人性的高度发扬,是对人的生命存在的极度关怀。"[1]以上强调了以人为中心的价值体系,正是这样多元的立场突出了文学中人的意义与价值。换句话说,不论是在诗歌意象以人为中心的建构上,还是在观察者的主体性上,人是言语交际的核心。

　　丁尼生的意象叙事手法,是将其文本中的众多意象建构出来,特别是人物意象,并且在言语的交际中使它们可以"独立于文本之外获得其自身的意义"[2]。诗歌作品的本质要求它在语言层面具有诗学的功能表现,按照雅各布森的观点:"(诗性功能)是趋向信息自身,以信息自身之故关注信息,就是语言的诗性功能。"[3]他在作品中运用意象叙事的手法,将众多的人物附以故事线条,在诗歌语言发挥诗性功能的同时,勾连起作品中呈现出的众多意象,形成了声画合一的艺术特征。虽然雅各布森更多地关注于诗歌语言本身,尤其是对打破语言规则的诗性功能格外关注。为了从形式上建构一整套对"诗歌语法"的分析体系,他分析了大量的作品并试图总结出诗性功能对诗歌语法建构的作用,这遭到了乔纳森·卡勒(Jonathan Cuuer)等人的批评。对于句子结构中的要素简单地排列组合来分析

---

　　①　艾布拉姆斯:《以文行事:艾布拉姆斯精选集》,赵毅衡、周劲松、宗争、李贤娟译,译林出版社,2010,第3页。

　　②　Roman Jakobson, *Linguistics, and Poetics*, Selected Writings Volume 3(Hague and Paris: Mouton, 1981), p. 25.

　　③　雅各布森于1958年在美国举办的文体研究大会闭幕仪式上发表了题为《结束语:语言学与诗学》的报告,提出了语言交际中的六要素及其相对应的六种功能:指称功能、情感功能、意动功能、寒暄功能、元语言功能、诗性功能。

其中的意义,卡勒肯定了雅各布森在结构上的划分和其对应的功能,从其"诗作为诗来读"①可以看出卡勒批评的汇聚点在于诗歌作为整体性的艺术作品,它所产生的艺术体验,按照他的话说,"是诗学效果构成了有待于解释的素材"②。而对于布拉格学派来说,诗歌的研究偏重于它在言语交际中所产生的语言的"突出"(foregrounding)③。先锋派艺术与未来主义诗歌因其在语言上所具有的"突出",使其成为雅各布森早期的研究视域,但是对比19世纪的诗歌在语言形式上的"突出"则并不十分显著,因而难于打动结构主义者和功能学派。于是他在1919年发表的文章《论未来主义》(On Futurismo)一文中指出:"19世纪的艺术表现千篇一律,对内心感受漠然,是一种静观的艺术,制造幻象的艺术……"④丁尼生的诗歌初看则属于此类,特别是其中所呈现的意象,使之成为艺术作品的关键,其一方面确实带有静观的艺术审美体验,但是另一方面也是诗人自身经验和沉思的汇总。"定义'艺术作品是什么',首先要将其看作一个'静观'的对象,并且这一静观是无目的、无私欲的。这种静观以自身为目的,无须考虑作者的兴趣或倾向、无须估计观察者的意愿,也无须计较作品的真实、功用或道德取向。"⑤这样把意象在交际中还原自身的目的,明确地交还给了审美。而在以意象为中心的诗歌里,所有的交际因素都汇聚在艺术作品本身上,借用艾布拉姆斯的观点,就是"艺术本身"(art-as-such)。"所有这些设定(指前文的艺术产生的诸如道德取向、真实世界等)都是基于同一种审美经验:我们能够专注并无目的地对作品自身加以静观,仅把作品简单地看作一部艺术作品……换言之,一部艺术作品是被当作一个整体,仅仅为了一个专注、独有、无目的的关注而存在,被看、被阅读或被聆听。"⑥因此,正是有了静观的审美经验,诗歌文本的意象在交际中可以独立出自身,这就需要借助言语的诗性功能,发挥出其自身独立的审美特性,这样诗歌的意象才能真正实现在交际中并获得审美意义。丁尼生诗歌中的意象作为"艺术本身"来分析,应该是一个"自足、自治、

---

① "正因为诗必须作为诗来读,因此,诗会包括除语法结构之外的其他结构,而它们之间的相互作用则可能为语法结构带来某种语言学家完全不曾想到的功能。"见乔纳森·卡勒:《结构主义诗学》,盛宁译,中国人民大学出版社,2018,第86页。

② 乔纳森·卡勒:《结构主义诗学》,盛宁译,中国人民大学出版社,2018,第86页。

③ 同上书,第64页。原注为穆卡洛夫斯基:《标准语言和诗歌语言》,载《布拉格学派文选》,第31-69页。此观念出自俄国形式主义批评。

④ 杨建国:《审美现代性视野中的雅各布森诗学》,博士学位论文,南京大学汉语言文学系,2011,第38页。

⑤ 艾布拉姆斯:《以文行事:艾布拉姆斯精选集》,赵毅衡、周劲松、宗争、李贤娟译,译林出版社,2010,第119页。

⑥ 同上。

独立的对象",这从一方面说明了诗歌中意象是作为一个独立的审美对象而存在的;另一方面,"'艺术本身'理论并非是站在制造者的立场上,关注创作过程中的作品,而是以观察者的角度,关照已完成的作品。……他们认为对艺术的规范定义或分析是:一个独立的观察者,面对一件独立的作品(而它是被精心制作而成的),他只需关注那些与他真正的兴趣所契合的特征"①。这样,意象的交际过程可以简化为"意象—读者(听众)"的交际模式,或者说"信息(意象化)—受话者(听众)"的模式,进而凸显了"观察者"在审美中独立的主体地位。意象在交际中是否获得独立,取决于观察者的视角。

对于维多利亚时代的诗人和艺术家来说,静观所带来的审美体验是当时的一种风尚,但是这种无目的、无功利心的审美理论其实并非始于 19 世纪,而是早在 1711 年就被沙夫茨伯里(Shaftesbury)引用在自己的一篇题为《人的特征,风俗,意见和时代》②论文之中,后来加之康德美学对此进一步完善,影响了诸如唯美主义甚至是整个维多利亚时代的文学和艺术创作。"'观察者的视角'和'静观模式'并非来自 19 世纪末的唯美主义,而是在 18 世纪初约瑟夫·艾迪生和沙夫茨伯里的作品中。而 1790 年,这种观念在伊曼努尔·康德(Immanuel kant)的《判断力批判》(Kritik der Urtheilskraft)中发展为一个完整的'艺术本身的模式'。"③对于雅各布森的功能学派来说,"这类艺术"④总要服务于某一种功能,然而静观的审美体验没法带来确定的感受,这就产生了雅各布森所说的"幻象"。但有一点是肯定的,在 19 世纪的很多诗里都有如丁尼生这般具有意象化特点的诗歌,它具有某种画面的感受,并伴随着这一语言的诗性功能存在于言语交际之中,这就是诗歌中的意象所带来的声画合一的整体感受,诗中的意象应该以完整的感受被搁置在交际中,进而获得独立的审美表达。因此,静观的主要目的是打破幻象,获得诗中意象的整体性审美。

诗中生成的意象在言语交际中是会产生某种飘忽不定的"幻象",这一方面是由于语言本身,特别是诗歌语言自身所导致的,另一方面是诗歌自身建构的独立世

---

① 艾布拉姆斯:《以文行事:艾布拉姆斯精选集》,赵毅衡、周劲松、宗争、李贤娟译,译林出版社,2010,第 121 页。

② Stolnitz Jerome, "On the Significance of Lord Shaftesbury in Modern Aesthetic Theory," *Philosophical Quaterly* 11, no. 43(1961):97–113.

③ Ibid., p. 122.

④ 艾布拉姆斯:《以文行事:艾布拉姆斯精选集》,赵毅衡、周劲松、宗争、李贤娟译,译林出版社,2010,第 119 页。"'艺术'即指'美的艺术',它主要由五种艺术形式构成:诗歌(或文学)、绘画、雕塑、音乐和建筑。"

界导致的。首先,观察者面对的是诗歌的语言世界,"语言自诞生之日起就肩负着两大任务:一是模仿再现客观世界,二是表达人的主观思想感情。这两项实名可以归结为一个词——表征(representation)。换句话说,语言即表征。……人们发现,语言并不靠它所再现的客观世界,其实并没有真正企及客观世界,充其量只是建构了一种与之相仿的'文本'对应物,因此仍然是一种'幻象'(simulacrum)"①。诗歌的语言是对普通日常语言的突起,这样一来其呈现的"对应物"更加具有"幻象"的即时感。其次,这跟诗歌本质上是对异样世界或说是诗人自己的世界的一种呈现,"诗的本质既不是真实世界的一部分,也不是对真实世界的复制(就像我们所熟悉的一些论证所称的那样),而是一个自身的世界,独立的、完整的、自治的;为了完全理解诗,你必须进入那个世界,遵循它的法则,忽视属于你所在的现实世界中的信仰、目标和特殊条件……"②这一点通过艾布拉姆斯的《镜与灯:浪漫主义文论及批评传统》(*The Mirror and the Lamp: Romantic Theory and the Critical Tradition*)中的诗歌是对现实世界的模仿与复制的观点有些格格不入,后者认为这一观点将审美汇聚在一个独立世界或者是异样的世界,虽然会唤起诗歌整体性的审美经验,很自然会伴随一种"幻象",但是即便如此,这种幻象从某种程度上也带有一些模仿的影子,如同开篇的美人鱼和男人鱼共同生活的海底世界,这种美丽的图景也被植入了人的因素,进而从审美角度才可以获得愉悦,因为静观首先就暗含着一位观察者。一位独立的观察者如何评判? 作为对象呈现的主体,它要产生愉悦的感受,这是意象在交际中整体性的体现,恰恰是这样的整体性要求观察者将目的从自身转移到对象身上,如同卡尔·菲利普·莫里茨(Karl Philipp Moritz)所说:"我静观它,将其作为一个整体,不是来自我,而是在其自身之中,因为它本身构成了它的全部,并为其自身目的而给予我愉悦。"③诗在面对观察者的时候要带着愉悦的目的,这一点是毋庸置疑的,仅从愉悦观察者的目的来说,它是很难被达到的,也就是说,很难进入其所呈现的世界,这也就是幻象产生的根源。

同时,对于产生的"幻象",康德给出了审美方面的解释:"康德接受了这一事实:出现理性本身运作所造成的悖论或二律背反。它们是幻象和错觉的主要源

---

① 盛宁:《文学:鉴赏与思考》,生活·读书·新知三联书店,1997,第 232 页。

② A. C. Bradley, *Poetry for Poetry's Sake: An Inaugural Lecture, Delivered on June 5, 1901* (London: Forgotten Books, 2018), p. 6.

③ Karl Philipp Moritz, Hans Joachim Schrimpf (eds.), *Schriften zur Äesthetik und Poetik* (Tübinge: De Gruyter, 1962), p. 3.

头。"①一方面是我们面对自然界必须要遵守的规律且受其限制,另一方面在面对规律的同时人会能动地发挥自我,在经验与理性两者之间深深刻下一道印记。正是因为康德认为存在"两个世界",在审美上他也试图加以弥合,"一个是现象(外在现象)的领域,另一个是本体或物自体的领域"②。对于外在的世界、物自体的世界,康德在第一批判中明确它是理性所不能通达的,"物自体可以为知性所求知,但却是理性活动始终不可触及的,因为它必须凭借感官印象才能进行"③。这就是说,当观察者抛开感官印象所带来的愉悦而试图以理性的方式来看待分析诗中的意象时,那么观察者就从对象中走了出来,也就是不再具有审美的感受,这样在经过理性的反思之后,先前简单的感官愉悦就不再是意象自身所带来的审美体验了。因此观察者要停留在意象之中获得审美感受就要牢牢地抓住感官体验,而不要将对象概念化,否则就被从诗之意象中赶出去了。

康德美学在浪漫主义时代就影响了众多艺术家,诗歌中的意象在言语交际过程中获得释放,首要的是因其离不开感官体验。换言之,意象可以从文本中独立出自身并参与到言语交际中的前提,是其本身具有愉悦感官的特点,康德称其为适意的。"在感觉中使感官喜欢的东西就是适意的。……一切愉悦(人们说的或者想的)本身都是感觉(一种愉快的感觉)。因此,一切招人喜欢的东西都恰恰在它招人喜欢这一点上是适意的关系。"④诗歌中的意象作为交际的对象,若是在其过程中成为独立的客体,从某种程度上说应该是适意的,作为适意者的意象,按照康德的观点,应该存在于愉快的情感关系中。"在愉快的情感中,一个对象可以要么被视为适意者,要么被视为美者,要么被视为崇高者,要么被视为(绝对的)善者。"⑤不论是其中的哪个,它一定是受到喜欢的。因此,意象在文本外的言语交际中首先要满足的条件就是愉悦感官的作用,这是意象在交际中静观审美的内在要求。

丁尼生诗歌中的意象是以人物为中心的,是人的意象。当人的意象面对观察者的时候,形成了一种以人观人的视角,在这样的视角中无外乎两种意象:在男性意象和女性意象。在男性意象中,丁尼生将笔力集中在古典的英雄身上,英雄的行为与英雄的形象,给人以力与崇高的美感;在女性意象中,单从她们优美的名字中,

①　迈克尔·格洛登、马丁·克雷斯沃思、伊莫瑞·济曼:《霍普金斯文学理论和批评指南》,王逢振译,2版,外语教学与研究出版社,2011,第879页。

②　同上。

③　同上。

④　康德:《判断力批判》(注释本),李秋零译注,中国人民大学出版社,2011,第212-213页。

⑤　同上书,第277页。

读者便可以感受到她们的美。这两类不同的意象形成了崇高与美相融的意象群，它们在言语交际中显露出男性美与女性美的相互交融画面感，就同开篇的一对组诗一样，呈现在读者面前，即便是不同的读者存在或多或少的差异，也不会影响普遍的愉悦感受。其中很多意象成了文学作品中的经典，普遍获得人们的喜爱，按照沃尔夫冈·伊瑟尔(Wolfgang Iser)的看法，这是它文本中具有的"潜能"所致，进一步说，是其创作的意象产生了这样的"潜能"，它使意象呈现给观察者多重的感受。"在《隐含读者》(*The Implied Reader*)和《阅读的行为》(*The Act of Reading*)这两部著作中，伊瑟尔把文本理解为一个多层次的结构。读者通过这一结构进行思想漫游，构建对新经验的投射(protentions)和对过去经验的重新阐释(retentions)。"①在意象交际中是要介入读者自身的经验世界的，之所以这些经典的男女意象保持生气勃勃，是因为我们的经验本身也赋予了这些意象审美的意义，"如果说读者的经验是一种阐释经验的话，那么，不妨更进一步言明这经验就是意义"②。单从诗歌的行文结构本身来说，它就是阅读经验的一个体现，这种行文的规整和语言的纠缠，它自身所呈现的也是一种审美经验。卡勒在对斯坦利·费什(Stanley Fish)的批评中看到后者割裂了阅读的整体感受，他认为没有必要以经验为信念，对于阅读中的空白和断层借由经验来填充，进而完全依靠经验来澄清阅读中的一切，"一个普遍的做法是借用这一为人所熟知又大致可信的观念，即不同的读者或读者群在阅读中所见不同，从而把阅读中的裂痕描述为读者之间的分歧"③。费什就此提出了他著名的"阐释群体"的概念，来弥合阅读中读者之间产生的差异，并用来分析弥尔顿的《黎西达斯》(*lycidas*)。对此艾布拉姆斯认为，在语言传统上他认同费什"阐释群体"的观点，但是后者在文中"不断地'统一整体的追求者'，声称他们只是徒劳地力求调和那些违背诗歌逻辑而不断出现的破坏性因素"④。艾布拉姆斯在《〈《黎西达斯》的五种类型〉论余》一文中指出："我们应该将诗歌作为一个统一的整体来阅读。这也就是说，这一统一体拥有一个恰如其分的开端和中间部分，理所当然会导向一个结局，尽管此结局并不要求其他的来相继。令我们感到满足的是，诗歌是完整的。诗歌作为一个整体，其连贯和自足的程度，是评判诗歌价值的一个

---

① 迈克尔·格洛登、马丁·克雷斯沃思、伊莫瑞·济曼：《霍普金斯文学理论和批评指南》，王逢振译，2版，外语教学与研究出版社，2011，第1231页。

② 乔纳森·卡勒：《论解构：结构主义之后的理论与批评》，陆扬译，中国人民大学出版社，2018，第8页。

③ 同上书，第33页。

④ 艾布拉姆斯：《以文行事：艾布拉姆斯精选集》，赵毅衡、周劲松、宗争、李贤娟译，译林出版社，2010，第199页。

基本的但非充分的标准。"①从审美角度来说,对于诗歌及其意象要从整体上把握,因为它本身就是一件完整的艺术品,在言语交际中观察者的地位是通过其自身的内在经验体现的,但是在审美的世界中,它本身也不能突破界限。基于此,艾布拉姆斯引用康德在《判断力批判》中的观点:"一件美好的艺术作品被当作目的在其自身而被经验,该经验行为是纯粹沉思性的、无功利性的,没有关于欲望、意志、现实或对象的用处的任何指涉。"②因此,在静观意象的审美体验下,即便是面对不同的观察者,意象首先仍是满足感官愉悦的要求,也会考虑到观察者经验世界的差异性所导致的不同的审美感受,观察者进入意象审美的关键就是在其中见证自己的经验世界。总之,丁尼生在幻象丛中将人物抛给了观察者们,紧紧跟随这些人物意象的脚步,即便是幻象在静观下也不会迷失其中。

第二节　镜中的英雄世界:诗学古风的回归

诗歌作为一件艺术作品,要么像一面镜子模仿、反映客观现实,要么像一盏灯照出艺术家自己的内在世界。艾布拉姆斯在他的《镜与灯:浪漫主义文论及批评传统》中早已给出了精彩的论述,对诗歌的批评从模仿说到实用说,再到表现说。这些研究是建立在他对18世纪晚期批评理论的总结和梳理上的,诗歌经历从古典时代艺术作品的模仿,到浪漫主义时期对诗人自身情感的表现,进而诗歌的创作应该建立在真诚的表达基础上。"艺术作品的核心标准不再是真实或是为了博取与现实一样的信任感,而是它的真诚,在于它能否与艺术家情感的真挚表达保持一致……表现说认为,诗歌的语言,除了再现功能外,也能够表达情感和显露言说者的气质和个性。"③从这本书的副标题可以看出他是建立在对浪漫主义诗学研究的立场上做了如是的表达,这从某种层面上也契合了华兹华斯对浪漫诗歌强调对于流露真实情感的呼应。从古典诗歌净化个人情感的作用来说,诗歌确实是会唤起读者情感的共鸣,当然这明显属于实用说的观点,因此,诗歌从某种程度来说是集模仿、表现于一身的。在批评家的视野中,这两种功能在不同时期侧重点是不一样的。从艺术发展道路来说,有一些规律是普遍存在的,即艺术总是会按照某一个规

---

① 艾布拉姆斯:《以文行事:艾布拉姆斯精选集》,赵毅衡、周劲松、宗争、李贤娟译,译林出版社,2010,第198-199页。

② 同上书,第79页。

③ 同上书,第142页。

律不断地循环反复,诗学发展的历程也具有类似的特点。也就是说,"镜"与"灯"的效果表达了对于艺术作品的审美随着社会和文明的进步而适时地调整自身。"简言之,从模仿说和实用说到表现说理论的迁移是一个不断进化发展的过程,随社会环境、情感表达、艺术实践、特定术语的变化而变化。"①但是在对 18 世纪诗歌的研究中,我们不难看出社会生产力的变化也影响着文学,特别是诗歌审美侧重的变化,这个时期的英国社会工业水平大大提高。"欧洲从 1750 年起日渐欣欣向荣,英国自不例外……英国的强盛将导致当时谁也未能预见的工业革命,其原因不仅仅在于经济的上升势头,不列颠市场的形成和扩张,以及十八世纪整个欧洲活跃地区普遍分享的繁荣。它还得力于一系列特殊的机遇,正是这些机遇推动英国在自己并不始终意识到的情况下走上现代化的道路……早在 1786 年前大局已定,英国已经赢得了对世界经济的主宰权。"②由此可见,这时欧洲普遍享有繁荣的贸易,特别是在英国,以商业贸易为主的商品经济得到发展,书籍、报纸、杂志都被纳入了商业体系之中,文学逐渐商业化。商业化从某种程度上要求文学作品的传播度,换句话说,那些具有传播能力的作品,将更容易满足文学商业化的要求,这样的情况可以说一直蔓延到 19 世纪。文学商业化直接导致了对文学趣味的追求,那些满足大众趣味的文学作品获得了更加广泛的传播度。"1710 年从法国引入了 'belles lettres'(纯文学或美文学)一词,用以表明文学作品的作用不在于教条的、功利的或教益的目的,而仅仅是诉诸趣味,正如阅读作品只是为了愉悦而已。"③作品满足了大众审美的要求,获得了更加牢靠的阅读基础,这就要求文学家特别是诗人从事一种模式化的训练,写作一种迎合大众普遍审美要求的作品,首要的就是要满足人们愉悦身心的需求。诗学已经不再高高在上,成为研究诗歌语言艺术内涵的学科,而越来越成为写就一首受普遍喜好作品的指南。诗歌(poem)一词也逐渐贴近其希腊语的原意"制造物"(poiema),诗学也成了自文艺复兴起就留存的观念:"诗学意味着建构一首'诗'的艺术。"④或者更贴切地说诗学成为一种技艺的学问,服务于商品经济对文学特别是诗歌传播的要求。诗人逐渐发挥了作为诗歌生产者的功能和作用,而正是他们对诗学中规律的模仿,使之成为其生产创作的范本。在一个

---

① 艾布拉姆斯:《以文行事:艾布拉姆斯精选集》,赵毅衡、周劲松、宗争、李贤娟译,译林出版社,2010,第 142 页。

② 费尔南·布罗代尔:《十五至十八世纪的物质文明、经济和资本主义. 第 3 卷,世界的时间:全 2 册》,顾良、施康强译,商务印书馆,2018,第 469—477 页。

③ 艾布拉姆斯:《以文行事:艾布拉姆斯精选集》,赵毅衡、周劲松、宗争、李贤娟译,译林出版社,2010,第 145 页。

④ 同上书,第 127 页。

风俗社会里,艺术经常是从手工艺中脱胎出来,成为一种人们争先效仿的生活方式,"读诗、观花、听音乐、看戏的爱好是各民族共同的爱好,是通过模仿而传播的;过了很久作诗、绘画、写歌剧或悲剧的爱好才开始兴起"①。正如绘画艺术走向风俗画的创作一样,诗歌也逐渐开始成为风俗消遣的重要手段。对于自己民族文学消费意识的提高又促进了诗歌创作,这一点在维多利亚时代的英国变得十分普遍,它是一个崇尚推陈出新的年代,也就是在这样的年代里各种新思潮相互碰撞,各种新理念彼此交融。文学从上流阶级的消遣娱乐方式中被剥离、被模仿,诗歌作品的消费群体逐渐扩大,刺激了更多的诗人投身于诗歌的创作。从时尚化到风俗化,诗歌具有强烈的大众传播基础,经常成为时尚的文学社交活动,如当时的咖啡馆和知名的文学沙龙,都定期举办关于诗歌阅读和分享的活动。"事实上,每一种时尚都企图扎根而成为风俗;不过只有少数几种时尚能够成为风俗,大多数的时尚则像细菌一样地夭折了。"②的确,诗歌很幸运地成为当时社会的一种风俗,当时的欧洲社会,特别是英国非常崇尚时尚的生活方式,尤其是以上流社会,甚至是皇室所代表的宫廷生活。很多报纸、杂志以图片的方式展示这些内容,广告就诞生于这个年代,以及第一本时尚杂志,甚至时尚这个词都是这个年代的产物。自此,维多利亚时代成为真正意义上的大众消费社会。这个时期的艺术已经不再是传统时代的专业的艺术,更趋于成为一种产业的艺术,后者越来越多地依靠传播来获得自身的生命价值。因此,诗歌创作在言语交际中要尽可能多地获得它的观察者,促成一个强大的交际面。

维多利亚时代的英国正是这样一个风俗型的社会。这个时期的英国文学既具有时尚的创作内容,又兼具古风的趣味,作为大英帝国的全盛时期,对于古风的迷恋色彩非常浓重,按照让-加布里埃尔·塔尔德(Jean Gabriel Tarde)的说法:"祖先崇拜是一个帝国的基础,圣人和圣徒崇拜是另一个帝国的基础。"③全盛时期的英国民众对于自己先人的丰功伟绩十分迷恋,从社会财富积累的角度来说,是祖先的功绩促成了当今的时代。丁尼生的创作首先是迎合了风俗社会对于古风的推崇,也正因如此,他也当之无愧地成为这个时代的"桂冠诗人"。"(在崇尚古风的时代里),艺术品满足的是在此目睹已知东西的爱好;人们以孜孜不倦的热情寻找自己喜爱、钦佩和崇拜的已知的东西:祖先崇拜中神圣的东西,神圣的传说,圣贤的历史,民族史里的史诗故事,日常生活熟悉场景中与古老风俗吻合的东西。换句话

---

① 塔尔德:《模仿律》,何道宽译,中国人民大学出版社,2008,第236页。

② 同上书,第242页。

③ 同上书,第39页。

说,人们寻找的是传统情感,既为艺术家也为公众需要的传统情感,这样的情感集中反映在对远古的挚爱,对地球上永和未来深厚的爱,或者是集中反映在宗教对来生的期许之中。……我们需要的是把这些洋人、死人的东西糅合到我们生活里的活生生的表达。……我们对史诗和戏剧的兴趣,不需要隐藏高潮的噱头,也不依靠新奇的内容;相反,我们要求它活生生地复制我们童年时代就熟悉的传奇故事。"①丁尼生的诗歌正是展现了古风创作的魅力所在,这些集中反映在人物的意象身上。对于这些意象来说,最集中展现古风魅力内涵的是男性意象,特别是其中的英雄人物。亚瑟王的传奇故事流淌在每个英国人的血液之中,是这个民族挥之不去的英雄印象,他的丰功伟绩就如同我们的秦始皇一样,是他们民族大一统的标记。在《国王叙事诗》中,我们在亚瑟王的意象中寻迹这位伟大的英雄,但是在这部作品中随他走来的还有很多的圆桌骑士:兰斯洛特、加尔斯、杰兰特、巴林、巴兰、梅林、佩里亚等,这些英雄意象同他们自身的英雄行为是密不可分的,而正是他们英雄的行为使他们在作品中与亚瑟王一样成为人们内心模仿的对象。这些英雄的意象通过单独的一章在作品中具有自己独立的展示空间,如同走进亚瑟王的展览馆,其中每个英雄都具有各自的展厅。亚瑟王是他们的骄傲,但是他的事业是离不开这些英雄的英勇作为,正是他们的付出才成就了亚瑟王,成就了这个民族。对于这些意象,人们逐渐从内心开始模仿他们英雄的行为,大英帝国的子民向自己的国家奉献自身就以此为模仿的对象,特别是对英雄行为的崇拜格外突出。此时的英国向外扩张的势头达到了顶峰,"虽然社会群体通过模仿爱上了建功立业、为国增光,可是过了很长一段时间他们才学会了作战才能和治国之道,这是锻造一支光荣的军队或一个光荣的祖国所必需的才干。"②塔尔德想说明的是罗马向外扩张的例子,但是这句话也鲜活地验证了丁尼生那个年代的"光荣"内涵,即对英雄事业的追逐,对英雄行为的崇拜。按照塔尔德的逻辑模仿律来说,模仿总是从上向下进行的,即是从上层社会、上流文明向下展开的。作为观察者模仿的对象来说,这些广为人知和耳熟能详的英雄人物,无疑具有更宽泛的交际面,也就是说具有更广大的模仿群体。在其创作的意象之中人们可以品味出浓浓的古风,找到使自己愉悦的对象,从自身的经验来观察对象,无须发挥什么想象力,就可以得到感官上的愉悦。

从英雄意象身上获得的愉悦感受是来自内在的模仿,这是观察者内心世界的模仿,同时诗中意象本身也提供了一面镜子。它通过自己模仿的特性,在其中折射

---

① 塔尔德:《模仿律》,何道宽译,中国人民大学出版社,2008,第253页。
② 同上书,第236页。

出了古风时代的英雄世界,这其中不乏两类具有代表性的英雄意象:一类是上文所说的本民族的英雄意象,另一类是异域的英雄人物。本民族的英雄人物以亚瑟王和圆桌骑士为中心,异域的则是以希腊罗马神话中的英雄人物为中心,特别是《荷马史诗》中的人物,其中有代表性的有尤利西斯、食莲人、海妖、提托诺斯等。古代的英雄诗,特别是希腊罗马时代的英雄诗基本都是口头传承的,其中很多固定的表达与重复穿插其中,以口头方式创作的游吟诗人更像是介于真正意义上的诗人与演员之间的一种职业,通过世代相传的方式积累了大量的历史事件与程式化的内容。正因这样的记忆传承导致了很多事件内容失实,但是这并不会导致人们对他们的英雄及其事迹深信不疑,"他们(希腊人)了解英雄们的一切:他们的名字、他们的浦西,还有他们的勋业。荷马是他们最权威的资料来源,然而绝非唯一来源。……就荷马而言,他甚至对事实的后果也毫不关注。……(赫西俄德)正如荷马一样:除了提到'过去'一词之外,荷马从未告诉我们任何关于特洛伊战争的年代信息"①。即便是历史学家出身的赫西俄德(Hesiod)对于荷马的陈述也深信不疑,并且作为事实一般佐证在自己的学术之中。英雄诗从某种程度上来说是极具拟真性的,这场文学上记录的战争被保存了下来,虽然找不到一个确切的时间地点来佐证,但是却留下了数不尽的英雄和他们的名字。"塔索说,英雄诗的题材是不能被发明的——因为亚里士多德说,题材不能来自虚无——而是来自历史中的真实事件。"②这些名字恰恰是这些真实历史事件的佐证。英雄诗的一大核心就是"既然英雄们在一个号称真实的世界中行动,他们的背景和所处的环境就必须总是以现实主义和客观的手法讲述"③。这就是之所以古代的英雄诗可以成为史实的参考材料的原因。从这个意义上说,诗歌对于英雄和他们事迹的讲述总是凸显了诗歌作为镜子折射现实这一特性。从古典英雄人物身上获得的感受也最为直接,因为荷马笔下的英雄人物就算在今天看来也仍旧是最为单纯的,正是他们培养了我们最早也是最直接对英雄的模仿情怀。"对荷马的英雄们而言,一切都由荣誉和美德中的一种元素决定——力量、无畏、血气之勇,以及骁悍英武。与之相对,只有一种东西可称为软弱的、非英雄的:那就是怯懦,以及随之而来的、在追求英雄目标式的无能为力。"④这一段总结导出了我们对于英雄行为和英雄气概的全部内在经

---

① 芬利:《奥德修斯的世界》,刘淳、曾毅译,北京大学出版社,2019,第27-28页。

② 迈克尔·格洛登、马丁·克雷斯沃思、伊莫瑞·济曼:《霍普金斯文学理论和批评指南》,王逢振译,2版,外语教学与研究出版社,2011,第1241页。

③ C. M. Bowra, *Heroic Poetry*(New York and London: Palgrave Macmillan Press, 1952), p. 132.

④ 芬利:《奥德修斯的世界》,刘淳、曾毅译,北京大学出版社,2019,第17页。

验,至今想到普里阿摩斯(Priamus)在劝说自己的儿子不要同阿喀琉斯(Achilles)决斗时的痛苦,他的儿子——伟大的赫克托尔(Hector)明知不是阿喀琉斯的对手,却毅然决然地慷慨赴会,因为同死亡比起来英雄的赫克托尔选择了荣耀。我们无缘感受荷马那慷慨的陈词,但是能够想象到的是他在讲述时一定有很强的代入感,能身临其境一般感受到英雄们的气度与魄力。

丁尼生不仅是将亚瑟王和他的圆桌骑士现实一般地模仿出来,同时也将诸如奥德修斯的世界从远古的异域他乡通过诗歌的模仿再现在自己的作品中。作为一个观察者,我们在他的"镜子"中望见了一个拟真的远古世界和其中的众多英雄。在这些英雄意象中,人们内心强烈的古风情怀得到了展现和满足。"在古风(antiquity)的威望占优势的时代和社会里,古风这个词除了它本来的意思外,还有心爱的对象(beloved object)的意思。"①古风是一种模仿,是对一种心爱的事物的模仿,这种内在世界的模仿又被诗歌意象拟真的模仿给唤起了。走进意象的审美中,它自身的世界和观察者的世界通过人内在的模仿而达到了统一,因为"模仿在人身上的表现是从内心走向外表的"②。按照塔尔德的说法,人们实际上首先模仿的是内在的精神,如爱好、文学、目的和思想,然后才是具体的奢侈品和艺术等,他举例说:"16世纪,西班牙的时装之所以进入法国,那是因为在此之前西班牙文学的解除成就已经压在我们头上(塔尔德是法国人)。到了17世纪,法国的优势地位得以确立。法国文学君临欧洲,随后法国艺术和时装就走遍天下。15世纪意大利虽然被征服并遭到蹂躏,可是它却用艺术和时装侵略我们,不过打头阵的还是他们令人惊叹的诗歌。"③。因此,对于观察者来说,诗中的意象是最集中体现其模仿的对象,在其中找到自己的内心。它走在了思想和目的之前,如果说这些英雄意象的模仿体现了古风审美的回归,那么对于诗中意象来说,在其之前就已经具有古风思想了。这些意象是对古风思想的表达,而这种表达本身是语言发挥诗性功能的结果,也就是说诗歌本身是一种模仿,读诗歌的行为也是一种模仿,诗歌的模仿是外在的世界,读诗歌的模仿是内在的世界,内外两个世界在模仿上统一起来。模仿的思想和目的走在了模仿的表达之前,模仿的表达是思想和目的的手段与方法,思想和目的是内在的,手段与方法是外在的,这就形成了塔尔德所说的从里到外的模仿过程。这一过程正是观察者在言语交际中走进这些英雄意象的过程。从仿古这个意义说,这些传统的民族英雄并不陌生,在丁尼生的诗歌中以一种新的手段呈现出

---

① 芬利:《奥德修斯的世界》,刘淳、曾毅译,北京大学出版社,2019,第177页。
② 同上书,第143页。
③ 同上书,第143-144页。

来,"当然,我们被吸引去模仿的一切东西,似乎是达到旧目的的新手段,是满足旧需求、表达旧思想的新手段。与此同时,我们开始采纳的革新唤起了新的思想和新的目的"①。这些新的思想和新的目的又促使人们寻找下一个手段与方式,从这一点来说诗人是成功的,在他的意象之中总是看到别样的视角。观察者在自身具备审美前提的情况下,看待这些英雄总是从其呈现的边缘画面中,获得一个新的别样的视角。"事实上诗人如果运用熟悉的故事和熟悉的人物,就是抢先走了一大步。这样,他就可以放过许多枯燥的细节,而在不是用熟悉的故事和人物时,这些细节对于全体的了解就是不能放过的;诗人能愈快地使听众了解,也就能愈快地引起听众的兴趣。"②在这些成型的意象中,总会刺激观赏者的感官进而带出"革新"的一面。《国王叙事诗》最后一章中,看到的是亚瑟王的离去,不同于普遍的认知即亚瑟王之死。国王的离去带有淡淡的哀伤,但却不是死亡的画面中所呈现的绝望,这种带有明显冲淡的效果。莱辛强调造型艺术应该避免激情的一刻,艺术要避免"止境",到了极致的一刻前后的哪一步都是一种平庸,"因为想象跳不出感官印象,就只能在这个印象下面设想一些较弱的形象,对于这些形象,表情已达到了看得见的极限,这就给想象划了界限,使它不能向上超越一步"③。在《拉奥孔》中,莱辛看到了其身上带有的这样一种表情,使审美处于一种持存连续的状态。诗歌中亚瑟王的意象也同样是在冲淡哀伤中留存住自己的美感,"通过艺术,上述那一顷刻的一种常住不变的持续性,所以凡是可以让人想到只是一纵即逝的东西就不应该在那一顷刻中表现出来"④。诗歌的艺术不同于造型艺术所汇聚的某一时刻的美感,但是诗歌中呈现的意象确是这些行为所汇聚的一刻美感。相比死去的亚瑟王来说,离开的亚瑟王更具有持续性的美感,因为这个动作本身就会激起观察者的想象力,因为它从某种程度上暗含着归来这个对立的动作,或者是对这个动作的欲望。这个时代渴望这样的英雄,渴望亚瑟王的归来。这就进一步解释了在模仿中诗歌达到了思想表达的手段与方式,它唤起了人们从表达"旧思想""旧需求"到发现自身的"新的思想和新的目的"的过程,而这个中间的媒介就是其中的意象。"我们就可以这样来解释模仿的现象:模仿的走向是从里到外,是从模仿的对象走向模仿对象的抽象符号。到了某一时刻,被复制的东西不再是范本内在的一面,不是言行中

---

① 芬利:《奥德修斯的世界》,刘淳、曾毅译,北京大学出版社,2019,第149页。
② 莱辛:《拉奥孔》,朱光潜译,商务印书馆,2016,第73页。
③ 同上书,第20页。
④ 同上。

潜隐的信念或欲望,而是范本外在的一面。"①这里"模仿对象的抽象符号"就是意象在模仿过程中最终的形式,换言之,意象最终成为独立于文本之外的抽象符号,并且逐渐趋于外在化,在外在的表现中满足于自身。之所以意象最终外化成自身,是因为"另一个信念或欲望已经登场,并且和此前的那个信念或欲望是完全不可调和的或者在一定程度上不可调和。此时,范本虽然表面上继续维持生存,但是它在人的心里已经受到重大的打击"②。随着亚瑟王的意象最后的离开,我们看到的是一个王国的远去,观察者面对这样哀伤的景象显得无力,渴盼亚瑟王归来的"信念和欲望"在这样的情况下自然是不可调和的,这时的亚瑟王成为具有抽象意义的符号,它自身不再继续在文本中寻求意义与表达,而是在模仿中得到了终极的独立的意义。丁尼生在作品中呈现的其他英雄意象最终也在此过程中成为独立的意象,对于观察者来说,在这些英雄意象身上,获得了自有的审美体验,他们自身的模仿使这些旧思想和想法得到了表达的手段,他们唤起的是对英雄行为的向往与渴望。随着亚瑟王的离去,这样自有的旧想法不再协调自身,观察者渴望的是革新,也就是说对其他英雄意象的欲望。这样革新的念头自然催生出新的欲望和思想,进而去寻找新的模仿的表达,而此时意象不再在模仿中寻求自身的表达了,因为在观察者看来模仿的目的已经达到了。也就是说,在模仿中看到了自己的表达并寻找到了新的思想和新的目的。意象正是在言语交际过程中通过模仿的方式使观察者呈现了自身,与此同时,观察者也通过自身由内向外的模仿,在意象之中获得了与之内在目的和思想相匹配的言语表达及手段,意象自身同样也唤起了观察者新的思想与新体验,最终经过从里到外的模仿过程,意象自身获得了独立的表达。

在意象获得独立审美表达的这个过程中离不开审美的视角,进一步说是离不开静观的观察者。我们从静观中获得了对英雄意象的审美体验,如果付诸言语,这种审美体验就是英雄般的"崇高"。"崇高不是包含在任何自然事物中,而是包含在我们的心灵中,只要我们能够意识到对我们里面的自然,并由此对我们外面的自然(如果它影响到我们的话)有优势。在这种情况下,凡是在我们心中激起这种情感——为此就需要自然的威力,它激励着我们的种种力量——的东西,就叫做(尽管非本真地)崇高的。"③康德明确了我们作为观察者自身可以从对象中体验到这样的崇高之美。这些来自丁尼生文本中的英雄意象,使我们可以从中窥见并感受

---

① 塔尔德:《模仿律》,何道宽译,中国人民大学出版社,2008,第 152 页。

② 同上。

③ 康德:《判断力批判》(注释本),李秋零译注,中国人民大学出版社,2011,第 210 页。

到他们的力量,而且跨越了时间的维度,即便是面对今天的观察者,这些英雄意象仍旧散发着古典英雄质朴的品格与力量。当然,这也不单单是从亚瑟王这一个人物意象身上折射出的,他笔下众多英雄意象都具有这样的观感,这些略带悲情的英雄从某种程度上说体现了崇高,因为"崇高的就是通过其对感官兴趣的阻抗而直接令人喜欢的东西"①。尤利西斯作为国王被压抑的情感,渴望征服与探险;提托诺斯渴望从长生不老的欲望中解脱出来;圣徒西米恩渴望从肉体的折磨中释放永恒圣洁的灵魂。这些被压抑的英雄们在崇高的点上汇聚着一股悲情的力量,这是感官中呈现的,进而在反思中使之增强了对于英雄意象的美感。"而后者(崇高者的情感)则是一种仅仅间接地产生的愉快,也就是说,这使得它乃是通过一种对抗生命力的瞬间阻碍,以及接踵而至的生命力更为强烈的涌流的情感而产生的……对崇高者的愉悦与其说包含着积极的愉快,倒不如说包含着惊赞和敬重,也就是说,它应该被称为消极的愉快"②。这些英雄意象的崇高之美在静观下获得对抗的、消极的愉悦,并且在观察者的经验中获得反思,进而加深了意象的独立内涵。实际上这些独立的英雄意象之崇高最终是在反思中超越了感官的审美,或者说是"超越了感官的尺度的能力的东西"③。

第三节　灯下的美人谱：女性的原初之美

如果说丁尼生对于男性英雄意象的展现表现了诗歌中意象的崇高性,那么对于维多利亚时代女性意象来说,他抓住的更多的是纯粹的美感表达,或者说是一种"纯然的美"。在静观的模式下,充分调动感官体验便可以从中获得普遍的愉悦感受,从这些女性的意象中我们观察到了那个时代对于女性品格的追求。在古风的追寻中,我们找到了英雄的崇高之美,在变革与时尚的潮流中,维多利亚的女性世界意象化地呈现出一幅幅精致的美人谱,它们以诗歌的方式展现了诗人内心世界对女性之美的表达,进而发挥了艾布拉姆斯的这盏"明灯"的作用。诗人正是在灯下对这个时代女性之美进行刻画与描摹,借此不仅照亮了这些女性意象,也照亮了我们内心对于女性美的感官体验。那个时代给我们展现了它变革的一面,同时也给我们展现了人们追逐时尚的内心向往。如前所述,对于美的追求逐渐外化。随

---

① 康德:《判断力批判》(注释本),李秋零译注,中国人民大学出版社,2011,第278页。
② 同上书,第254页。
③ 同上书,第260页。

着商品经济的到来,时尚与潮流是维多利亚时代女性的主旋律,这给这个风俗社会中的女性带来了很多模式化的样板,她们会按照自上而下的"模仿律"(塔尔德的观点)来刻画自己的形象,或者说"社会学家越来越经常地提醒我们注意这个真理:我们大家都是演员,我们都在从容地扮演着社会分配给我们的角色"①。我们被分配的角色从外在规划我们的行为举止,进而所有人都如卡尔·古斯塔夫·荣格(Carl Gustav Jung)所说的戴上了一个"人格面具"(persona),我们都朝着这样的类型发展。在丁尼生的女性意象中,其表达的不仅是模仿带来的对于美的追求,更多的是表达了他自己内心世界对于何种类型女性的青睐。相对于男性意象对古风的展现,他们更多借助的是观察者的经验世界来调动感官体验,而女性意象更多的是反映在外在,或者说通过外在来审视女性深层次的美,相对于经验来说它更需要借助想象力的发挥,才能通达意象呈现的人物世界。"人的可塑性似乎无与伦比,当然,女人尤甚。女人比大多数男人更有意识地在塑造自己的类型和形象方面下功夫,她们经常试图用化妆和发型等手段把自己塑造成为银幕或者舞台上时髦的人物形象。但是这些时髦人物怎样塑造自己的形象呢? 时尚的语言至少给了我们部分答案。他们会寻求一种与众不同的声调,寻求惊人的特征,通过一种新的刺激来突出自己,吸引别人的注意。"②我们从丁尼生的女性意象中可感知的是这样的一种体验,她们寻求的是被别人注意的行为。随着报纸、杂志等商业化媒体的参与,女性逐渐以画面感的方式呈现其中,很多时尚插画风靡其间,通过画面中一个简单的姿势摆出了与众不同的画面,用画面来讲故事成为一种时尚潮流,报纸、杂志上一幅简单的插画胜过千言万语。展现这些独特性的手段成为主流,特别是在文学中,变革的时代要求诗歌的创作也要具有这样的潮流。对于诗人来说,这些独特的东西就构成了诗歌中的"光源",或者说,这些意象身上的亮点就在这些人物身上的独特性上,正是被这些独特性所照亮的想象力,使这些美人从丁尼生的诗歌文本中走出来,走进观察者的精神世界里;同样,这些灯下的美人就是诗人向我们展现他自己内心世界对于美的向往之情。

发挥想象力作为意象静观审美的手段之一,它在意象交际过程中具有不可替代的作用。康德在《判断力批判》的开篇第一段就强调了想象力在审美中的地位:"为了区分某种东西是不是美的,我们不是通过知性把表象与客体相联系以达成知识,而是通过想象力(也许与知性相结合)把表象与主题及其愉快或者不愉快的情

---

① 贡布里希:《图像与眼睛——图画再现心理学的再研究》,范景中、杨思梁、徐一维、劳诚烈译,广西美术出版社,2013,第107页。

② 同上书,第108页。

感相联系。因此,鉴赏判断不是知识判断,因而不是逻辑的,而是审美的,人们把它理解为这样的东西,它的规定根据只能是主观的。"①正是基于此,我们在意象交际过程中借助想象力使其具象化,具象化的过程更多的是反映纯粹的美感体验,或者说是纯粹的感官带来的愉悦。这样的愉悦画面在意象身上表现为观察者的想象力,这其中就有布鲁姆。在这位深刻的读者眼中,丁尼生是极具想象力的诗人之杰出代表,他总结了哈勒姆对诗人的评价,提出了诗人"五种显著的优点",包括"(1)对丰富想象力的控制;(2)对'性格情绪'的精确调配,从而让叙述和感情协调一致;(3)善于将情感融合进生动的、'如画'般的对象描写中;(4)对语词和谐性的调整;(5)'语调素净醇厚',指向理解的心灵而不只是理解"②。他以《玛丽安娜》(Mariana)为例,分析了诗人想象力扩展的视角,这首诗的人物来自莎士比亚的作品《一报还一报》(Measure for Measure)。诗人凸显了一个等待丈夫回家的妇人形象,丈夫始终没有回家,这给了这个人物一个永远持续等待的深度刻画。正是这样的玛丽安娜在感官上给了观察者一个深刻的审美体验,如果仅仅是停留在莎士比亚的原作中,玛丽安娜永远是莎士比亚的玛丽安娜。这首诗歌的魅力与作用就是让这个人物意象从自身的文本中生成,观察者感受到的也应该是更具诗化魅力的言语呈现。布鲁姆站在一个观察者的角度体验到了这样的美感,称丁尼生笔下的玛丽安娜"是一个女诗人,唱出了丁尼生本人很少敢于写出的沮丧颂歌。她患的是浪漫主义自我意识之症,没有新郎能来治愈她"③。显然布鲁姆已经抛开了丁尼生自己的文本框架,尽情发挥着一个观察者自由的想象力,因为从这首诗歌所呈现的画面里,只是一个等待的女人,这个女人自有的故事线条在莎士比亚的世界里,等待这一动作单纯从情节中是看不到布鲁姆所说的"孤独和自我毁灭式的期待",而只是一个人物在诗歌中的一个持存的动作。与其说丁尼生过于敏感,倒不如说是布鲁姆的想象力过于敏感,甚至后者引用一些研究表明在之后的画面中看到了一棵白杨树,在细节上它呈现出的一些特质会让人将其看作男性生殖器的象征,并且他进一步论述:"倒不如说它象征着玛丽安娜这两种状态的分界。"类似于一个小的触发物,使观察者可以从绵延的审美中逃离出来,布鲁姆说的这两种状态:"一个是把世界吸收到她脑海中(一位如画式而非描述式诗人的脑海),另一个是唯我论思绪把外在世界当作不真实的侵入者而加以拒绝,因此有了她诗中的风景。"④

---

① 康德:《判断力批判》(注释本),李秋零译注,中国人民大学出版社,2011,第210页。

② 哈罗德·布鲁姆:《诗人与诗歌》,张屏瑾译,译林出版社,2020,第241页。

③ 同上书,第242页。

④ 同上书,第243页。

在这两个世界之间呈现出的这棵白杨树的象征,无论如何都是感官的,进而融入这个女性的意象中,作为整体的审美对象呈现出来。这是布鲁姆的视角,也许对他来说,我们看到的不是丁尼生自己的想象力,而是作为观察者强大的想象力。从玛丽安娜这个女性意象中,观察者发挥想象力的空间是意象本身的潜能所赋予的,而诗人的诗才体现在他可以呈现的感知力上,换句话说,它体现在诗人自身的感官世界所捕捉到的并融入意象之中的能力。因此布鲁姆称赞丁尼生说:"在我看来,在英语诗人中,没有一个像丁尼生这般极致和运气地,在某些意外的时刻认识到自己的能力,突然变得光芒四射,而其普通的概念背景无法容纳这份光芒。一位想象力丰富的读者会本能地去倾听诗作本身,而不是那位作者。"①把想象力归还给观察者,这才是意象之美所汇聚的体验,这也验证了哈勒姆所评价的丁尼生的优点之一,就是对于想象力的控制。

借助想象力,观察者可以将诗中呈现的一切融入整体画面感中,在这个过程中最根本的就是感官的体验,也就是说,是感官愉悦在意象具象化的过程中的前提作用。布鲁姆借助进入玛丽安娜的审美体验中,发挥他强大的读者想象力的前提,就是对于诗歌中感官世界的愉悦感,而这正是诗人遮蔽在人物意象中的,也因此需要想象力才挖掘出了白杨树的作用。对于体验本身来说是基于感官,是静观审美下首先呈现给观察者的,"保罗·德曼(Paul de Man)强调,对于康德来说,最终的是体验,这是他对于康德的再发现之一。在人与非人的摩擦和冲突中(道家所谓靡靡于物),体验涌现出来。'体验'(experience)一词源于拉丁文'ex'和'periculo',这两个词暗示了某种得自于冒险、危险或考验的东西"②。"那些结构、法则和形象既与自然相区别,又是人类与自然的纽带。"③正是由于观察者的体验使意象与自身、客体与主体相互融合,使想象力发挥自身创造了条件,成为人物意象,特别是表现美的女性意象独立成自身的重要前提。"审美判断之对偶性的理解表明,想象力之构想需要一个双重结构,即被设想的客体(思想)和正在认知的主体(思想行动)。这种双重性在认识和体验中找到了调和与统一。"④也就是说,意象作为审美的客体,观察者主体在发挥想象的时候,就已经在感官的体验中找到了他们统一一致的点了。

因此,在意象交际过程中,感官体验是十分必要的,它对观察者自身来说是一

① 哈罗德·布鲁姆:《诗人与诗歌》,张屏瑾译,译林出版社,2020,第251页。
② 德里达:《多义的记忆:为保罗·德曼而作》,蒋梓骅译,中央编译出版社,1999。
③ 成中英主编《本体与诠释:美学、文学与艺术.第7辑》,浙江大学出版社,2011,第56页。
④ 同上书,第57页。

种美的完善,从根本上说就是美的创造,而这些感官体验要得益于诗人强大的感受力,它牵引着观察者的想象力,不让其过分飘荡或随意安放,进而使玛丽安娜从丁尼生的文本中独立出自身。这就是当我们读到布鲁姆对丁尼生的玛丽安娜的理解感到的惊讶与差异,这些显然是对他发挥想象力所得到的审美体验的折服,因为在其想象力发挥的空间中我们仍旧能够看到丁尼生的感受力。布鲁姆的想象力如此强大,在玛丽安娜的意象中不论怎么发挥,始终还是受到诗人本身感受力的牵引。但同时我们也看出,对这个意象的审美过程来说,布鲁姆也是对丁尼生的玛丽安娜自身的再创造与完善,所谓一千个读者有一千个哈姆雷特,关于美的再创造的可能性也是无穷的,这是一个伟大的作家对于他创作的文本赋予的潜能。但是单从表面上来说,这些美的意象所呈现的方式是简单的,只是它凸显的特点打开了想象力的大门,从而我们看到了诗人遮蔽的,或者说是语言所遮蔽的意象的内在世界。尤其是对于女性意象来说,从它在意象感官上所呈现的,或多或少可以窥探出诗人对于异性的审美逻辑,特别是在对异性的呈现上,从细节上来说,不同的诗人呈现自己性欲的手法不同,借用布鲁姆的话:"诗人,作为诗人而言,它表达出的性欲渴望和他的经验之间几乎没有多少联系。"[1]这种作为感官世界的原初之美的呈现,是与诗人之间或者说个人之间的经验差异没有多少联系,这不仅见诸雪莱与约翰·济慈(John Keats)在呈现《阿特拉斯》(Atlas)和《恩底弥翁》(Endymion)时所展现的二者对于性爱的感触之不同。观察者随着诗人凸显的感受力差异,即便有时发挥想象力也难免会迷失在对象的审美中。我们可能不是一个布鲁姆式的细致观察者,可能也看不到埃德加·爱伦·坡(Edgar Allan Poe)的恋尸癖,看不到斯宾塞对肉欲的渴求、威廉·布莱克(William Blake)与弥尔顿性爱的受挫,相对来说,我们更容易窥探出丁尼生笔下的美人们,她们在细致简单的画面中呈现出自身的意象之美。随着一个动作就将她们定格在了精美的画框之中,这个画框就是他精美的诗篇。对很多诗人来说,他们的诗歌是其最好的遮蔽,在其中诗人选择了定格的点。丁尼生就是凭借自己的感知力带领着我们作为观察者的想象力,即便是我们熟悉的人物,那些经典的女性形象,我们亦可以从这些意象中体验到不一样的美感,因为在诗人选择呈现的时刻凝聚着那些感官上原初的美感。而对于这些原初之美的呈现,任何一个观察者都不会拒斥它,因为这些是对于人性纯然之美的呈现。我们看到了一个急切盼望爱人归来的玛丽安娜,她是否站在白杨树的旁边都不阻碍其意象中的原初之美感,或者的确此树象征了男性不在场之在场,那么这就

---

① 哈罗德·布鲁姆:《诗人与诗歌》,张屏瑾译,译林出版社,2020,第221页。

更加证明了这一意象的独立审美价值,因其确实具有审美中的合目的性。

因此,纵然插上了想象力的翅膀,观察者在意象审美中也需要诗人的感受力来指引方向。在这些女性意象中,诗人的感受力是观察者想象力的触发点,正是诗人感官世界中卓然的感受力,使我们能看透这些女性意象中的原初之美。这其中不仅有白杨树旁的玛丽安娜,还有《对〈天方夜谭〉的思忆》(*Recollections of the Arabian Nights*)中的波斯女郎(Persian girl)。在诗中的异域景物的衬托下,诗歌呈现出了她独特的神秘美感画面。全作一共十四个诗节,每一个诗节都呈现出关于哈伦·赖世德(Haroun Alraschid)的好时代的画面(the golden prime of good Haroun Alraschid),这些画面有个共同的特点就是非人的,但是在最后两节出现了人的意象。最后一节的赖世德与前面的波斯女郎形成了如开篇诗《男人鱼》与《美人鱼》的两组和谐的画面,只是后者分属两首诗作,赖世德与波斯女郎在一首诗中分属两节。在最后一节中波斯女郎不见了,布鲁姆称之为一种逃避,正是视觉上我们被诗人的感知力控制住,进而带动想象力寻找这种看不见的女人。"这首诗的倒数第二节,描写偶遇一位波斯女孩的甜蜜快乐,纯粹是色情的逃避。"①在女性意象的呈现中,越来越多的是激起这样的感官体验,我们感受到了一个看不见的女人,她异域的美在诗中呈现出来,消失不见的人,我们并不去追问她的行踪和她的存在,观察者只是被带入这个美丽的意象之中。开篇引用的两首诗,作为《男人鱼》和《美人鱼》的开头,就如同两个画框,将这两个人物装入其中,这两个意象不能算作完全意义上的人物意象,但却是具有拟人化的意义。观察者对他们所呈现出的神话一般的情景会产生某种惊奇的效果,但是只从这点进入意象,以拟人化的方式进行审美体验,对于他们这样一种未知不明的存在,首先是不关心,其次既然在拟人的状态下审美具有游戏般体验,从中感受到的愉快是来自意象自有的特质。

这些女性意象身上展现的就是这样的原初之美,是一种女性的普遍美感。对这些意象的审美体验是一种鉴赏,进一步说是出自一种"审美判断"来进行的。按照康德的观点,它不同于"道德判断"中通过实践来获得愉快,而是从表象中获得。"鉴赏是通过不带任何兴趣的愉悦或者不悦而对一个对象或者一个表象方式作评判的能力,这样一种愉悦的对象就叫作美的。"②它无须借助任何概念,她们共同勾勒出了让人普遍感到欢愉的东西,呈现给观察者的就是这些欢愉的女性意象。我们看到了蹦蹦跳跳的欢乐的莉莉安,看到了俯身低垂的科莱丽贝儿,看到了婚嫁的

---

① 哈罗德·布鲁姆:《诗人与诗歌》,张屏瑾译,译林出版社,2020,第248页。
② 康德:《判断力批判》(注释本),李秋零译注,中国人民大学出版社,2011,第218页。

伊莎贝拉,看到了海中孤独吟唱的美人鱼,看到了单恋英雄的高尚女子夏洛特女郎,看到了血色浪漫中的法蒂玛,看到了流泪的公主,看到了冷漠的桂妮维亚,看到了纯情的伊莱恩和工于心计的薇薇安,等等。正是通过这样的意象审美,它们将自身呈现给了观察者并带给他们愉悦的审美体验,从中获得自己独立的审美表达,成为存在的意象。因此,女性意象,正是以美的观感在表象中带给观察者美的愉悦,而这一方面是借助了诗人感官力,凸显出她们的美;另一方面是诗人的感官力刺激了观察者的想象力,形成了一种互动式的过程。意象在想象力与感受力的共同作用下,从诗中释放出自身作为审美体验的对象,给观察者带来了愉悦。"审美判断中的愉快以类似的方式就是这种情况:只不过愉快在这里纯然是静观的,而且不造成对客体的兴趣。"①也就是说,对于这些女性意象来说,她们作为客体的存在不受到关注,对于她们只是在静观中得到美的观赏。因此,我们不再追问她们是否存在、她们是谁。意象历史性的问题在意象独立的审美过程中,逐渐地失去了意义。

通过对丁尼生诗歌意象叙事中的叙事行为进行分析,我们可以明确其诗中意象在文本外的交际过程;结合言语交际各要素的分析,进一步明确了意象文本外的交际过程是在观察者与意象之间展开的,即审美的主体与客体之间。意象从言语交际中独立出自身的意义表现为其具有审美特性。从康德的第三批判理论出发,厘清了意象叙事的第三条研究路径,即从审美角度切入研究意象在文本外的交际过程,从而使意象在言语交际中脱离文本进行独立表达。回顾第三条研究路径可以得出以下结论。

首先,从叙事学理论中的第三个方面叙事行为入手,分析叙事行为的研究范式及其构成要素。叙事行为同言语交际行为要素具有相似性,叙事行为的落脚点在于诗中之意象,这就促使叙事行为转换成一种言语交际行为。文本内意象的生成倚靠言内行为和言外行为共同作用,而文本外的意象交际表现为一种取效行为,或者说是言外之意的表达。言外之意的表达是意象获得独立审美意义的过程,它是在意象和观察者之间进行的,而最终的落脚点集中在观察者自身,因为它是审美的主体。叙事行为表现为意象围绕着观察者以呈现自身。

其次,丁尼生的意象叙事特点是以人物为中心的意象建构模式。人物意象作为意象交际的中心向观察者呈现自身,促使观察者走进意象的审美中。观察者要带着静观审美的态度对待意象,这就要求观察者不带入个人兴趣与私心,而是利用感官体验来获得对意象的愉悦审美。从诗歌的本质来说,不论是模仿还是表现,其

---

① 康德:《判断力批判》(注释本),李秋零译注,中国人民大学出版社,2011,第230页。

最终的目的都是带给主体以愉悦的审美体验,进而借助静观审美来抵抗诗中的"幻象"。

最后,从诗歌模仿与表现两个层面对人物意象进行划分。结合维多利亚时代的特点,在男性的意象中更多地汇聚了英雄特点,对英雄世界的模仿带来了男性意象的审美体验,特别是在当时古风潮流下,观察者对已知英雄的崇拜与模仿深刻扎根在自己的内在经验之中。对于女性意象的审美体验表现在女性原初之美的呈现上。在这些女性意象中我们看到了丁尼生卓越的感知力,它表现在诗人在感官上凸显的内容,这些刺激了观察者的想象力不断游走在意象的审美体验中,这一点很好地印证了布鲁姆先生的阅读体验。但是观察者的想象力不是漫无边际的,而是受着诗人感知力的牵引。无论是呈现给观察者的男性意象还是女性意象,在审美体验中均获得了自身独立的表达,只是他们在意象的交际过程中侧重点不同。男性意象抓住的是诗歌模仿的特质,借助观察者自身模仿的倾向,在经验世界中带来崇高的审美体验;女性意象抓住的是诗歌表现的特质,从诗人凝聚在意象画面中的瞬间,可以感受到诗人自己的感知力,借此来发挥想象力,以获得对女性意象原初之美的审美体验。

结　语

　　本文通过三部分的主体论证，系统阐释了丁尼生诗歌中展现的意象叙事创作理念与手法，并从三个层面论证了意象叙事对其诗歌阐释提供了一个全新的视角。对比以往的叙事研究没有切实地解决好诗歌叙事的结构问题，在语言和超语言两个层面上难于确定叙事深层结构中的叙事因子，进而更多地将研究视域转向了认识与语言上来，将对小说叙事研究的范式应用到诗歌研究，使诗歌研究逐渐受到来自审美等领域的挑战。同时，传统的意象研究难于走出新批评的影子，使意象研究仅仅停留在新批评的过于陈旧的范式之中，忽视了意象研究的根基在我国传统的诗学构架体系之中，但是仅从审美视角来观照意象则忽视了它自有的文化属性与功能建构。通过对丁尼生诗歌的研究，我们可以看出意象叙事很好地综合了两类研究的局限性。叙事研究对诗歌深层结构中叙事因子的探求，不再继续深陷语言层面及句法层面的结构划分，应该进一步深入超语言层面的意象中来，发挥意象作为诗歌叙事因子的作用；而对于意象本身来说，应该是由语言层面建构的，或者说是由语言在文本中所实现的。诗歌作为声音的载体不同于小说等文类，它更多的是要在文本中发挥自身交际行为的功能，为意象建构提供必要的形式与手段。意象最终可以脱离文本进行独立的叙事表达仍需要发挥其本身内在的文化属性与审美内涵，但是发挥这些的基础是意象本身在作品中所展示的叙事逻辑与叙事技巧，这些是离不开丁尼生个人的诗才与诗情的。

　　本书分析了意象叙事在他诗歌创作中所发挥的作用，从叙事学的素材、话语和叙事行为三个角度层层深入，从建构意象的素材，到诗人汇聚匠气的人物意象，再到这些可以进行独立表达的文化符号，意象叙事逐渐深入一个民族的文化血脉之中。我们读到的不仅仅是孤独的尤利西斯、英雄的亚瑟王，他们替我们表达我们自身。也就是如豪尔赫·路易斯·博尔赫斯（Jorge Luis Borges）所说，是诗歌找到了我们，而非我们找到了诗歌；或者也如切斯瓦夫·米沃什（Czesiaw Milosz）所说，是诗歌见证了我们，而非我们见证了诗歌。而在丁尼生的人物意象世界里，是这些人物找到了我们并见证了我们的内心，这正是本书所要探求的，即这些人物意象是如何找到我们的、是如何走进我们的血液中的。进一步说,这些人物是如何找到的丁尼生,并借诗人的手找到了我们。从本质上说,这就是丁尼生诗歌意象叙事的题旨所在:以建构人物意象为中心,进而带动诗歌的叙事表达。意象成为诗歌叙事中最小的叙事因子,通过在更大的层面上汇聚这些因子形成了诗歌的意象叙事过程,这一层面不再受制于体裁是抒情诗还是叙事诗。汇聚这些叙事因子的过程,使诗歌的意象在这一层面上逐渐独立出自身。诗歌建构了意象,同时也解放了意象。因此,丁尼生诗歌的意象叙事是共同汇聚在文本内外的叙事表达过程。

这个过程是诗人展现给我们其诗才的过程,也是发挥意象作为诗歌中叙事因子的过程,更是意象独立表达自身的过程。要通达并实现这一过程,本书从叙事学理论构架出发,以叙事的故事素材、话语及叙事行为这三个层面加以论述,并制定了意象叙事的三条研究路径。从意象建构的源头,再到文本内部意象生成的机制,最后到文本外的意象叙事交际,形成了完整的意象叙事文本内外研究体系。因此,意象叙事与意象本身的研究是不同的。

首先,它不再是传统意象研究分析意象本身的意义与解读,而是对意象来源进行审美和文化角度的分析,偏重于文本外的分析;意象叙事研究以叙事学的研究范式为参照对象,通过对意象产生的条件进行结构上的分析,这使意象从叙事更深的层面上被挖掘出,从而作为诗歌叙事的因子,这具有结构上的意义与功能,这些是脱离传统意象研究的范式。

其次,如前所述,意象叙事是一个过程而不是结果,不是对于单独的意象或意象群进行研究,而是从叙事的层面打开结构研究的逻辑框架,具体则是看这一过程中意象的动态演化,因此意象叙事不是一个研究的止境,而是动态化的研究体系。

最后,这一动态研究模式突出的是人,从以人物为中心的意象建构,到意象的观察者群体,均离不开人的作用。从广义上说,叙事行为是一种交际行为,那么,在意象叙事中发挥人的作用是离不开交际要素的。因此,从意象研究包罗万象的众多意象来说,交际的面子主要集中在人的意象上,而不是将所有意象进行彻底的剖析阐释,或者说意象叙事研究主要是分析丁尼生诗歌中作为叙事因子的意象是如何发挥其结构性作用的,而不是对其诗歌中的意象进行分类,它们发挥作用这一过程是离不开叙事的。所以,即便意象最终可以独立于文本进行自己的叙事表达,那也是建立在叙事的基础之上的,同样,独立表达的结果也离不开叙事作为前提。因此在意象叙事这一过程中,不能抛开意象谈叙事,也不能抛开叙事来谈意象,两者是互为前提的。

通过对丁尼生诗歌意象叙事的研究进行反思,针对一些研究难点得出了以下几个方面的认识。意象这一概念最早源自中国古典文学理论,被西方学界挖掘研究,也成为如意象派诗歌创作的核心理念之一。通过与现当代的文学批评理论结合,我们可以从中继续得到启发并获得一些成果。在文学批评领域里中西合并互补的研究模式并不少见,对于意象叙事研究来说,首先,面对的难点是对概念的界定问题。不得不说人们对于意象太熟悉了,往往越是熟知的东西就越难于界定,更不要说意象叙事这一本就是动态的过程,将其以明确的概念捕捉到并不容易。其次,对于意象本身来说,中西理解差异很大,西方更多的是从物所呈现的画面感来感知其存在的方式,而我国的传统将意象同意境联系在一起进行理解,因此从王国维《人间词话》的一些片段当中可以看出他的古典审美取向,因此在理解意象叙事上往往会带来一些意象加叙事,或者叙事加意象的简单叠加。最后,在理论规划明确之后,对文本来说是贴近还是嵌入,这一点很难把握分寸。任何文本都不是完全嵌入在一个理论模型中的,特别是对诗歌的理解更是如此。因为很多作品都是作者即兴之作,性情是难于归类在某些理论当中加以阐释的,理论又不能脱离文本,特别是对文学研究来说,文本是源头,抛开文本的理论如无源之水。叙事学在后期发展面临很多的限制,这也使越来越多的理论家逐渐脱离文本,有些从事了认知方面的研究,希望可以规划出人类认知叙事的一些固定模式,从中可以遵循某些认知的轨迹。

其他如利科等则走上了另外的一条道路,是否是隐喻的模式遮蔽了叙事中的某些问题,进而转向了语言本身的研究。面对叙事学的一些棘手的问题,在研究诗歌的时候,特别是研究丁尼生诗歌的时候,意象叙事好似一把钥匙,给了诗歌研究一点儿启发。

本书系统、完整地对应叙事学的研究框架,提出了自己的研究策略,并针对目前的研究现状给予了阐释,初步实现了预先设定的研究规划与设想,并且初步取得了丁尼生诗歌意象叙事研究的成果。以丁尼生的诗歌为切入点,明确了意象叙事的内涵与外延,实现了从文本中来到文本中去的文学批评研究主旨;从丁尼生诗歌的意象叙事中分析其创作的手法与创作的理念,到以意象叙事的视角对丁尼生的诗歌进行了比较完整的理论阐释,进而较为全面地梳理了意象叙事理论,包括为阐释诗歌意象提供了新视角,以及其对现有叙事学理论的扩充与提升。但是理论同样也具有一定的局限性,对于一些没有明显意象的诗歌,或者无人物意象的诗歌,只能从观察者自身角度出发,对意象叙事进行自我还原,抑或将自身置换于诗歌之中,借助自我移情来进入意象叙事的过程中。因此这类作品不同于丁尼生的诗作,可以清晰地展现意象叙事。除此之外,对于意象叙事还有诸多的限制,仅以阐释丁尼生诗歌为例,可以发挥出其作用,但是在面对一些现代和后现代诗歌作品的时候,它会面对很多的挑战,如视觉诗、无字诗等。

由于主客观条件的限制,本书个别论证部分的准备材料与文献不够充分,有些论证难免出现纰漏,有些部分的衔接与连贯显得不十分通达,语词运用难于避开个人言语习惯,导致有些表述不够准确明晰;在对文献的梳理与运用中,引文的理解与运用有些过于冗长与僵化,造成表意会略有疏忽;对于理论的理解与把握,以及其是否具有普遍性的问题,有待进一步的论证与把握。一个有生命的理论体系是需要从多个维度来论述的,单从一个诗人或者一个作家出发,以窥探式的笔触只是一种理论的初探,同时对意象叙事来说,它不仅仅是丁尼生独有的创作特征与创作逻辑,也不仅仅可以用来阐释丁尼生自己的诗歌。著者日后的研究将继续围绕着它。在诗歌研究中不仅仅可以勾连住意象,如果说意象研究是从我国诗学领域走出的,那么意境也可以作为继意象叙事之后诗歌研究的又一突破点。著者将进一步发挥我国自有的古典诗学理论,与西方文学批评理论相互融合补充,走出一条具有特色的理论道路,进而建构中西共通的批评话语体系。

参 考 文 献

[1] ALLEN P. The Cambridge Apostles: The Early Years [M]. Cambridge: Cambridge University Press, 1978.

[2] ARMSTRONG I. Victorian Poetry: Poetry, Poetics and Politics [M]. New York: Routledge, 1993.

[3] DE VERE A. Modern Poetry and Poets [J]. Edinburgh Review, 1849 (7): 204-227.

[4] BAL M. Narratology: Introduction to the Theory of Narrative [M]. London: University of Toronto Press, 2017.

[5] BARNARD B. Access Literature: An Introduction to Fiction, Poetry, and Drama [M]. New York: Wadsworth Publishing, 2005.

[6] BARTHES R. Introduction à l'analyse structurale des récits [J]. In: Communications, 1966(8):1-27.

[7] BARTHES R. Mythologies [M]. New York: The Noonday Press, 1972.

[8] BARTHES R. S/Z [M]. Malden: Blackwell Publishing, 1974.

[9] BARTHES R. Structural Analysis of Narratives [M] // BARTHES R. Image-Music-Text. London: Fontana Press, 1977.

[10] BARTHES R. The Language of Fashion [M]. London: Bloomsbury, 2006.

[11] BARTHES R. Writing Degree Zero [M]. New York: Beacon Press, 1967.

[12] BLOOM H. Bloom's Classical Critical Views: Alfred, Lord Tennyson [M]. New York: Infobase Publishing, 2010.

[13] BODDOES, T. Hygëia: or essays moral and medical, on the causes affecting the personal state of our middling and affluent classes [M]. Bristol: J. Mills, St. Augustine's back, 1802.

[14] BOWRA C M. Heroic Poetry [M]. New York and London: Palgrave Macmillan Press, 1952.

[15] BRENNAN T J. Trauma, Transcendence, and Trust: Wordsworth, Tennyson, and Eliot Thinking Loss[M]. New York: Palgrave Macmillan Press, 2010.

[16] BROOKER P. Modernist Poetry and its Precursors [M]//ROBERTS N. A Companion to Twentieth Century Poetry. Cornwell: Blackwell Publishing, 2001.

[17] BROOKS, C. Understanding Poetry: An Anthology for College Students[M]. New York: Henry Holt and Company, 1938. pp. 81-83.

[18] BROOKS C. The Formalist Critics [M]//RIVKIN, J. Literary Theory: An Anthology. 2nd ed. Maiden: Blackwell Publlishing, 1998.

[19] BUCKLEY J. Tennyson: The Growth of a Poet[M]. Cambridge: Harvard University Press, 1974.

[20] CAMPBELL M. Rhythm and Will in Victorian Poetry[M]. Cambridge: Cambridge University Press, 2004.

[21] CAROLINE B. Decadent Verse: An Anthology of Late Victorian Poetry, 1872-1900[M]. London, New York, Delhi: Anthem Press, 2009.

[22] CHESHIRE J. Tennyson and Mid-Victorian Publishing [M]. London: Palgrave Macmillan Press, 2016.

[23] CHRISTINE B R. The Age of Eclecticism: Literature and Culture in Britain[M]. Columbus: The Ohio State University Press, 2009.

[24] RICKS C, TENNYSON H. Studies in Tennyson, Tennyson Inheriting the Earth [M]. London: Palgrave Macmillan Press LTD, 1981.

[25] COLLINS P. Tennyson: Seven Essays [M]. London: Palgrave Macmillan Press, 1992.

[26] COONER L L, ROBERT T L. Camelot in the Nineteenth Century: Authurian Characters in the Poems of Tennyson, Arnold, Morris, and Swinburne[M]. New York: Greenwood Press, 2000.

[27] CULLER A D. The Poetry of Tennyson [M]. New Haven and London: Yale University Press, 1977.

[28] CUNNINGHAM V. Victorian Poetry Now: Poets, Poems, Poetics[M]. Chichester: Wiley-Blackwell, 2011.

[29] DAVIS P. The Victorians[M]. PRC: FLTARP & Oxford University Press, 2007.

[30] DAY A. Tennyson's Scepticism[M]. New York: Macmillan Education, 2005.

[31] DECKER C. Tennyson's Limitations[M]//FAIRHURST D. Tennyson among the

Poets:Bicentenary Essays. New York:Oxford University Press,2009.

[32] EAGLETON T. Literary Theory:An Introduction[M]. 2nd ed. Oxford:Blackwell Publishing,1996.

[33] EAGLETON T. Marxism and Literary Criticism[M]. London:Routledge,1976.

[34] ELIOT T S. Essays Ancient and Modern,In Memoriam[M]. New York:Houghton Mifflin Harcourt,1936.

[35] FAIRHURST R D. Tennyson Among Poets:Bicentenary Essays[M]. New York: Oxford University Press,2009.

[36] FINNERTY P. Victorian Celebrity Culture and Tennyson's Circle[M]. New York: Palgrave Macmillan Press ,2013.

[37] FISHER D. Roman Catholic Saints and Early Victorian Literature[M]. Farnham, Surrey,England;Burlington,VT:Ashgate,2012.

[38] FREDEMAN W E. One Word More:on Tennyson's Dramatic Monologues[M]. London:Palgrave Macmillan Press LTD,1981.

[39] GENETTE G. Fiction and Diction[M]. Ithaca and London:Cornell University Press,1993.

[40] GENETTE G. Narrative Discourse[M]. New York:Cornell University Press,1980.

[41] GENETTE G. Palimpsests:Literature in the Second Degree [M]. Lincoln: University of Nebraska Press,1997.

[42] GENETTE G. Paratexts:Thresholds of Interpretation[M]. New York:Cambridge University Press,1997.

[43] GIBSON M E. Epic Reinvented:Ezra Pound and the Victorians[M]. Ithaca,NY: Cornwell University Press,1995.

[44] GILL R. Macmillan Master Guides:In Memoriam [M]. London:Macmillan Education,1987.

[45] GREIMAS A J, COURTé J. Semiotics and Language:An Analytical Dictionary [M]. Bloomington:Indiana University Press,1979.

[46] GREIMAS A J. On Meaning [M]. Minneapolis:University of Minnesota Press,1987.

[47] HAGEN J S. Tennyson and His Publishers [M]. London:Palgrave Macmillan Press,1979.

[48] TENNYSON H. Alfred Lord Tennyson:A Memoir:2vols[M]. London:Palgrave

Macmillan Press,1899.

[49] HARTMAN G H. The Voice of the Shuttle. Beyond Formalism[M]. New Haven: Yale University Press,1970.

[50] HERMAN D. Basic Elements of Narrative [M]. Chichester: Wiley-Blackwell,2009.

[51] HERMAN D. The Cambridge Companion to Narrative[M]. New York: Cambridge University Press,2007.

[52] HERMAN D. Storytelling and the Sciences of Mind [M]. Cambridge: MIT Press,2013.

[53] HIGHET G. The Classical Tradition: Greek and Roman Influences on Western Literature[M]. New York: Oxford University Press,2015.

[54] HODDER K. The Works of Alfred Lord Tennyson[M]. Hertfortshire: Wordsworth Poetry Library,1994.

[55] HURST I. Victorian Poetry and the Classics [M]//BEVIS M. The Oxford Handbook of Victorian Poetry. New York: Oxford University Press,2013.

[56] HÜHN P. The Narratological Analysis of Lyric Poetry: Studies In English Poetry From The 16th To The 20th Century[M]. New York: Walter de Gruyter,2005.

[57] JAKOBSON R. Linguistics, and Poetics, Selected Writings Volume 3[M]. Hague and Paris: Mouton,1981.

[58] JAMESON F. Foreword [M]//GREIMAS A J. On Meaning. Minneapolis: University of Minnesota Press,1987.

[59] JEROME S. On the Significance of Lord Shaftesbury in Modern Aesthetic Theory [J]. Philosophical Quaterly,1961,11(43):97-113.

[60] KAMINSKI T. Neoclassicism[M]//KALLENDORF C W. A Companion to the Classical Tradition. Malden, Oxford, Carlton: Blackwell Publishing,2007.

[61] LAMBDIN L C. Camelot in the Nineteenth Century [M]. London: Greenwood Press,2000.

[62] LINDA H P. Tennyson and the Ladies [J]. Victorian Poetry, 2009, 47 (1): 25-43.

[63] LUPACK A. The Oxford Guide to Arthurian Literature and Legend[M]. New York: Oxford University Press,2005.

[64] DEBRA M. The Arthurian Revival in Victorian Art [M]. New York:

Garland,1990.

[65] SHERWOOD M. Tennyson and the Fabrication of Englishness[M]. New York: Palgrave Macmillan Press,2013.

[66] MARKLEY A A. Stateliest Measures: Tennyson and the Literature of Greece and Rome[M]. Toronto,Buffalo: University of Toronto Press,2004.

[67] MARTIN R B. Tennyson: The Unquiet Heart [M]. Oxford: Oxford University Press,1980.

[68] SINFELD A. Alfred Tennyson[M]. New York: Basil Blackwell,1986.

[69] MAUREEN M. Victorian Literature and Culture[M]. New York: Continuum,2006.

[70] MAZZENO L W. Twenty-First Century Perspectives on Victorian Literature[M]. Lanham,Maryland: Rowman & Littlefield,2014.

[71] MAZZENO L W. Alfred Tennyson: the Critical Legacy[M]. New York: Camden House,2004.

[72] PETER MCD. Tennyson's Dying Fall[M]//DOUGLAS R. Tennyson among Poets. New York: Oxford University Press,2009.

[73] MILLETT K. Sexual Politics[M]. New York: Doubleday,1970.

[74] MOORE N. Victorian Poetry and Modern Life: the Unpoetical Age[M]. London: Palgrave Macmillan Press,2015.

[75] MORITZ K P,SCHRIMPF H J. Schriften zur Äesthetik und Poetik[M]. Tübinge: De Gruyter,1962.

[76] NEWMAN J H. Lectures on the Prophetical Office of the Church, Viewed Relatively to Romanism and Popular Protestantism[M]. London: Forgotten Books, 1837.

[77] ORMOND L. Alfred Tennyson: A Literary Life [M]. UK: Palgrave Macmillan Press,1993.

[78] PAGE N. Tennyson: Interviews and Recollections [M]. London: Palgrave Macmillan Press,1983.

[79] PATTISON R. Tennyson and Tradition [M]. Cambridge: Harvard University Press,1979.

[80] PEARSALL C. Tennyson's Rapture [M]. New York: Oxford University Press,2008.

[81] PERRON P J. Introduction [M]//Greimas A J. On Meaning. Minneapolis:

University of Minnesota Press,1987.

[82] PHELAN J. The Nineteenth-Century Sonnet [M]. New York: Macmillan Education,2005.

[83] PINION F B. A Tennyson Companion: Macmilan Literary Companion [M]. Hampshire and London:Palgrave Macmillan Press,1984.

[84] PINION F B. A Tennyson Chronology [M]. London: Palgrave Macmillan Press,1990.

[85] PINION F B. A Tennyson Companion: Life and Works [M]. London: Palgrave Macmillan Press,1984.

[86] PREISTLEY F E L. Language and Structure in Tennyson's Poetry [M]. Philadelphia:Penn State University,1981.

[87] PURTON V. The Palgrave Literary Dictionary of Tennyson[M]. London:Palgrave Macmillan Press,2010.

[88] RAFFA G P. The Complete Danteworlds: A Reader's Guide to Divine Comedy [M]. Chicago and London:The University of Chicago Press,2009.

[89] REDPATH T. Tennyson and the Literature of Greece and Rome[M]. Studies in Tennyson,London:Palgrave Macmillan Press,1981.

[90] RICHARD G. Macmillan Master Guides:In Memoriam by Alfred Tennyson[M]. London:Macmillan Education,1987.

[91] RICHARD R. Classical Literature: A Concise History [M]. New Jersey Wiley: Blackwell Publishing,2005.

[92] RICKS C. Tennyson Inheriting the Earth [M]//TENNYSON H. Studies in Tennyson. London:Palgrave Macmillan Press,1981.

[93] RICKS C. Tennyson[M]. New York:Macmillan Education,1972.

[94] RICKS C. Tennyson:A Selected Edition[M]. New York:Routledge,2014.

[95] RIMMON-KENAN S. A Glance Beyond Doubt: Narration, Representation, Subjectivity[M]. Columbus:Ohio State University Press,1996.

[96] RIMMON-KENAN S. Narrative Fiction: Contemporary Poetics [M]. 2nd ed. London and New York:Routledge,2005.

[97] ROBERTSON J M. The Art of Tennyson [M]//BLOOM H. Bloom's Classic Critical Views:Alfred,Lord Tennyson. New York:Infobase Publishing,2010.

[98] SCHOLES R, KELLOGG R. The Nature of Narrative [M]. New York: Oxford

University Press, 1966.

[99] SHERWOOD M. Tennyson and the Fabrication of Englishness[M]. New York: Palgrave Macmillan Press, 2013.

[100] SHKLOVSKY V. Art as Technique [M]//RIVKIN J. Literary Theory: An Anthology. 2nd ed. Maiden: Blackwell Publlishing, 1998.

[101] SINFELD A. Alfred Tennyson[M]. New York: Basil Blackwell, 1986.

[102] SONTAG S. Preface [M]//BARTHES R. Writing Degree Zero. New York: Beacon Press, 1967.

[103] BROOKE S A. Tennyson: His Art and Relation to Modern Life. Vol. Ⅱ [M]. London: Isbister & Co. Ltd, 1900.

[104] TENNYSON C. Alfred Tennyson[M]. London: Palgrave Macmillan Press, 1949.

[105] TENNYSON A. The Poems and Plays of Alfred Lord Tennyson[M]. New York: Modern Library Giants, 1938.

[106] TENNYSON A. The Poetical Works of Tennyson[M]. Boston: Houghton Mifflin Company, 1974.

[107] TENNYSON A. The Works of Alfred Lord Tennyson: Poet Laureate. 10 vols[M]. New York: Henry T. Thomas, 1893.

[108] TENNYSON C. Alfred Tennyson[M]. London: Palgrave Macmillan Press, 1949.

[109] TENNYSON H. Alfred Lord Tennyson: A Memoir. 2 vols[M]. London: Palgrave Macmillan Press, 1899.

[110] TENNYSON H. Studies in Tennyson [M]. London: Palgrave Macmillan Press, 1981.

[111] THOMAS B J. Trauma, Transcendence and Trust: Wordsworth, Tennyson and Eliot Thinking Loss[M]. New York: Palgrave Macmillan Press, 2010.

[112] TODOROV T. Grammaire du Decameron [M]. The Hague: De Gruyter Mouton, 1969.

[113] TOMAIUOLO S. Faith and Doubt: Tennyson and Other Victorian Poets[M]// MAZZENO L W. Twenty-First Century Perspectives on Victorian Literature. Lanham, Maryland: Rowman & Littlefield, 2014.

[114] TUCKER H F. Epic, Richard, Cronin[M]//ALISON C and HARRISON A H. A Companion to Victorian Poetry. Malden, MA: Blackwell, 2002.

[115] VALERIE L, Mildred L D. King Arthur through the Ages [M]. New York:

Garland,1990.

[116] VANCE N. Victorian[M]//KALLENDORF C W. A Companion to the Classical Tradition. Malden,Oxford,Carlton:Blackwell Publishing,2007.

[117] VENDLER H. Poems, Poets, Poetry: An Introduction and Anthology [M]. Boston:Harvard University,1997.

[118] WILSON B. The Making of Victorian Values:Decency and Dissent in Britain [M]. New York:The Penguin Press,2007.

[119] ZIOLKOWSKI T. Classicism of the Twenties:Art, Music, and Literature[M]. London:The University of Chicago Press Ltd,2015.

[120] 格雷马斯.结构语义学[M].蒋梓骅,译.北京:百花文艺出版社,2002.

[121] 贡布里希.图像与眼睛:图画再现心理学的再研究[M].范景中,杨思梁,徐一维,等译.南宁:广西美术出版社,2013.

[122] 艾布拉姆斯.以文行事:艾布拉姆斯精选集[M].赵毅衡,周劲松,宗争,等译.南京:译林出版社,2010.

[123] 芬利.奥德修斯的世界[M].刘淳,曾毅,译.北京:北京大学出版社,2019.

[124] 丁尼生.丁尼生诗选[M].黄杲炘,译.上海:上海译文出版社,1995.

[125] 福勒.文学的类别:文类和模态理论导论[M].杨建国,译.南京:南京大学出版社,2018.

[126] 成中英.本体与诠释:美学、文学与艺术.第7辑[M].杭州:浙江大学出版社,2011.

[127] 程锡麟.叙事理论概述[J].外语研究,2002(3):10-15.

[128] 托多罗夫.诗学[M].怀宇,译.北京:商务印书馆,2016.

[129] 托多罗夫.象征理论[M].王国卿,译.北京:商务印书馆,2004.

[130] 德里达.多义的记忆:为保罗·德曼而作[M].蒋梓骅,译.北京:中央编译出版社,1999.

[131] 狄更斯.双城记[M].张玲,张扬,译,杭州:浙江文艺出版社,2019.

[132] 丁宏为."最悲惨的时代":丁尼生的黑色诗语[J].国外文学,2009(4):61-68.

[133] 范东兴.闻一多与丁尼生[J].外国文学研究,1985(4):89-96.

[134] 飞白.略论英国维多利亚时代的诗[J].外国文学研究,1985(2):83-90.

[135] 布罗代尔.十五至十八世纪的物质文明、经济和资本主义.第3卷,世界的时间:全2册[M].顾良,施康强,译.北京:商务印书馆,2018.

[136] 布鲁姆. 诗人与诗歌[M]. 张屏瑾,译. 南京:译林出版社,2020.

[137] 马丁. 当代叙事学[M]. 伍晓明,译. 北京:北京大学出版社,2005.

[138] 黄呆炘. 译诗的演进[M]. 上海:上海译文出版社,2012.

[139] 塔尔德. 模仿律[M]. 何道宽,译. 北京:中国人民大学出版社,2008.

[140] 蒋寅. 语象·物象·意象·意境[J]. 文学评论,2002(3):69-75.

[141] 康德. 判断力批判[M]. 李秋零,译注. 注释本. 北京:中国人民大学出版社,2011.

[142] 列维-斯特劳斯. 结构人类学[M]. 张祖建,译. 北京:中国人民大学出版社,2024.

[143] 莱辛. 拉奥孔[M]. 朱光潜,译. 北京:商务印书馆,2016.

[144] 张寅德. 叙述学研究[M]. 北京:中国社会科学出版社,1989.

[145] 卡林内斯库. 现代性的五副面孔[M]. 顾爱斌,李瑞华,译. 南京:译林出版社,2015.

[146] 格洛登,克雷斯沃思,济曼. 霍普金斯文学理论和批评指南[M]. 王逢振,译. 2版. 北京:外语教学与研究出版社,2011.

[147] 巴尔. 叙述学:叙事理论导论[M]. 谭君强,译. 3版. 北京:北京师范大学出版社,2015.

[148] 普罗普. 故事形态学[M]. 贾放,译. 北京:中华书局,2006.

[149] 乔国强. "隐含作者"新解[J]. 江西社会科学,2008(6):23-29.

[150] 乔国强. 论诗歌的叙事研究[J]. 外语与外语教学,2017(4):127-134,151.

[151] 卡勒. 论解构:结构主义之后的理论与批评[M]. 陆扬,译. 北京:中国人民大学出版社,2018.

[152] 卡勒. 结构主义诗学[M]. 盛宁,译. 北京:中国人民大学出版社,2018.

[153] 贝西埃,库什纳,莫尔捷,等. 诗学史[M]. 史忠义,译. 开封:河南大学出版社,2010.

[154] 莎士比亚. 莎士比亚十四行诗[M]. 辜正坤,译. 北京:中国对外翻译出版公司,2008.

[155] 尚必武. 什么是虚构性?[J]. 外语与外语教学,2020(1):109-119,149-150.

[156] 申丹. "隐含作者":中国的研究及对西方的影响[J]. 国外文学,2019(3):18-29,156.

[157] 申丹. 叙述学与小说文体学研究[M]. 4版. 北京:北京大学出版社,2019.

[158] 申丹. 对叙事视角分类的再认识[J]. 国外文学,1994(2):65-74.

[159] 申丹. 何为"隐含作者"[J]. 北京大学学报(哲学社会科学版),2008,45(2):136-145.

[160] 申丹. 修辞性叙事学[J]. 外国文学,2020(1):80-95.

[161] 申丹. 西方文论关键词 隐性进程[J]. 外国文学,2019(1):81-96.

[162] 盛宁. 文学:鉴赏与思考[M]. 北京:生活·读书·新知三联书店,1997.

[163] 孙胜忠. 论丁尼生诗歌中死亡主题的嬗变及其创作的原动力[J]. 山东外语教学,2000(3):45-48.

[164] 谭君强. 论抒情诗的叙事学研究:诗歌叙事学[J]. 思想战线,2013,39(4):119-124.

[165] 谭君强. 再论抒情诗的叙事学研究:诗歌叙事学[J]. 上海大学学报(社会科学版),2016,33(6):98-106.

[166] 伊格尔顿. 二十世纪西方文学理论[M]. 伍晓明,译. 北京:北京大学出版社,2006.

[167] 伊格尔顿. 如何读诗[M]. 陈太胜,译. 北京:北京大学出版社,2016.

[168] 艾略特. 传统与个人才能[M]. 卞之琳,等译. 上海:上海译文出版社,2014.

[169] 王佐良. 王佐良全集. 第2卷[M]. 北京:外语教学与研究出版社,2015.

[170] 王佐良. 英国诗史[M]. 南京:译林出版社,2022.

[171] 王佐良. 英国诗选[M]. 上海:上海译文出版社,2011.

[172] 王佐良. 英国文学史[M]. 北京:商务印书馆,2017.

[173] 查特曼. 故事与话语:小说和电影的叙事结构[M]. 徐强,译. 北京:中国人民大学出版社,2013.

[174] 杨建国. 审美现代性视野中的雅各布森诗学[D]. 南京:南京大学,2011.

[175] 殷企平. 丁尼生的诗歌和共同体形塑[J]. 外国文学,2015(5):47-54,158.

[176] 斯科尔斯,费伦,凯洛格. 叙事的本质[M]. 于雷,译. 南京:南京大学出版社,2014.

[177] 赵毅衡. "新批评"文集[M]. 北京:中国社会科学出版社,1988.

[178] 郑振铎. 文学大纲[M]. 2版. 北京:商务印书馆国际有限公司,2015.

[179] 赵一凡,张中戴,李德恩. 西方文论关键词[M]. 北京:外语教学与研究出版社,2006.

[180] 朱光潜. 朱光潜美学文集. 第3卷[M]. 上海:上海文艺出版社,1983.